오포포낙스

모니크 비티그

오포포낙스
L'Opoponax

1판 1쇄 인쇄 2024년 6월 21일
1판 1쇄 발행 2024년 7월 8일

지은이 모니크 비티그
옮긴이 한국화

편집 이두루
디자인 우유니
기획 이민경

펴낸곳 봄알람
출판등록 2016년 7월 13일 2021-000006호
전자우편 we@baumealame.com
인스타그램 @baumealame
트위터[X] @baumealame
홈페이지 baumealame.com

ISBN 979-11-89623-22-7 (03860)

오포포낙스

L'OPOPONAX

모니크 비티그 장편 소설

한국화 옮김

봄알람

일러두기

- 원저자의 글쓰기 형식을 따라 따옴표, 낫표 등의 문장부호를 생략하였다.
- 모든 각주는 옮긴이주이다.
- 라틴어 원문이 루비로 병기된 부분은 원저자가 프랑스어 대신 라틴어로 쓴 것이다.

차례

로베르 페이앙이라는 이름의 소년이 내 고추 보고 싶은 사람, 내 고추 보고 싶은 사람이라고 소리를 지르며 꼴찌로 교실에 들어온다. 그는 바지 단추를 열고 있다. 베이지 색깔의 양모 양말을 신은 채로. 수녀님은 소년에게 입을 다물라고 하고 왜 매번 꼴찌로 도착하냐고 묻는다. 이 소년은 집에서 길 하나만 건너면 되는데도 매번 꼴찌다. 학교 문에서 소년의 집이 보이는데 앞에는 나무가 심겨 있다. 가끔 쉬는 시간에 소년의 어머니가 그를 부른다. 나무 위로 난 맨 위 창문으로 그가 보인다. 창문 밖으로 침대 시트가 널려 있다. 로베르, 목도리 가지러 오거라. 어머니는 모든 사람에게 들릴 정도로 크게 외치지만 정작 로베르 페이앙은 대답하지 않고, 로베르를 부르는 목소리는 계속 울려 퍼진다. 카트린 르그랑이 처음으로 학교에 온 날, 소녀는 길에서부터 운동장과 잡초와 울타리 가장자리에 핀 라일락을 보았다. 울타리는 반들반들한 철삿줄로 마름모무늬를 그리고 있고 비가 오면 빗방울이 흘러 귀퉁이에 방울방울 매달리는데, 카트린 르그랑보다 키가 크다. 카트린 르그랑은 문을 미는 어머니의 손을 잡고 있다. 운동장에는 아이들이 놀고 있는데, 카트린 르그랑의 어머니를 제외하면 어른은 아무도 없고, 따라서 소녀가 학교에 들어가지 않는 것이 나을 텐데, 소녀에게 아이들만 들어갈 수 있다고 말해야 할 것이고, 정말 소녀에게 그렇게 말해야 할까? 학교 안은 커다랗고, 빽빽한 책상, 역시 마름모꼴 철망으로 둘러싸인 둥그렇고 뚱뚱한 난로와 거의 천장까지 닿는 연통이 있는데, 그중 한 부분은 아코디언처럼 주름이 져 있다. 수녀님은 창문에 댄 사다리 위에서 제일 높이 난 창문을 닫으려고 하고 있다. 카트린 르그랑의 어머니가 안녕하세요 수녀님이라고 말하자 수녀님이 내려와서 소녀를 손으로 잡고, 어머니에게 아무도 소녀에게 주의를 기울이지 않는 동안 떠나라고, 아무 문제 없을 것이라고 말한다. 카트린 르그랑은 운동장에서 나는 소리를 듣는데, 왜 소녀는 다른 아이들과 함께 있지 않은 것일까? 어쩌면 소녀는 아직 진짜 학교에 있지 않을지도 모르는데, 이곳은 그가 상상했던 학교와는 영 다르기 때문이다. 학교는 더 크다는 것을 제외하면 집과 똑같다. 가끔 오후에 아이들을 재우지만, 모두 자는 시늉만 한다. 책상 위에 엎드려 팔짱을 끼고 머리를 그 안에 둔다. 눈을 감는다. 말하는 것은 금지다. 카트린 르그랑은 가끔 눈을 뜨지만, 이것 역시 금지다. 우리는 항상 열 지어서 내 오른손에는 장미가 있어요, 오월이 되면 꽃이 피지요* 노래를 부르고, 그다음에는 오른손을 보여준다. 카트린 르그랑은 그쪽을 바라보지만, 오월이 아니기 때문에 장미는 아직 피지 않았다. 우리는 간식을 먹는다. 모두 각자의 바구니가 있는데 오후 네 시가 되면 수녀님은 그 바구니를 모두 팔에 들고 이 바구니는 누구 거니, 외치고 그 바구니가 자기 것이라면 제 거예요, 대답한다. 그 안에는 빵, 초콜릿 바, 사과 혹은 오렌지가 들어 있다. 카트린 르그랑은 그렇게 하지 말라고 했는데도 불구하고 항상 학교 가는 길에 간식을 먹는데, 아무도 그를 말릴 수 없다. 가끔은 그저 한 입 베어먹는 것으로 만족하기도 하는데, 그러면 수녀님은 이 반만 갉아 먹힌 사과가 든 바구니는 누구 거니라고 묻는다. 소녀는 자주 간식시간 전에 사과 혹은 오렌지를 먹었는지 일부러 기억하지 못하는데, 바구니를 받을 때 깜짝 놀라도록 혹은 운이 좋아서 그가 잊고 있는 동안 과일의 없어진 부분이 다시 생겨나기를 바

* 프랑스 동요 「A ma main droite j'ai un rosier」

라기 때문이다. 카트린 르그랑은 속임수를 쓰지만 바구니를 완전히 잊지는 못하고, 사과가 없는 혹은 가운데 심만 남은 사과가 든 바구니를 받았을 때 아주 조금밖에 놀라지 않기 때문에 이 수작이 통하지 않는다는 것을 잘 알고 있다. 어쨌든 그는 자기 바구니에 무엇이 담겼는지 절대로 잊어버리지 못할 것이다. 수녀님이 오렌지 껍질을 깐다. 칼로 껍질을 돌려 깎으면 껍질이 과육에서 동그랗게 분리된다. 그러고 나면 그는 끊기지 않고 분리된 껍질 중에서 가장 긴 것들을 문에 걸어놓는데, 껍질들은 문을 따라 동그랗게 말려 내려오고, 만지면 원을 그리며 움직인다. 수녀님은 그것들을 그대로 둔다. 브리지트라는 뚱뚱한 소녀는 카트린 르그랑의 목을 잡고, 카트린 르그랑은 브리지트에게 미소를 짓고, 소녀의 두 뺨이 늘어졌다가 재빨리 입 쪽으로 돌아가고, 소녀가 소녀의 목을 잡아당기고, 소녀의 얼굴이 매우 붉어지고, 소녀가 목을 누르고 계속 잡아당기면서 바닥 쪽으로 몸을 기울인다. 카트린 르그랑은 배를 대고 넘어졌다가 다시 일어난다. 브리지트라는 뚱뚱한 소녀가 그에게 또 다가오고, 그는 미소 짓지 않고, 이번에는 그것을 예상했고, 브리지트가 다시 잡아당기고, 카트린 르그랑의 뺨이 늘어나고, 부풀어 오르고, 머리가 아주 가까이 있고, 브리지트의 머리카락은 회색이고, 그는 아주 힘껏 잡아당기고, 카트린 르그랑은 바로 바닥에 쓰러져서 울기 시작하는데, 마루 틈으로 눈물이 흐른다. 거기서 일어나지 말아야 하는데 안 그러면 다시 시작될 것이기 때문이다. 우리는 수녀님의 말을 복창한다. 육십팔, 육십구. 숫자를 센다. 칠십일, 칠십이. 수녀님은 벨기에 사람이다.* 하나부터 다시 시작한다. 하나, 둘, 셋. 풀밭에서 술래잡기를 한다. 빨리 달려서 몸을 둘 수 있는 무엇인가를 찾아야 한다. 너무 지치면 항복이라고 말하고 엄지를 들어 올린다. 카트린 르그랑은 울타리로 올라간다. 속바지가 못에 걸려 찢어진다. 우두둑. 카트린 르그랑은 내려가서 항복이라고 외치며 조심스럽게 뛴다. 도무지 안 되겠다. 아무도 못 봤다. 하지만 아무도 모른다고 할지라도 속바지 없이 노는 것은 불가능하다. 카트린 르그랑은 아무 말 없이 수녀님 주위를 돈다. 그는 마치 길에서 잠옷만 입고 있는 혹은 옷 입는 것을 깜빡했기 때문에 발가벗고 있는 꿈을 꾸는 것 같다. 누군가 다가오면 그는 항복이라고 말한다. 수녀님은 그에게서 속바지를 벗겨서 깁는다. 카트린 르그랑은 옆에 가만히 있다. 그곳에서 아이들은 계속 뛰어다닌다. 자클린 마르샹이라는 이름을 가진 소녀는 항복이라고 외치고 엄지를 들어 올린다. 비가 내린다. 우리는 교실에서 논다. 기로맹이라는 옆에 앉은 소년의 손을 잡는다. 우리는 긴 의

* 프랑스식으로 soixante-et-onze, soixante-et-douze가 아니라 벨기에식으로 Septante et un, septante-deux라고 셈했다.

자 위에 배를 흉내 내기 위해 서로에게 몸을 기댄 채로 걸터앉아 엄마 물로 가는 작은 배들*은 노래를 한다. 우리는 그러고 노느라 수녀님이 쉬는 시간이 끝났다는 신호를 보내며 다그치는 것을 보지 못하고, 그래서 양쪽 뺨을 한 대씩 맞는데, 귀가 울리고 머리가 어지럽다. 방학은 심심하다. 카트린 르그랑은 정원을 빙빙 돈다. 울타리로 다가가 도로를 지나가는 사람들을 바라본다. 사람은 몇 명 없고 그중에서도 아이는 한 명도 없다. 도랑에는 복숭아와 자두씨가 흩어져 있다. 우리는 정원 밖으로 몰래 빠져나가 도로 위를 몇 걸음 걸을 수도 있다. 인도 가장자리에서 보도블록 경계의 선을 밟지 않도록 조심하면서 걷는다. 그 사이로 걷는다. 아무도 알아채지 못하게 돌아온다. 하늘이 흐리다. 비가 오거나 아니면 해가 뜰 것 같다. 이 날씨는 묘한 냄새가 나는데, 위쪽에 보이지 않는 젖은 풀이 있는 것만 같다. 어쩌면 밝은 구름 뒤로 해가 얼굴을 비출지도 모른다. 카트린 르그랑은 눈을 감고 걸으며 앞을 보고 싶은 유혹에 저항하기 위해 손으로 눈꺼풀을 꾹 누른다. 그는 매우 천천히 걸으면서 길을 따라가는 데 시간을 들이고, 이를 위해 신발보다도 좁은 간격으로 발걸음을 뗀다. 오른발 앞에 매우 가까운 곳에 바짝 왼발을 두는데, 왼쪽 발끔치가 오른쪽 발 앞에 부딪히고 만다. 얼마나 왔는지 보려

* 프랑스 동요 「Maman les petits bateaux」

고 눈을 살짝 떠서 땅을 바라볼 것인데, 어디까지나 아주 조금만 뜰 뿐이다. 마침내 길의 끝에 도착하면 반대 방향으로 다시 걸어 끝에 도착할 것이고, 그러면 다시 한번 더 반대 방향으로 갈 것이다. 그는 한 걸음 한 걸음 내디딜 때마다 태양 태양이라고 말한다. 이 여정이 끝나면 눈을 가린 손을 뗄 것이고, 어쩌면 구름 뒤로 해가 얼굴을 내밀지도 모른다. 가족들이 식탁에 앉아 있다. 할아버지의 발작에 대해 이야기하는데, 할아버지는 몸 오른쪽을 더는 움직일 수 없고, 눈은 떠지지조차 않으며, 입은 돌아갔다. 아버지와 어머니가 카트린 르그랑을 바라본다. 말을 할 수 없다. 카트린 르그랑의 오른쪽 옆구리가 의자 위로 미끄러져서 그를 잡아당기고, 그는 그쪽으로 따라가려고 몸을 기울이는데, 의자와 바닥 사이에 껴서 올라갈 수도 내려갈 수도 없고, 바닥을 응시하는 중인데, 몸이 마치 태엽 장난감처럼 발작적으로 흔들린다. 무엇인가 카트린 르그랑을 덮쳤다. 그것은 식사하는 틈에 아무에게도 보이지 않고 의자를 타고 올라와서, 지금은 아버지와 어머니가 보는 앞에서 소녀를 공격하고 있다. 그들은 꼼짝도 하지 않고 소녀를 바라본다. 그들은 도와줄 수 없다. 혼자서 싸워야 한다. 카트린 르그랑은 몇몇 단어라도 목구멍으로 끌어올리려고 애를 쓰는데, 이는 엄청나게 힘이 들고, 그러다 드디어 겨우 비명이 터져 나온다. 정원에는 물이 가득하다. 아플 때면 창밖으로 나뭇가지를 바라본다. 머리 밑에는 앉아 있는 동시에 누워 있을 수 있도록 베개 두 개가 받쳐져 있다. 어머니가 말한다, 저 멋쟁이 새 좀 보렴, 어디에요 엄마, 어디에 있는데요, 저기에 빨리 봐, 쇠스랑 위에, 벚나무에. 카트린 르그랑이 몸을 일으킨다. 아래쪽에 무척이나 검은 흙 위로 벚나무 꽃잎이 잔뜩 떨어져 있다. 엄마, 밤에 꽃들이 다 져버렸어요. 이네스라는 이름의 키가 큰 소녀가 카트린 르그랑을 학교에 데려가기 위해 온다. 다른 아이들과 함께다. 주택단지에 사는 애야, 엄마가 말한다. 우리는 프리미스테르*에 인접해 있는 국도를 건넌다. 우리 엄마가 장을 보는 곳이야, 이네스가 말한다. 우리는 길에 있다. 높은 마름모꼴 울타리 옆으로 라일락 잎과 빨간 달리아가 보인다. 헛간이 있는 초원에는 마니에 아저씨의 암말이 머리를 숙이고 있다. 말이 울타리를 향해 빠르게 뛰기 시작한다. 이 길은 사람들이 자전거를 타고 지나가는 울타리가 쳐진 길이다. 겨울에는 양털 양말을 신는다. 바람 때문에 허벅지는 빨갛게 살이 튼다. 우리는 지붕이 덮인 운동장에서 둥그렇게 모여 수녀님과 함께 논다. 수녀님 남편은 어디에 있어요, 누가 묻는다. 수녀님은 손가락으로 위쪽을 가리키며 저 위라고 말한다. 하늘을 바라본다. 아무것도 없다. 남

* 식료품점

편 안 보이는데요, 수녀님에게 말한다. 수녀님은 대꾸하고 싶은 마음이 없다. 계속 재촉하면 수녀님은 놀랄 일도 아니라고 말한다. 구름이 너무 많아서 그래. 그는 저 뒤에 있는 소파에 앉아 있어. 어쩌면 정오에 신문을 가지고 돌아올지도 몰라. 누가 수녀님에게 말한다, 언제 오는데요, 안 와, 언제인데요, 절대 안 와, 죽은 거네요, 아니야 죽지 않았어, 그런데 죽은 사람은 어디에 둬요, 구멍 안에다, 그런데 그 사람들은 하늘로 가는 거 아니에요? 그는 하, 하, 한 번도 항해한 적 없는 작은 배였지.† 우리는 산책하러 간다. 덧옷은 입지 않는다. 외투와 목도리는 걸치고 있다. 수녀님은 모두의 간식 바구니가 든 커다란 바구니를 들고 있다. 풀밭에 앉는다. 조약돌 놀이를 한다, 내 손에 조약돌이 몇 개 있게. 그리고 수녀님이 수수께끼를 낸다. 첫 번째 힌트는 금속이고, 두 번째는 날개가 있고, 세 번째는 들판에서 찾을 수 있고, 마지막으로는 색연필이야. 옆집에 사는 알랭 트레비스라는 이름의 소년은 그림책을 가지고 있다. 그 안에는 몇몇 토템이 있다. 노랗고 빨갛고 파란 짐승들이 서로 이어지고 겹쳐져서 하나로 보인다. 그것은 노랗고 빨갛고 파란 기둥처럼 보이지만 사실 기둥은 아니고 나는 것이다. 카트린 르그랑이 학교에서 돌아온 저녁이면 소녀는 토템들이 자기를 공격할까 봐 무서워한다. 이네스라는

† 프랑스의 옛 뱃노래「Il était un petit naivre」

이름의 키가 큰 소녀가 말한다, 이 바보야 이 시간에는 안 날아, 그럼 언제 날아, 그런 건 본적도 없는 걸 그리고 거긴 어쩌면 여기 같은 나라가 아닐 거야, 나라가 뭔데, 우리가 있는 곳이야, 그럼 우리가 없는 곳은 나라가 아닌 거네, 그래, 그럼 나라가 아니면 우리가 없는 곳에는 토템도 없는 거고, 모르겠어, 그럼 우리가 있는 곳은 나라고 거기엔 토템도 있어, 맞아 하지만 그것들은 내가 너와 함께 있을 때는 아무 짓도 하지 못해. 카트린 르그랑은 무슨 일이 일어날지 모르기 때문에 이네스라는 이름의 키가 큰 소녀의 손을 잡고 놓지 않는데, 만약 뛰기라도 해야 하면 카트린 르그랑은 잘 못 뛰고 항상 뒤처지기 때문이다. 초원에 갈 때는 큰 소리로 말하지 않도록 조심한다. 철조망 밑을 배를 대고 기어서 지나가야 하는데 이는 금지된 일이다. 딱지를 뗄 수도 있다. 우리는 보이지 않기 위해 언덕 한가운데에 쌓인 건초더미에 몸을 숨길 것이다. 이네스라는 키가 큰 소녀와 알랭 트레비스라는 소년이 함께 있다. 건초더미 안에서 누가 누구 손을 건드리나 놀이를 한다. 알랭 트레비스라는 소년이 몸을 비비 꼰다. 누가 그의 무엇인가를 건드렸다. 놀이가 끝나지도 않았는데 갑자기 이네스가 건초더미에서 빠져나와 달려간다. 악마의 짐승, 악마의 짐승이라고 소리를 지르면서. 우리는 사방팔방으로 달리기 시작한다. 카트린 르그랑은 꼴찌인데 울면서 달리고 넘어지고 다시 일어나도 다른 아이들을 따라잡지 못한다. 왜 그렇게 다들 빨리 가는 거야, 악마의 짐승이 도대체 뭔데, 악마가 거기 있다는 걸까, 그 짐승, 악마의 짐승, 맞아 악마는 아이들을 데려가고 싶어해, 왜 아이들을 데려가고 싶어할까, 우리는 잘못한 게 하나도 없는데 말이야. 카트린 르그랑과 다른 아이들 사이에는 언덕만큼의 거리가 있다. 카트린 르그랑은 짧게 깎인 풀밭에서 넘어진다. 뾰족뾰족하다. 카트린 르그랑이 뒤를 돌아봤을 때 악마의 짐승은 보이지 않는다, 얼마나 클까, 어쩌면 그건 보이지 않는 짐승일 수도 있어 아니면 그걸 알아보기 위해서는 이네스처럼 크길 기다려야 하거나, 어쩌면 건초더미 안에 양귀비나 수레국화 같은 꽃이 있을 때 혹은 나뭇조각이 있을 때 나타나는 걸지도 몰라, 다시 달려야 해, 어쩌면 그 짐승은 이미 주위에 있을지도 몰라 보이지 않으니까 말이야, 어쩌면 우리는 더는 못 달리게 될지도 몰라, 뭐가 됐든 이네스같이 큰 소녀가 겁을 먹다니 이건 심각한 일이야. 우리는 문장 전체를 큰 소리로 읽는다. 방앗간 주인이 옥수수를 빻는다. 방앗간 주인의 남편은 양을 몬다. 양은 방앗간의 옥수수를 먹는다. 읽기 책에는 방앗간 주인보다 커다란 양이 있다. 그의 주변이 하얀 혹으로 둘러싸여 있는데 이것은 양털이다. 릴

리안이 빨래를 한다. 우리는 수녀님을 따라 읽는다. 릴리안이 빨래를 한다. 수녀님이 책에 나온 문장을 칠판에 적는다. 그는 커다란 나무 자로 각각의 음절을 가리킨다. 누가 잘못 읽기라도 하면 그는 나무 자로 칠판을 때리고, 따라 읽으세요, 라고 말하고, 그 음절을 나무 자로 때리면서 빨, 빨, 다시 빨. 카트린 르그랑에게는 스노우 부츠가 있다. 수녀님은 비가 오거나 눈이 오면 앵클부츠와 다른 스노우 부츠들을 함께 난로 앞에 두고 말린다. 카트린 르그랑은 부츠를 잠글 줄 모른다. 부츠 옆에는 단추가 있다. 수녀님은 단추를 잠가주는 것을 잊는다. 카트린 르그랑은 힘겹게 걷는다. 열린 스노우 부츠를 신고 집으로 돌아간다. 부츠 옆이 벌어진다. 점점 발을 떼기가 어렵다. 열린 틈으로 어떤 무거운 것이 들어오고, 카트린 르그랑은 그저 발을 들어 올리는 것조차 할 수 없다. 뒤를 돌아본다. 구름 한 점이 점점 내려오고 있다. 그 안에는 조그마한 노인이 웃고 있다. 카트린 르그랑은 스노우 부츠를 잠그기 위해 몸을 기울이려고 하지만 그렇게 할 수 없고, 달리고 싶지만 부츠 틈으로 무거운 무엇인가가 들어왔기 때문에 불가능하다. 고개를 돌리자 자그마한 노인이 카트린 곁으로 부쩍 다가온 것이 보이고, 노인의 입이 점점 벌어지면서 비웃는데, 노인의 목구멍 깊은 곳에서 헤 헤 하는 것이 들린다. 카트린 르그랑은 땅에서 발을 들어 올리려고 엄청난 노력을 기울인다. 하지만 겨우 들어 올리면 매번 옆으로 몸이 쏠릴 뿐이고, 오른쪽으로 한 번, 왼쪽으로 한 번 쏠리고, 그래서 앞으로 못 나가는 것이고, 그는 그저 메트로놈처럼 하나, 둘, 오른쪽에서 왼쪽으로 움직일 뿐이고, 움직여야 한다. 그래야 한다, 벗어나야 한다, 도망가야 한다, 밤이 될 것이다, 자그마한 노인은 바로 뒤에 있고, 헤 헤 헤, 카트린 르그랑은 가진 힘을 모두 끌어올리고, 겨우 고함을 지를 수 있다. 학교에 가는 어린 예수, 우리는 그에게 사탕을 주지요, 그의 입을 위해서는 빨간 사과를 주고요, 그의 마음을 위해서는 꽃다발을 준답니다.* 우리는 기도하는 법을 배우고 일요일에는 미사에도 간다. 책을 한 권 가지고 있는데, 그 책의 페이지에는 그림이 있고, 다른 그림들은 페이지에 있지 않다. 이 그림들을 떨어트리기라도 하면 책 안에 다시 똑바로 집어넣을 수가 없는데 이건 양털 장갑 때문이고, 입술과 이를 사용해서 장갑을 벗고 나면 더는 장갑 손가락 속에 손가락을 넣을 수 없다. 우리는 다른 아이들과 함께 있다. 나무로 된 긴 의자에 무릎을 꿇고 있다. 가끔은 제대로 앉는 것이 허용될 때도 있다. 긴 의자에 대고 있는 무릎에는 살짝 들어간 곳이 있다. 그곳을 손가락으로 훑으면서 논다. 온 세상이 하얀데 춥기 때문이다. 우리는

* 프랑스 동요 「Le petit Jésus」

색연필로 그림을 그린다. 뾰족한 지붕을 가진 집을 그린다. 초록색 덧문을 그린다. 집 주위로 위에서 아래까지 새들이 날고 있다. 파란색 날개를 달아주지만 부리는 보이지 않는다. 눈도 없다. 눈이 보이도록 새의 옆모습을 그리는 아이들도 있다. 엄마가 정원에서 빨래를 널고 있다. 엄마를 그린다. 그는 팔을 올리고 있다. 옆으로 이미 널어놓은 네모난 빨래가 보인다. 카트린 르그랑은 날이 추울 때면 다리에 착 붙는 바지를 입는다. 걸을 때면 그 바지가 걸리적거려서 불편하고, 그는 두 다리를 가졌고, 그렇다, 그리고 다리 사이에 된 재봉은 걷는 것을 불편하게 만든다. 소녀라면 바지를 입지 않는다. 둘이 되기 때문에 그것을 좋아하지 않는다. 카트린 르그랑 그리고 바지 안에 있는, 완전히 카트린 르그랑이라고 할 수 없는 무엇. 어쩌면 카트린 르그랑은 바지를 입는, 그리고 엄밀히 말해 소녀라고 말할 수 없는 유일한 소녀일지도 모른다. 운동장에서 여럿이 쪼그리고 앉아 오줌을 싼다. 로베르 페이앙이라는 이름의 소년이 말한다, 내 고추 좀 봐. 너한테는 왜 그게 있어? 왜냐면 나는 크니까. 나도 생기게 될까? 응 네가 나처럼 될 때. 그게 언제야? 네가 나처럼 될 때라니까. 고추를 가진 로베르 페이앙이라는 소년은 아프다. 소년은 커다란 목도리를 두르고 있다. 그의 눈이 빛나지만 그는 창백하다. 수녀님은 그가 오늘 학교에 오지 않을 것이라고 말한다. 수녀님은 그가 더는 학교에 오지 않을 것이라고 말한다. 수녀님은 그가 죽었다고 말한다. 나무 위로 보이는 그의 집 창문의 덧문이 닫혀 있다. 이네스라는 이름의 키가 큰 소녀는 학교가 끝난 후에 아이들을 집 근처로 데려간다. 어쩌면 무엇인가 볼 수 있을지도 몰라. 집은 완전히 닫혔고 아무것도 보이지 않는다. 파스칼 드라로슈라는 이름을 가진 소녀가 팔꿈치로 다른 소녀를 찌르며 말한다, 들려? 프랑수아즈 포미에라는 이름을 한 소녀가 오! 라고 한다. 그의 입술이 동그래진다. 아무것도 안 들려. 집 주변 도로를 한 바퀴 돈다. 정원에는 바퀴가 없는 트럭이 한 대 땅에 박혀 있다. 집 뒤편에는 창문이 열려 있는 1층만 빼고는 덧문이 모두 닫혀 있다. 식탁에 앉아 있는 가족이 보인다. 각자 앞에 접시가 놓여 있다. 앉아 있는 아이들은 큰아이들처럼 보인다. 말하는 소리는 들리지 않는다. 아빠가 창문을 닫으려고 일어난다. 의자를 뒤로 밀고 큰 소리로 무슨 말을 한다. 무슨 말인지 이해할 수는 없다. 그가 쾅 하고 창문을 닫자 유리가 진동한다. 그는 화난 것처럼 보인다. 우리는 줄행랑을 친다. 아이들이 무엇인가를 속삭인다. 말하는 아이는 키가 더 큰, 듣는 아이의 귓가에 입을 대기 위해 까치발을 들고 있다. 카트린 르그랑이 말한다, 그럼 죽은 아이들도 구멍 안에 넣는 거야? 모르지. 길을 걷는 동안에는 하수구 구멍을 조심해야 한다. 그 가까이 다가가고 싶지 않다고 생각하는데, 이제는 죽은 사람들을, 어쩌면 아이들까지도 그곳에 넣어둔다는 것을 알기 때문이다. 그것은 보도 밑으로 뚫려 있는데 멀리서는 보이지 않고 그것이 거기 있다는 것을 알아채기 위해서는 매우 조심해야 하고, 그것은 도로에도 뚫려 있고 그 안에 미끄러지기라도 한다면 죽는다. 하수구는 빨아들이기 위해 존재하고 심지어는 그것 때문에 죽을 수도 있다. 그 전에 죽을 수도 있는 것은 사실이고, 어쨌든 우리는 모두 그곳으로 향하게 돼 있다. 하지만 모르고 그곳에 끌려간다면 죽는 건 마찬가지고 심지어는 아무도 죽었다는 것을 알아채지 못할 것이다. 아빠와 엄마가 죽기 전에 아이들이 먼저 죽는 것이 불가능한 일은 아니다. 밖에서 아이들이 놀고 있는 소리가 들리면 쉽게 잠들지 못한다. 이불 안은 너무 덥고 불쾌한데, 밖으로 뛰어나갈 수 있도록 옷이 다 입혀져 있었으면 좋겠다고 생각한다. 아직도 날이 밝고 창문은 열려 있다. 마른 풀잎, 종일 더위에 시달리다가 바람에 따라 흔들리는 나무 냄새가 덧창 사이로 들어온다. 누군가 정원에 물을 준다. 물줄기에서 아주 작은 휘파람 소리가 난다. 땅 역시 뜨거운데 그 위로 물을 주자 흙냄새가 난다. 아이들이 길에서 뛰어논다.

그들은 기쁨에 겨운 함성을 지른다. 그 소리는 제비의 울음소리를 닮았는데, 가끔은 가까이 다가오거나 혹은 게임에서 진 아이의 고함처럼 들리는 더 큰 소리가 들리기도 한다. 그러면 다른 아이들 역시 일제히 고함을 지르며 대답한다. 그 소리는 서로 겹쳐지고 덮이고, 한동안은 한 목소리가 다른 소리보다 커지기도 하는데, 침대에 누워서 자야 할 때는 그 목소리들이 누구 것인지 알 수가 없다. 덧창살이 천장을 가로질러 아주 기다란 그림자를 만든다. 그것은 가끔 커졌다가 천장 이쪽에서 저쪽까지 왔다 갔다 한다. 그림자는 계속해서 움직이고, 눈을 감으면 눈꺼풀과 눈알 사이에 빨간색과 초록색의 그림자가 보인다. 가끔은 노란색 선들이 그것들을 가로지른다. 그림자는 쉴 새 없이 모양을 바꾸기 때문에 그것이 무엇인지 볼 시간은 없다. 어머니는 베개 안에 솜털이 들어 있다고 말한다. 그것은 귓가에서 움직이며 마른 잎사귀 같은 소리를 내고 자는 것을 방해한다. 그것 말고도 베개 안쪽에서는 북소리 같은 것이 멀리서 들리는데, 이는 고동 소리이고, 머리에서 울린다. 담장 너머로 놀고 있는 주택단지의 아이들이 보인다. 손으로 담장의 윗부분을 잡기 위해 뛰어오른다. 그다음에는 벽에 신발 밑창을 대고 힘을 줘 누르면서 올라간다. 줄지어 있는 작은 집들이 보인다. 문 앞에서 한 아이의 어머니가 신발을 문질러 닦는 매트를 털고 있다. 그는 바닥에 매트를 내려놓고 양발을 차례대로 구른다. 반대로 뒤집은 다음 반복한다. 그가 매트 자리를 옮기자 바닥에는 매트 모양대로 쌓인 먼지가 잔뜩 보인다. 그는 빗자루로 먼지를 쓸어낸다. 아이들은 멀리 있다. 그들은 주택가를 뛰어다닌다. 그들은 모퉁이를 돌다가 길을 만드는 데 사용된 석탄 가루를 밟고 발이 미끄러진다. 그들에게 돌을 던져서 벽 쪽을 보라고 할 수도 있을 것이다. 하지만 돌은 그 쪽까지 가닿지 않는다. 돌을 문 하나에 맞추고 나서는 벽에 무릎을 대고 최대한 빨리 담장을 내려가 발끝으로 착지해야 한다. 우리는 상자에 거미 넣기 놀이를 한다. 상자에 뚜껑이 없다면 도망가지 못하도록 다리를 모두 뗀다. 그들 앞에 떼어낸 작은 갈고리들을 놓아둔다. 그들은 그걸 가지고 앞으로 나아간다. 거미들을 시멘트 위에 두고 달리기 시합을 시킨다. 거미들을 집에 둔다. 버린다. 우리는 학교 운동장에서 의사와 환자 놀이를 한다. 수녀님은 의자에 앉아 있다. 의사는 습포 대신에 라일락 잎사귀를 쓴다. 진창 물에 라일락을 담가 팔, 허벅지, 배에 붙인다. 우리는 문장을 읽는다. 수녀님은 칠판에 문장을 적는다. 직조공이 직조한다. 지붕의 기와는 여름 내내 멀쩡할 것이다. 수녀님은 나무 자의 끝부분으로 각 음절을 가리킨다. 수녀님이 말한다, 자 따라 하세요, 지-붕-의-기-와. 우리는 같은 문장을 몇 번이고 반복한다. 우리는 긴 의자 위에 앉아 있다. 움직이는 것은 금지다. 의자 깊숙이 앉는다. 수녀님이 피에르 베르트랑이라는 이름의 소년에게 나무 자 끝부분으로 음절을 가리키며 문장을 혼자서 읽어보라고 시킨다. 피에르 베르트랑은 수녀님이 뭐라고 하는지 이해하지 못한다. 그는 읽지 않는다. 그는 입을 열지 않는다. 그는 통로에서 있다. 수녀님은 그를 긴 의자에 혼자 앉힌다. 수녀님이 말한다, 피에르 베르트랑을 위해서 다시 반복해봅시다, 지-붕-의-기-와. 우리가 크면 자와 수녀님 없이, 그리고 반복하지 않고도 혼자서 책을 읽을 수 있을 것이다. 멈추지 않고 수많은 책의 페이지를 읽을 것이다. 너는 네 엄마를 사랑하니? 조지안 푸르몽이라는 이름의 소녀가 말한다. 엄마를 사랑해, 응, 나는 엄마를 사랑해. 얼마나 사랑하는데? 이만큼. 카트린 르그랑은 얼마나 사랑하는지 보여주기 위해 팔을 벌린다. 소녀가 벌릴 수 있을 만큼 최대한 벌린다. 너는? 나는, 이만큼. 조지안 푸르몽이라는 소녀의 손가락은 거의 닿을락 말락 한다. 저런, 너는 엄마를 사랑하지 않는구나. 응, 별로. 수녀님이 교단을 폴짝 뛰어서 내려온다. 수녀님의 원피스가 뒤에서 펄럭인다. 교실 전체를 성큼성큼 가로지른다. 수녀님은 조지안 푸르몽의 귀를 잡아당겨 의자에서 일으켜 세우고, 손으로 계속해서 소녀의 귀를 잡고 흔든다. 수녀님이 손을 뗐을 때, 머리 옆으로 보이는 귀는 보랏빛으로 변해 멍이 들어 있다. 운동장에서 기 로맹이라는 이름의 소년이 자동차 흉내를 낸다. 발을 구르며 천천히 뛴다. 손이 그의 배 높이에서 회전한다. 앞쪽에서 뒤쪽으로, 뒤로 돌아간다. 그는 후진 중이다. 하지만 그는 전진한다. 파스칼 드라로슈라는 이름의 소녀가 소리 지른다, 그렇게 말고, 지금 앞으로 가고 있잖아. 기 로맹은 듣지 않는다. 그는 입으로 단조로운 소리를 낸다. 파스칼 드라로슈가 바른 방향으로 원을 돌리는 법을 보여준다. 손이 뒤쪽에서 앞으로 움직인다. 소녀가 말한다, 바로 이게 전진이야. 파스칼 드라로슈는 기 로맹이라는 이름의 소년 가까이 다가가 손을 잡고 올바른 방향으로 돌릴 수 있도록 한다. 기 로맹은 소녀의 도움을 뿌리치고 입으로 계속 소리를 내고 발로는 바닥을 동동 구른다. 소년은 울타리 근처에서 몸을 돌릴 때 오른쪽으로 완전히 몸을 기울여 방향을 튼다. 소년은 학교로 돌아오기 전에 다시 몸을 일으켜 세운다.

우리는 라일락 나무 뒤에 숨어 있다. 어디선가 이렇게 외치는 목소리가 들린다, 찾았다! 잎사귀는 빗물에 젖어 있다. 매우 일정한 간격으로 가지에 나 있다. 큰 잎 하나가 매달려 줄기 전체를 살짝 휘어지게 하는 끝부분만 빼면, 잎사귀는 각각의 가지에 양쪽이 대칭적으로 배치되어서 같은 모습을 하고 있다. 새 한 마리가 나무의 커다란 갈래 위에 앉는다. 우리가 움직이지 않는다면 새도 날아가지 않을 것이다. 흙은 빛나는 밤색으로, 완전히 젖어서 아주 묽다. 우리는 쭈그리고 앉아 있다. 가끔 발 하나가 옆으로 미끄러지기도 하는데, 그러면 그것을 엉덩이 아래에 다시 가져와야 한다. 균형을 유지하기 위해 손을 바닥에 댄다. 새가 노래하기 시작한다. 울타리 건너편에는 도로와 또 다른 울타리가 있는데, 이 울타리 너머로는 헛간이 있는 초원이 있다. 라일락 너머로 지붕이 보인다. 여러 목소리가 서로 섞이며 들려온다. 찾았다. 네 차례야. 속임수 쓰지 마, 손 너머를 보면 안 돼. 벽을 보고 서. 우리는 조금 기다린다. 아무 말도 안 들리는 것으로 봐서 누군가 이미 벽을 향해 고개를 돌린 것 같다. 새가 날아간다. 선생님은 교실 문가에서 한 아주머니와 이야기를 나누고 있다. 우리는 큰 소리로 떠든다. 웃는다. 야단법석을 떤다. 지우개를 던진다. 엘렌 코르트는 뛰어서 교실을 가로지른다. 벽에는 기다란 검정 칠판이 있다. 선생님은 몸을 돌려 말한다, 다들 입 다무세요. 그는 아주머니에게 미소 짓는다. 둘이 하던 얘기로 다시 돌아가는 것이 들린다. 현재로서는 아주머니의 모자밖에 보이지 않는다. 선생님이 아주머니 앞에 서 있기 때문이다. 책상 위에는 공책이 놓여 있다. 우리는 그 위에 검은색 연필로 글씨를 쓴다. 선생님은 공책 윗부분에 잉크로 매일 날짜를 쓴다. 우리는 글자를 만들기 위해 종이 위를 누른다. 가끔은 구멍을 내기도 한다. 알랭 트레비스와 뱃놀이를 한다. 알랭 트레비스의 어머니가 우리가 뭘 하고 있는지 보려고 가끔 들어오면 우리는 책 읽는 척을 한다. 알랭 트레비스의 어머니는 키가 매우 크고, 머리 주변으로 하얗고 구불구불한 머리카락이 흘러내린다. 그의 목소리는 크다. 그가 말한다, 이 성가신 놈아. 알랭 트레비스는 뺨을 한 대 얻어맞고 테이블 주변을 뛰면서 돈다. 그의 어머니도 그렇게 한다. 우리는 원통 모양 블록들을 바닥에 눕혀놓는다. 그 위로 검은색 칠판을 올려놓는다. 그 위에 앉으면 앞뒤로 굴러간다. 알랭 트레비스가 말한다, 흔들리네, 돛을 끌어올리자. 우리는 허리의 움직임으로 배를 앞으로 나아가게 한다. 우리가 앉아 있는 칠판의 분필 자국이 검정 블라우스에 묻는다. 알랭 트레비스는 호루라기를 불어 선장의 명령을 내린다. 짧은 호루라기 소리. 긴 호루라기 소리. 알랭 트레비스의 어머니가 방에 들어온다. 우리는 다리가 공중으로 들린 뒤집힌 소파 전함을 공격하는 중이다. 알랭 트레비스가 소리를 지르고, 우리는 백기를 든다. 하지만 배는 이제 없다. 검은색 칠판은 세워져 있고, 소파도 그렇고, 원통 모양 블록은 장난감 상자 안에 있다. 카트린 르그랑은 글자를 쓸 줄 모른다. 검은색 연필을 종이 위에 누른다. 원래 선의 양쪽 안에다 글자를 써야 하지만, 그는 그 선을 다 삐져나가는 글자를 만드는데, 위며 아래며 다 삐져나가고, 다른 선에 닿고, 반듯한 모양이 아니다. 선생님이 말한다, 다시 써봐. s를 쓰고, a를 쓴 다음 r을 쓴다. s의 배는 항상 뚱뚱하고, r은 지팡이를 짚고 앞으로 넘어진다. 집 위에 사는 아주머니는 카트린 르그랑과 이야기할 때 작은 목소리로 말한다. 그는 카트린 르그랑을 정원으로 데려간다. 우리는 완두콩을 따기 시작한다. 완두콩은 막대에 열을 맞춰 달려 있다. 막대 위까지 타고 올라간 것들도 있다. 하지만 대부분은 중간쯤에 있다. 꽤 많은 콩이 땅에 떨어져 쌓여 있다. 잎사귀 아래에서 그것들을 찾는다. 꼬투리를 잡아당기면 줄기가 꺾인다. 그것을 잘못 잡아당기면 뽑혀버리고 줄기 전체가 땅에서부터 떨어져 나온다. 몇 번이고 잡아당기는 바람에 손목에는 완두콩의 덩굴손이 감겨 있다. 꼬투리 위로 콩이 나오면 손가락으로 짓누른다. 딴 콩들을 아주머니의 식료품 가방에 넣는다. 성장이 늦어져서 아직도 꽃이 피어 있는 것도 있다. 어떤 것은 꽃과 꼬투리가 함께 있다. 아주머니는 몸을 반쯤 굽히는데 쭈그리고 앉지는 않는다. 그의 목에는 납작하게 쪽 찐 머리가 있다. 아주머니는 카트린 르그랑의 어머니보다 더 많이 늙었다. 아주머니는 계속 말한다. 가끔 동작을 멈추기도 하는데 울음을 터뜨리려고 하는 것처럼 보인다. 코를 찡그린다. 너는 그게 뭔지 모르지. 너무 어리니까 말이야. 이 남자가 나를 너무 힘들게 하는구나. 그가 아프다는 것을 알고 있기는 하지만 아무리 그래도 말이야. 어젯밤에는 수프가 너무 뜨겁다고 뜨겁다고 소리를 지르고 내 얼굴에 던져버리겠다고 하고 내가 일부러, 일부러, 내가 일부러 그랬다고 하는 게 아니겠니. 그에겐 기생충이 있어. 먹기는 하지만 점점 마르지. 아주머니에게선 묘한 냄새가 난다. 나무 아래 떨어져서 썩어가는 사과에서 나는 듯한 냄새. 카트린 르그랑이 아주머니에게 입을 맞췄을 때 그의 뺨은 물렁물렁했다. 그를 따라간다. 그가 하는 말을 듣는다. 완두콩을 딴다. 어떤 꼬투리에는 콩바구미 구멍이 나 있고 그곳으로 작은 구슬로 된 묵주 같은 것이 나오기도 한다. 무엇인가 무릎 뒤를 간지럽히고, 아주머니가 말을 멈출 때 갑자기 몸에 힘이 빠지고 넘어질 것 같은 기분이 든다. 그다음에는 고기가 비싸고, 빵이 비싸고, 우유가 비싸고, 달걀이 비싸고, 신발이 비싸고, 삶이 비싸다. 선생님이 말한다, 카트린 르그랑, 공책 정리가 덜 되었군요. 월요일, 화요일, 수요일, 금요일, 토요일 글쓰기를 따라잡아야 하겠어요, 다른 아이들은 벌써 다음 월요일 치를 하고 있어요. 카트린 르그랑과 다른 아이들의 공책 사이에는 월요일이 세 번 있다. m, l, b와 모음의 페이지. 집, 돌, 이미지, 분수의 페이지, 대로, 사자가 양을 잡아먹는다, 레옹이 수업을 듣는다, 잔느가 손을 씻는다는 페이지. 연필은 너무 뾰족해서 공책을 뚫는다. 연필은 너무 두꺼워서 글씨가 크게 써진다. 지우개는 안 지워진다. 그것은 지우고 싶은 것을 더 크게 번지게 한다. 선생님이 말한다, 서투른 목수가 연장 탓하지요. 선생님은 채워야 하는 공책 페이지의 위쪽에 잉크로 날짜를 쓴다. 카트린 르그랑은 긴 의자에 혼자, 줄에 혼자, 벽을 바라보고 혼자 있다. 벽에는 거의 천장까지 닿는 창문이 있다. 하늘만 보인다. 헛간이 있는 초원 쪽이다. 더운 날이면 선생님은 나무로 된 블라인드를 내리는데, 노란색 블라인드 조각들이 교실 안쪽에 넓은 직사각형 그림자를 드리운다. 교실 문에 선생님과 도미니크 봄의 아버지가 서 있다. 선생님은 고개를 오른쪽에서 왼쪽으로 가볍게 흔들다가 가끔 웃는다. 그는 안경을 썼다. 그의 검은 등과 검은 다리만 보인다. 열린 문으로는 지붕 덮인 운동장이 보인다. 지붕이 아래까지 내려와 있고, 그 밑은 한낮에도 어둡다. 난로는 작고 둥글다. 불막이는 철판으로 되어 있다. 날씨가 추우면 철판은 난로에서 나오는 열기 때문에 빨갛게 달아오른다. 우리는 둥그런 자갈들을 손으로 잡는 놀이를 하기 위해서 난로 위에 올려두고 데운다. 그것들이 데일 정도로 뜨거워질 때까지 기다린다. 우리는 양털장갑을 끼고 있지만, 그것들을 아주 잠깐만 잡을 수 있을 뿐이다. 한 손에서 다른 손으로 번갈아 가며 잡는다. 바닥에 떨어뜨린다. 이따금 더듬어본다. 다시 손안에 둔다. 그것들이 미지근하게 식으면 장갑을 벌려 그 안에, 손바닥 위에 둔다. 우리는 다른 아이들의 손에 있는 더 반들반들한, 더 둥그런, 더 커다란 자갈을 탐낸다. 그것들이 식으면 곧바로 난로 위에 다시 올려둔다. 우리는 미나리아재비와 민들레꽃을 꺾는다. 빈 줄기 안에 든 액체는 마르면서 손가락에 갈색 자국을 남긴다. 우리는 홀씨를 볼 수 있을 만한 시든 꽃을 찾는다. 그것들은 바람이 불면 날아가는, 보송보송한 심지가 되어 흩어진다. 우리는 흩어지는 것들을 잡으려고 한다. 우리는 뛰어보지만, 그것들은 닿을 만한 순간에 멀어진다. 미나리아재비의 꽃부리를 목에 대고 목을 따라 이곳저곳 문지르면, 턱의 아랫부분까지 노란색 얼룩이 반사되어 비친다. 데이지도 있다. 무거운 머리가 그것들을 땅으로 잡아끌고, 서로서로 얽히게 한다. 꽃들이 아래로 고개를 숙이고 있고, 하얀 꽃잎은 꽃받침의 짙은 녹색으로 촘촘히 싸여 있다. 개가 짖는다. 페가스 아저씨의 개다. 이네스가 말한다, 묶여 있어. 개가 체인을 당기자 목이 졸리는 것처럼 보인다. 우리는 꽃을 꺾는 것을 그만둔다. 알랭 트레비스가 페가스 아저씨의 정원을 보기 위해 살금살금 울타리 뒤로 간다. 그가 손가락으로 휘파람을 분다. 상황이 좋다는 뜻이다. 우리는 하천이 흐르는 것을 보고 싶다. 들판 끝으로 하천이 보인다. 양쪽에 나 있는 풀과 함께 물이 반짝거린다. 우리는 하천 기슭의 포석 위에 앉는다. 가까이서 보니 물이 풀의 녹색과 같은 색을 하고 있다. 바닥은 보이지 않는다. 페가스 아저씨의 고함이 우리를 방해한다. 좀 꺼지거라. 그는 우리가 이해하지 못하는 다른 말을 외치고 그다음에 이렇게 말한다, 경고한다 개 목줄을 풀 거야. 우리는 그의 들판에 있다. 우리는 하천을 따라 뛰기 시작한다. 드니즈 주베르는 사과나무 위에 있다. 소녀는 듣지 못한다. 우리는 페가스 아저씨와 동시에 소리 지른다, 얼른 와 드니즈, 개 조심해. 이네스가 선두에 있다. 우리는 소리 지른다. 그러다 뛰느라고 더는 소리 지를 수 없다. 꺾인 꽃들이 들판 곳곳에 흩어진다. 그것들은 풀 위에서 여전히 뭉치로 남아 있기도 하지만, 대부분은 뛰어온 거리 때문에 우리 손이 완전히 펼쳐지기도 전에 뿔뿔이 흩어지고 만다. 멀리서는 특히 뒤집힌 커다란 데이지 꽃들이 보인다. 우리는 울타리 뒤에 배를 대고 엎드린다. 호흡을 가다듬으려고 한다. 드니즈 주베르가 사과나무에서 뛰어내려 온 힘을 다해 강 쪽으로 뛰어가는 것이 보인다. 개가 따라간다. 페가스 아저씨가 따라간다. 그는 소리 지르는 중이다, 못된 계집애, 도둑년, 잡히면 말이지, 알게 될 거다, 패줄 테야, 알게 될 거야, 도둑년. 그는 몽둥이를 들고 있다. 드니즈 주베르는 페가스 아저씨의 초원에서 나오려고 물가 옆으로 뛴다. 개가 그에게 달려든다. 이번에는 페가스 아저씨도 그를 잡을락 말락 한다. 아저씨의 목소리와 개가 짖는 소리가 함께 들린다. 드니즈 주베르는 강물에 몸을 던지는 것 외에는 선택지가 없다. 그는 물살의 반대 방향으로 수영한다. 물이 많다. 그는 헤엄치기 힘들어한다. 드니즈 주베르는 앞으로 나아가지 않는다. 우리는 그가 익사할까 봐 겁이 난다. 페가스 아저씨는 계속 뛰고 있는데, 지금은 제방을 따라 뛰고 있고, 개와 함께 뛰면서 외친다, 못된 계집애, 잡혀만 봐라, 도둑년. 그는 소녀가 물에서 나오기를 기다린다. 드니즈 주베르가 가장자리 근처로 다가왔다. 페가스 아저씨가 그를 꼼짝 못 하게 할 것이다. 그는 물 안에서 계속 있어야 할 것이다. 물살이 그를 덮치는 것이 보인다. 우리는 외친다. 드니즈, 드니즈! 이네스가 드니즈 주베르의 엄마를 찾으러 뛰어간다. 그는 물회오리 때문에 혼자서 빙빙 돈다. 물살에 대항하려고 노력한다. 아주 조금씩 나아간다. 조금 더 나아간다. 페가스 아저씨는 몽둥이를 들고 개와 함께 다시 뛰기 시작한다. 그가 드니즈 주베르를 끌어내기 위해 물에 뛰어들 것만 같다. 아니다, 그는 오던 길을 다시 돌아가 다른 방향으로 뛴다. 그가 뒤로 돌더니 물 옆을 이리저리 뛰며 외친다, 못된 계집애, 도둑년, 도둑년. 그는 발을 동동 구르고, 몽둥이를 휘젓는다. 드니즈 주베르는 언덕의 경계를 거의 넘어갔다. 그는 언덕의 경계를 넘는다. 페가스 아저씨도 이쪽으로 온다. 그는 울타리 다른 편에서 소녀를 기다릴 것이다. 우리는 소리 지른다. 우리는 드니즈 주베르가 물에서 나올 수 있도록 돕는다. 그가 배를 대고 넘어진다. 머리카락이 얼굴이며 목에 달라붙어 있다. 옷가지는 가슴과 팔에 달라붙어 있다. 다리 위로는 물이 흐른다. 우리는 그의 어깨를 붙잡고 부축한다. 거의 들쳐메다시피 해서 뛰기 시작한다. 페가스 아저씨가 뒤에 도착한다. 페가스 아저씨가 가까이 다가온다. 개는 울타리에 대고 짖고 있다. 개는 아저씨의 언덕에 있지만 페가스 아저씨는 아니다. 우리는 이네스와 힘겹게 뛰고 있는 드니즈 주베르의 뚱뚱한 어머니를 마주친다. 그는 페가스 아저씨 앞에 서더니 딸의 문제로 아저씨에게 따지기 시작한다, 비열한 자식 같으니라고, 그는 아저씨에게 달려들어 얼굴을 한 방 갈겨놓을 기세다. 아이를 죽일 뻔하다니, 미친놈, 애들을 공격하다니, 비열한 자식, 나쁜 놈. 페가스 아저씨는 더는 소리 지르지 않는다. 그는 드니즈 주베르의 어머니보다 훨씬 덜 뚱뚱하다. 드니즈 주베르는 숨을 가다듬는다. 누군가 그에게 스웨터를 건넨다. 그는 스웨터를 걸치기 위해 원피스를 벗는다. 우리는 더는 뛰지 않는다. 페가스 아저씨와 그의 개가 돌아가는 것이 보이고, 드니즈 주베르의 어머니가 소리를 지르면서 그를 따라간다. 카트린 르그랑은 베로니크 르그랑의 손을 잡고 학교에 간다. 국도를 따라 이어진 인도를 걷는다. 프리미스테르 근방에 다다랐을 때는 도로가 비어 있는지를 살피기 위해 왼쪽 오른쪽을 보며 길을 건넌다. 작은 길에 들어서면 카트린 르그랑은 베로니크 르그랑의 손을 놓는다. 자전거들이 지나가면서 흙먼지가 일어난다. 길옆으로 자란 쐐기풀, 엉겅퀴, 여뀌, 대황의 잎을 닮았지만, 더 넓적하고 두껍고 주름이 진 아랫잎의 종류들은 모두 먼지에 덮여 있다. 쐐기풀, 엉겅퀴, 여뀌, 거의 하얗게 보이는 금색빛. 소녀는 앞으로 달려가고, 뛰어오를 때면 무릎이 턱에 닿는 것이 보인다. 머리카락도 이마 위로 찰랑거린다. 우리는 주변에 아무도 없기 때문에 오줌을 누려고 멈춘다. 쭈그리고 앉는다. 오줌이 먼지 위에 그림을 그리는 것을 본다. 황금빛 작은 도랑이 섬들 주변으로 윤곽을 그리다가 대황잎처럼 두꺼운 잎 사이로 사라진다. 큰 파리들이 윙윙거리며 지나간다. 베로니크 르그랑이 말한다, 고기는 뭐로 만들어졌어? 그건 코안에 있는 거로 만들어졌어, 콧구멍 안에 있는 모든 더러운 것들로. 거짓말. 아니야, 진짜야. 엄마한테 물어볼 거야. 우리는 보라색 잉크에 담가서 쓰는 펜대를 사용해 글씨를 쓴다. 펜은 종이를 긁어내고, 펜촉 끝은 서로 벌어져서 압지에 글자를 쓰는 것 같고, 그러고 나면 펜촉 사이는 찌꺼기로 가득하다. 손가락으로 그것을 닦아낸다. 다시 쓰기 연습을 한다. 아직도 찌꺼기가 남아 있다. 펜을 덧옷에 문지른다. 손의 살갗에 그것을 닦는다. 펜촉 사이를 손가락으로 닦기 위해서 양 갈래로 벌린다. 양쪽의 뾰족한 부분은 다시 합쳐지지 않아서 글씨가 겹으로 써진다. 카트린 르그랑이 손가락을 든다. 선생님, 펜이 망가졌어요. 선생님은 화를 낸다. 오늘만 해도 세 번째구나, 펜을 조심해서 이렇게 들어야지. 선생님은 카트린 르그랑 뒤에 서 있다. 선생님은 소녀의 손을 잡고 도와주기 위해 어깨 위로 몸을 숙인다. 머리가 닿는다. 선생님에게서는 검은색이고 거친 무엇인가의 냄새가 난다. 우리는 검지와 엄지로 펜대를 잡는다. 검지는 직각으로 구부러지면서 펜촉이 박혀 있는 둥그런 끝부분을 누른다. 엄지는 덜 구부러진다. 검지는 매번 잉크가 잔뜩 묻어 있는 펜촉으로 미끄러진다. 공책에는 보라색 자국이 나 있고, 잉크가 묻은 손가락이 찍힌 줄이 원을 그리며 일정하게 간격을 벌리고 있다. 검지가 미끄러지지 않도록 펜대의 끝을 있는 힘을 다해 눌러야 한다. 손가락으로 펜대를 꽉 잡고 있으려면 엄지 역시 끝부분을 눌러야 하는데, 쓰기 연습이 끝나면 손가락이 너무 아파서 아무것도 할 수 없다. 그뿐만이 아니라 팔 전체도 아프다. 차라리 연필로 쓰는 게 나을 것이고, 펜대는 실수로 부숴버리거나 잃어버리는 것이 나을 것이다. 어쨌든 카트린 르그랑은 돼지고, 선생님이 공책을 흔들면서 그에게 그렇게 말하고, 공책 말이야, 이게 도대체 뭐니, 완전 돼지우리도 아니고 말이야. 공책에는 잉크 자국과 손가락 지문이 묻어 있다. 이는 펜대를 잉크병에 담글 때 잉크가 너무 많이 묻어나거나 혹은 충분히 묻지 않아서 그렇다. 첫 번째 경우에는 쓰려고 준비하는 순간 잉크가 공책에 흘러버린다. 두 번째 경우에는 펜촉을 너무 세게 누르는 나머지 종이에 구멍이 생긴다. 그렇게 되면 연필로 할 줄 아는 것처럼 글자를 만들려고 시도할 필요조차도 없다. 프랑수아즈 포미에는 펜대를 사용해 두 선의 바깥을 넘지 않고 그 안에다가 동그랗고 가느다란 글자를 쓴다. 프랑수아즈 포미에는 천천히 그리고 집중해서 쓴다. 소녀는 공책에 쳐진 줄을 따라 계속 쓰고, 글씨를 쓰지 않는 손으로는 깨끗한 압지를 고정한다. 공책 한 면을 다 채우면 소녀는 고개를 든다. 소녀는 이제 다 했다고 말하지 않는다. 소녀는 선생님이 다가와 공책을 살펴보기를 기다린다. 선생님은 만족해서 프랑수아즈 포미에에게 칭찬을 한다. 파스칼 드라로슈는 얼룩을 지게 한다. 작은 소리를 지르는데 곧장 입에다 손을 가져다 대고 막는다. 소녀는 손을 들지 않고 큰 소리로 지우개를 부탁한다. 선생님이 입을 다물라고 말한다. 갈게, 가만히 기다리고 있어. 선생님은 렌 디외의 공책을 살펴보는 중이다. 그의 공책은 카트린 르그랑의 것처럼 얼룩과 구멍이 많다. 렌 디외는 시킨 대로 그림을 그리고 그 주위에다 글자도 썼다. 그는 여기저기를 지우려고 했다. 그 흔적은 절반은 튀어나오고 절반은 옴폭 들어가서 손가락으로 만져보고 싶게 만든다. 푹 튀어나온 곳들 사이는 지저분하다. 선생님은 다시 한번 화를 내고, 심지어는 렌 디외의 공책을 책상 밑으로 던져버린다. 렌 디외는 책상 열 사이에서 무릎을 꿇고 벌을 받는다. 소녀의 베이지색 양말이 오랫동안 신겨 있으면서 남긴 빨간색 고무줄 자국 아래로 주름이 져서 발목까지 내려가 있다. 렌 디외는 사방팔방을 쳐다보고, 발꿈치 위에 앉았다가 다시 몸을 일으키고, 위를 보면서 그리고 아래를 보면서 사팔눈을 하고, 앞을 보면서도 사팔눈을 할 수 있고, 소녀의 눈동자가 눈알의 중간 높이에서 서로 마주 본다. 렌 디외는 통로에서 무릎을 꿇고 있다. 소녀는 허리띠를 잡아당겨서 빼고, 그것으로 사람 모양을 만들고, 그것을 바닥에 던지고, 책상 밑을 네발로 기어서 찾으러 가고, 선생님에게 자기 자리로 돌아가도 되냐고 묻고, 덧옷의 주머니를 뒤져서 끈 조각들과 고무줄 하나를 발견한다. 렌 디외는 고무줄과 끈 조각들을 만지작거리면서 코를 찡긋거린다. 소녀는 고무줄을 입에 물고 덧옷의 두 번째 단추에 걸 수 있을 때까지 늘린다. 고무줄이 튀어 오르며 얼굴을 때린다. 소녀의 머리카락은 머리 뒤쪽에서 멀리 리본으로 묶여 있다. 머리카락은 머리 주변에서 덥수룩하고, 머리 타래는 구불거리며 삐져나와 있다. 베로니크 르그랑이 정원에 앉아 있다. 베로니크 르그랑은 자기의 버드나무 의자에 앉아 있다. 소녀는 옹이 때문에 팔꿈치처럼 보이는 작은 나뭇가지를 가지고 놀고 있다. 소녀는 이야기를 지어내고, 작은 나뭇가지는 소녀의 손안으로 미끄러지고 그가 원하는 모든 움직임을 실행하면서 이야기를 따라간다. 나뭇가지는 재빨리 소녀의 손가락 사이를 지나간다. 지금은 꼼짝도 하지 않고 있다. 베로니크 르그랑은 말하는 것을 멈추고 혀를 내밀며 나뭇가지를 바라본다. 소녀는 나뭇가지를 떨어트리고, 바닥을 네발로 기어 그것을 찾으려고 하고, 의자 밑에서 찾는다. 나뭇가지는 소녀의 도움으로 버드나무 의자를 따라 기어오르고 의자 위에 자리를 차지한다. 베로니크 르그랑은 나뭇가지 앞에서 무릎을 꿇고 말하기 시작한다. 나뭇가지를 의자 위에 내버려둔다. 베로니크 르그랑은 땅바닥을 손바닥과 무릎으로 긴다. 원래의 것보다 조금 크지만, 옹이가 없는 다른 나뭇가지 앞에서 멈춘다. 베로니크 르그랑은 그것 옆에 앉은 다음 손가락으로 잡고 빙빙 돌리면서 관찰하고, 베로니크 르그랑은 아무 말도 하지 않고, 베로니크 르그랑은 의자로 돌아가 첫 번째 나뭇가지 옆에 두 번째 나뭇가지를 놓아둔다. 베로니크 르그랑은 나뭇가지 놀이를 한다. 소녀는 그것들을 모두 정원에서 주워서 의자 위에 올려둔다. 나뭇가지가 충분히 모이면 그것들을 하나씩 집어 땅에 꽂는다. 그것들은 소녀가 즉흥적으로 내리는 명령을 따르면서 이동하는데, 일렬로 가거나, 두 개씩 가거나, 혹은 어떠한 명령도 없이 단체로 이동한다. 카트린 르그랑이 정원을 빙빙 돈다. 알랭 트레비스의 아버지가 장작 곳간 앞에 있다. 그는 망치로 쇠막대를 두드린다. 쭈그리고 앉아 있다. 그 앞으로는 쇠막대가 평평한 땅 위에 놓여 있다. 그는 규칙적으로 두드린다. 쇠가 쇠에 부딪히는 소리가 정원까지 들린다. 카트린 르그랑은 정원의 울타리로 간다. 길에는 아무도 없다. 소녀는 울타리 살 사이에 머리를 집어넣으려고 시도한다. 길 건너편의 꽃도 없고 뾰족뾰족하고 색이 없는 잡초들만 가득한 커다란 들판 너머 멀리로는 높고 지붕이 평평한 집들이 보인다. 나무 말뚝이 철삿줄로 묶인 기다란 울타리가 들판을 가르고 있다. 말뚝들의 사이가 느슨하게 배열되었는데, 두 개 혹은 세 개의 말뚝이 들어갈 만큼 벌어져 있다. 느슨해진 철삿줄은 그것 모두를 고정하지 못한다. 철사에서 풀려서 사선으로 기울고 뽑힌 채 땅 쪽을 향한 말뚝들도 있다.

완전히 넘어졌거나 바람 혹은 사람들이 뽑아 가서 사라진 말뚝들도 있는데, 원래 그것들이 있던 자리에는 커다란 공간만 보일 뿐이다. 알랭 트레비스의 아버지는 쇠막대 두드리기를 멈췄다. 막대가 땅 위에 떨어지는 소리, 그다음에 망치가 떨어지면서 그것에 부딪히는 소리가 들린다. 쇠붙이가 움직이는 소리가 들린다. 카트린 르그랑은 두 발을 모으고 뛰면서 정원의 통로를 가로지른다. 해바라기 사이에 있는 민달팽이를 보기 위해 몸을 숙인다. 돌을 이용해서 달팽이를 뒤집은 다음, 주물럭거리는데, 달팽이는 점액을 분출하고, 사방으로 느리게 움직이고, 위쪽 한 부분을 누르자 몸을 펼쳤다가 수축시킨다. 베로니크 르그랑의 나뭇가지들은 현재 원 모양으로 모여 있다. 베로니크 르그랑은 작은 조약돌을 깨끗하게 만들기 위해 입으로 빤 다음 나뭇가지로 만든 원 안에 쌓아두는데, 옆으로 혹은 위로 나란히 놓인 조약돌들은 모두 하얗다. 우리는 선생님과 함께 망도를에 성지순례를 간다. 우리는 두 명씩 줄을 서서 걷는다. 카트린 르그랑은 렌 디외 옆에 있다. 앞에는 엘렌 코르트가 있고, 그 옆에는 프랑수아즈 포미에가 있다. 뒤에는 파스칼 드라로슈가 자클린 마르샹과 함께 있다. 우리는 일요일에 미사를 드리러 가는 교회 앞을 지나간다. 국도에 도착했다. 우리는 프리미스테르 앞을 지나가지 않는다. 우리는 빨간색 초록색 풍선이 함께 묶여 있는 철물점을 지나간다. 우리는 소피 자맹의 집 앞에 있다. 선생님은 줄을 지나 뒤로 간다. 그는 소피 자맹 근처에서 멈추고 무슨 말을 하려고 몸을 기울이는데, 그 말이 들리지는 않는다. 멈추라는 신호를 보낸다. 선생님은 길을 건너 소피 자맹의 집으로 간다. 우리는 인도 위에 털썩 주저앉는다. 렌디외는 한 발로 뛰어간다. 소피 자맹은 뛰어서 길을 건넌 다음 자기 집 앞에 서서 다른 아이들을 바라본다. 그러다 어느 순간 뒤쪽으로 물러나더니 인도 가장자리에 왼쪽 발과 오른쪽 발을 교대로 닿게 하면서 뛴다. 오른쪽 발이 인도에 있으면 왼쪽 발은 차도에 있고, 혹은 그 반대다. 소녀는 그렇게 하면서 선생님이 다시 집에서 나오기를 기다린다. 파스칼 드라로슈는 소피 자맹의 집 정면에 있는 집 벽에 기대 있다. 소녀는 손을 울타리 살 사이로 넣어 라일락 가지를 꺾으려고 하는 중이다. 선생님이 나오고 우리는 다시 줄을 선다. 우리는 다시 국도를 걷는다. 우리의 왼쪽 오른쪽에 있는, 우리가 모르는 집들을 지나간다. 그 집들 앞으로는 정원, 울타리, 가끔은 낮은 층계가 있다. 우리는 우리가 지나가는 집들을 보지 않는다. 우리는 말하는 중이다. 피곤하다. 길 양쪽 모두에 집이 보이지 않는다. 선생님은 멈춰도 된다는 신호를 보낸다. 우리는 들판으로 간다.

렌 디외는 뿌리째 뽑은 커다란 풀로 콧구멍을 간지럽힌다. 그는 카트린 르그랑의 콧구멍도 간지럽힌다. 카트린 르그랑은 저항하고, 그것을 빼으려는 움직임을 하지만, 풀은 그의 귓속, 목덜미를 건드린다. 우리는 커다란 사과나무 밑에 있다. 선생님이 이야기를 들려주겠다고 한다. 우리는 그 주위에 앉는다. 그 이야기는 아픈 사람에게 주님의 면병을 가져다주려다 돌을 맞아서 죽은 어린 성자에 대한 이야기다. 숨겨진 면병은 셔츠와 살갗 사이에서 발견되었다. 우리는 국도를 다시 걷는다. 카트린 르그랑의 신발과 손톱 밑은 흙으로 더러워져 있는데, 이는 그가 사과나무 아래에서 땅을 파며 구멍을 만들었기 때문이다. 선생님은 우리가 노래하길 바라는데, 노래하면 피곤하지 않기 때문이다. 우리는 노래한다, 걸어서 1킬로 닳네 닳네 걸어서 1킬로 신발이 닳네,* 왼쪽 왼쪽. 우리가 왼쪽이라고 말하면 왼발을 앞으로 뻗어야 한다. 똑바로 걷기 위해서는 살짝 뛰면서 다른 쪽 발을 뒤로 보내야 한다. 가장 걷기에 좋은 방법은 우리가 걷는 방법.† 렌 디외는 뒤처지기 시작한다. 그 옆에 있는 카트린 르그랑은 파스칼 드라로슈와 자클린 마르샹이 노래하면서 앞질러 가는 것을 본다. 우리는 길에서 너트와 볼트를 찾기 시작한다. 렌 디외가 말한다, 가끔 트럭에서 떨어져 나와. 우리는 도랑 안에서 발로 낙엽과 먼지와 낡

* 프랑스 동요 「Un kilométre à pied, ça use les souliers」

† 프랑스 동요 「Dans la troupe」

은 신문 조각을 한쪽으로 밀어낸다. 우리는 한 걸음씩 내디디며 아스팔트가 깔린 길을 걷는다. 렌 디외가 오른쪽에서 왼쪽으로 머리를 흔든다. 그가 팔을 벌리고 게처럼 옆으로 움직이면서 그의 주위를 돌고 있는 카트린 르그랑을 잡는다. 렌 디외는 카트린 르그랑의 재킷 깃을 움켜쥐고 카트린 르그랑은 렌 디외의 블라우스 단추를 움켜잡는다. 우리는 힘껏 흔들어서 단추를 떨어트리려고 한다. 우리는 웃는다. 몸을 반쯤 기울인 채로 주위를 빙빙 돈다. 렌 디외가 벗기려고 한 카트린 르그랑의 재킷이 그의 머리에 걸쳐 있다. 소녀는 그 아래서 빠져나오려고 시도하는데, 손에는 렌 디외의 블라우스의 단추 하나를 쥐고 있다. 선생님은 카트린 르그랑과 렌 디외가 줄에서 빠져나간 것을 알아챈다. 호루라기 소리가 들린다. 다른 아이들이 멀리 있어서 무슨 말을 하는지 들리지 않고, 옆에 있을 때보다 아이들은 더 작게 보인다. 선생님이 큰 몸짓을 하고, 우리는 다른 아이들에게 합류하기 위해서 달려야 한다. 가까워졌을 때는 선생님이 소리를 지르고 있는 것이 들려서 우리는 달리는 것을 멈추고 천천히 도착한다. 렌 디외는 고개를 숙인 채 선생님 앞에 서 있다. 소녀는 모여 있던 발을 점점 벌리는데, 오른쪽을 앞으로 내밀고, 길의 앞에서 뒤쪽으로 신발을 천천히 문지른다. 선생님의 꾸중이 끝나고 우리는 선생님이 시킨 대로 줄의 맨 앞으로 간다. 다른 아이들이 왼쪽 왼쪽 호박 안에는 쏙독새가 있지요* 노래를 부를 때 우리는 발을 질질 끈다. 분홍색 꽃이 핀 잡초와 그만큼 키가 큰 짙은 푸른색 꽃이 섞인 커다란 들판이 있다. 아마꽃 혹은 바꽃이다. 각각의 꽃부리가 서로 가까이에 붙어 있지만 동시에 떨어져 있고, 윤곽이 매우 예리해서 꽃의 전체 모습과 들판의 전체 모습에 기하학적인 느낌을 들게 한다. 우리는 꽃이 핀 들판으로 간다. 도착했다. 들판 위를 구른다. 마른 부분이 있지만 전체적으로는 축축하다. 약간 매캐한 냄새가 나고, 그것 말고 조금 더 달큼한 냄새가 나기도 하는데, 우리는 뒹굴면서 그 냄새를 맡는다. 줄기 전체를 잡고 꽃을 꺾는다. 렌 디외는 꽃부리를 따서 자기 입에 넣는다. 소녀는 처음 입속에 집어넣었던 꽃들을 다른 꽃들로 다시 채우기 위해 꽃들을 뱉어내는 동안 멈추지 않고 달리면서 꽃을 꺾는다. 렌 디외는 꽃으로 입을 가득 채우고, 그 때문에 숨이 막힐 지경이고, 그의 입술과 치아 사이에 으스러진 파란색 꽃잎 조각이 보인다. 우리는 아마꽃 혹은 바꽃의 색깔과 같아서 눈에 보이지 않던 나비들을 날려 보낸다. 예배당은 국도의 반대편 언덕의 나대지에 있다. 언덕에 해가 낮게 떠 있다. 예배당의 석재가 분홍색으로 물든다. 선생님이 말한다, 자 이제 그만하고 예배당으

* 프랑스 동요 「Dans une citrouille」

로 가자. 렌 디외가 국도로 기어간다. 선생님은 그에게 등을 돌리고 있다. 카트린 르그랑이 합류한다. 렌 디외와 카트린 르그랑은 예배당 뒤에 숨으러 간다. 우리는 책 안의 문장을 큰소리로 읽는다. 선생님은 바닥까지 내려와서 다리가 보이지 않는 커다란 책상 뒤에서 밀짚 의자에 앉아 있다. 선생님은 우리가 가지고 있는 것과 같은 책을 읽는다. 드니즈 봄이 한 문장을 반복한다. 엘렌 코르트는 이미 이 문장을 읽었지만 끝까지 가지는 못했다. 우-물-에-서-찾-은-보-물-은-가-난-한-가-족-에-게-예-상-상, 드니즈 봄도 더듬는다. 선생님은 자로 책상 위를 찰싹찰싹 때리면서 말한다, 다시 읽어보세요. 드니즈 봄은 문장을 다시 읽는다. 우-물-에-서-찾-은-보-물-은-가-난-한-가-족-에-게-예-상-상, 드니즈 봄은 문장의 같은 자리에서 멈춘다. 선생님이 말한다, 예-상 다음엔? 프랑수아즈 포미에가 손을 든다. 선생님은 교실에 다른 누가 손을 들었는지 둘러본다. 그가 반복한다, 예-상 다음에 뭐가 오는지 말할 수 있는 사람, 렌 디외, 예-상 뭐라고? 렌 디외가 선생님을 바라보고, 렌 디외가 그의 주위를 바라본다. 프랑수아즈 포미에가 손을 든다. 렌 디외가 긴 의자 위에서 움직이는 것이 보이고, 서 있는 자세를 하려고 엉덩이 밑으로 다리를 넣는 것이 보인다. 렌 디외가 자기 차례에 말한다,

예-상 무엇. 선생님이 어깨를 으쓱한다. 선생님이 프랑수아즈 포미에에게 말해도 된다는 신호를 보낸다. 프랑수아즈 포미에는 책도 보지 않고 문장의 끝부분을 읽는다, 가-난-한-가-족-에-게-예-상-치-못-한-행-운-이-었-다. 선생님이 드니즈 봄에게 말한다, 다시 해보세요. 아까도 마찬가지였다, 우리는 오랫동안 가-난-한이라는 단어에 멈췄다. 우리는 가- 그리고 난- 그리고 한이라고 따라 했다. 선생님이 입술을 모두 입안으로 감추자 볼의 피부가 당겨지고, 팔뚝 위에는 몸이 기대어져 있고, 고개는 그가 교실을 왼쪽 혹은 오른쪽으로 둘러볼 때 경직되어 있고, 머리 위에는 아주 동그랗게 쪽을 찐 머리가 보이고, 그 위로 머리카락은 당겨지고 당겨져서 툭 하고 끊어질 것 같다. 카트린 르그랑이 운동장에 렌 디외와 함께 있다. 노란색 조약돌을 주워서 주머니를 가득 채운다. 노란색 조약돌 가지고 싶은 사람 노란색 조약돌 가지고 싶은 사람. 우리는 땅에 발을 차례대로 내디디며 외치는데, 그렇게 하려면 다리를 높게 들어올려야 한다. 우리는 조약돌을 집어서 화장실 나무문을 향해 던진다. 문은 초록색이고 가느다란 홈이 파여 있다. 처음에는 멀리서 조약돌을 하나씩 던진다. 그러다 점점 가까워져서 지근거리에서 조약돌을 한 줌씩 던진다. 안에서 조약돌이 튕기면서 벽에서 벽으로 부딪히는 소리가 난다. 조약돌이 하트 모양으로 난 입구로 들어간다. 선생님이 와서 소리 지른다, 당장 그만두세요. 우리는 뛰어서 도망친다. 렌 디외가 그 앞에서 뛰고 있는 카트린 르그랑의 허리띠를 잡아챈다. 우리는 저학년생들이 놀고 있는 놀이터로 간다. 베로니크 르그랑은 땅에 앉아 있다. 소녀는 신발 두 짝 모두에서 신발 끈을 빼냈고, 신발마저도 벗고 있는데, 땅바닥 위에서 양말만 신고 있다. 베로니크 르그랑은 신발 한쪽에 신발 끈을 끼우려고 시도하는데, 혀까지 내밀고 집중하고 있다. 베로니크 르그랑은 하던 것을 포기하고 신발을 옆에 내려둔 채 신발 끈으로 매듭을 묶으려고 하는데, 혀는 이제 턱까지 내려왔다. 렌 디외가 그의 얼굴을 손으로 가리고 말한다, 누구게. 베로니크 르그랑은 뒤에 누가 있는지 모른다. 소녀는 눈을 가리고 있는 손을 치우려고 하고, 그의 작은 손가락이 렌 디외의 커다란 손가락에 닿아서 뒤섞인다. 베로니크 르그랑은 아무 말도 하지 않는다. 그가 아무런 소리 없이 웃는 것이 보인다. 카트린 르그랑과 렌 디외가 그의 손을 잡는다. 팔 끝을 왔다 갔다 하면서 그네를 태운다. 우리가 말한다, 그-네-를-타-는-베로-니크-르-그랑. 종이 울리자 그를 놔준다. 카트린과 베로니크 르그랑은 손을 잡고 학교에 간다. 베로니크 르그랑은 자동차를 좋아하지 않는다. 혹시라도 자동차가 있을까 봐 항상 앞과 뒤를 살펴본다. 자동차가 한 대 나타나면 베로니크 르그랑은 그것이 아직 멀리 있더라도 거리를 두고 나무 말뚝으로 된 들판의 울타리에 바짝 붙는다. 베로니크 르그랑은 저절로 앞으로 나아가는 자동차들을 계속해서 바라본다. 자동차는 나쁜 마음을 품고 있을 수도 있기 때문에 끊임없이 자동차를 마주치게 되는 인도를 걷는 것은 매우 위험하다고 말할 수 있을 것이다. 그것은 아무것도 보이지 않는 척을 하고, 장님 시늉을 그리고 도로 위에서 우리 옆을 차분히 지나가는 시늉을 하다가, 우리가 그것이 지나갔다고 믿을 때 갑자기 방향을 바꿔 멈춰 있는 행인에게 달려든다. 어둡고 상점들도 모두 문을 닫았고 자동차가 아주 가까이 다가왔을 때 혹은 이미 지나갔을 때만 그것이 내는 소리가 들리고, 그럴 때마다 매번 바람이 휙 분다. 베로니크 르그랑이 정원에 있다. 그가 뒤를 바라보자 커다란 트럭 한 대가 소리 없이 그쪽으로 다가오는 것이 보인다. 소녀는 뒤로 물러서서 운전자에게 그가 여기 있다는 신호를 보내려고 손을 흔든다. 운전자가 보이지 않는다. 트럭 앞부분에 그를 바라보는 두 개의 커다란 원이 있을 뿐이다. 트럭은 천천히 전진한다. 베로니크 르그랑은 최대한 빨리 뒤로 물러난다. 뒤로 가는 것은 쉽지 않다. 그는 울타리에 접했기 때문에 더 뒤로 물러날 수 없다는 것을 깨닫는다. 트럭은 계속 계속 전진해서 이제는 매우 가까워진다. 베로니크 르그랑이 팔을 뻗으면 만질 수 있을 정도다, 아니, 베로니크 르그랑이 팔을 뻗는 것은 상상도 할 수 없다, 그는 오히려 반대로 등 뒤로 팔을 숨긴다, 닿으러 가, 뭉개러 가, 베로니크 르그랑은 울타리 앞에서 몸을 최대한 작게 만들고, 트럭이 그에 닿으러 가고 그에게 닿고 그를 뭉개기 시작할 때, 있는 힘을 다해 소리를 지른다. 우리는 초원에 앉아 있다. 잔디 위에는 테이블보와 그릇들이 놓여 있다. 베로니크 르그랑은 목 주위에 주황색과 파란색 체크무늬의 수건을 두르고 있다. 그는 커다란 컵을 두 손으로 들고 물을 마신다. 컵의 안쪽에 그가 대고 있는 혀가 보이고, 그곳에서 유리에 대고 혀가 눌리고 뭉개지고, 그 주위로는 흡입하면서 생긴 초록색 가장자리가 보인다. 어머니가 베로니크 르그랑의 목 주위에 뾰족하게 묶인 수건 끝부분으로 소녀의 입을 닦아준다. 아버지는 개암나무의 가지를 자르고 그 껍질에 주머니칼로 모양을 낸다. 껍질 밑의 나무는 하얗고 만지면 축축하다. 나무 막대는 끝내 껍질이 완전히 벗겨졌고, 시간이 지나면 하얀색은 누레지는데, 하얗게 유지하기 위해서 그 주위로 손수건을 둘러놓는다. 하얗거나 붉은 암소들이 풀을 뜯어 먹으며 다가온다. 가장 가까이 다가온 한 마리 옆에 조금 떨어져 있는 한 마리가 있고, 그 뒤로는 두 번째 소의 뒷다리 근처에서 풀을 뜯어 먹는 다른 한 마리가 있다. 가끔 그중에 한 마리가 머리를 들어 올리면 침이 얼굴을 타고 늘어진 목살까지 흐르고, 반쯤 씹힌 풀들이, 토끼풀, 분홍색 꽃이 폼폼을 닮은 개자리속의 나머지가 보인다. 암소는 다시 풀을 뜯기 위해 기다란 풀 뭉치에 콧방울을 박고, 동시에 숨을 내쉬거나 코를 킁킁거리고, 그러면 축축하고 부드러운 소리가 난다. 가장 짧은 뿔을 가진 암소가 테이블보 근처에 있다. 암소는 김이 모락모락 나는 동그랗고 납작한 쇠똥 위에서 볼일을 본다. 꼬리는 반절이 구부러진 채 공중에 떠 있다. 그 아래로 구멍이 열리고 다른 쇠똥이 첫 번째 것 옆에서 납작해지는데 이번 것은 더 작다. 볼일을 다 보자 꼬리를 내리고, 머리를 앞으로 민 다음 왼쪽 오른쪽으로 돌리면서 고개를 밑으로 늘어트리고, 긴 울음소리를 내면서 목을 점점 더 늘린다. 소리가 끝날 때까지. 그런 다음 머리가 제자리로 돌아간다. 우리는 풀을 한 줌씩 뽑는다. 우리는 손가락이 펼쳐져 있는지 확인하며 손으로 암소에게 먹이를 준다. 까끌까끌한 혀가 기다랗게 늘어나는 침을 묻히며 손바닥 위를 훑는다. 늦은 오후 학교에서 집으로 돌아가는 길이면 뾰족뾰족한 풀이 자라고 꽃은 피지 않는 언덕 너머로 해가 진다. 울타리와 나무 말뚝 너머로 해가 진다. 커다란 건물들은 정면만 보일 뿐이고, 나란히 나 있는 창문들은 빨갛게 반짝거리고, 바로 거기에서 해를 볼 수 있는데, 빨갛고 불에 타는 듯한 하나의 덩어리만 구별할 수 있고, 눈은 저절로 반쯤 감긴다. 그곳에는 작은 남자와 여자들이 사는데, 그들의 얼굴은 태어날 때부터 피범벅이 되어 알아볼 수가 없다. 그들은 카드로 만든 것 같은 집에서 산다. 집들 사이가 북적대는 것도 볼 수 있는데, 그들이 귀가하거나 외출할 때이다. 우리는 해가 지지 않는 반대쪽으로, 풀이 거의 검은색으로 보이고, 언덕 가운데를 흐르는 물이 보이지 않는 곳으로 눈을 돌려야 한다. 그들을 관찰하는 것은 금지되었고, 그것을 무시하기라도 하면 실제로 밤에 그들이 복수하는데, 피부가 없고 피가 흐르는 얼굴을 한 남자들이 침대로 다가와서 보지도 않고 손을 뻗어서 목을 졸라 죽이려고 한다. 카트린 르그랑의 교실에는 수잔 메리엘이라는 이름을 가진 전학생이 있다. 그는 키가 매우 크다. 그의 금발은 마치 파마를 하고 난 후의 머리 같고, 가운데 가르마가 머리를 양쪽으로 가르고, 거기서 분리된 머리는 양쪽에 머리핀으로 고정되어 있는데 곱슬곱슬하다는 것만 빼면은 마치 개의 축 처진 귀 같다. 그의 볼은 보랏빛이다. 우리는 그를 덥수룩한 머리 소녀라고 부른다. 수잔 메리엘은 큰 키에도 불구하고 읽지도 쓰지도 못한다. 선생님은 그를 비웃는다. 그러자 그가 뭐라고 대답하는데, 그것은 말이라기보다는 낮고 귀에 거슬리는 목소리로 된 훌쩍거림에 더 가깝다. 우리는 그를 긴 의자에 혼자 둔다. 머리에 딱지가 앉은 것이 보인다. 조지안 푸르몽이 그것이 이라고 말한다. 우리는 이를 찾는다. 우리는 자로 치면서 그를 공격한다. 등과 머리를 때린다. 그는 등을 둥그렇게 말고 머리를 숙인다. 다른 행동은 하지 않는다. 우리는 더 세게 때린다. 낮고 귀에 거슬리는 목소리가 끊이지 않고 들린다. 우리는 그를 때린다. 머리에서, 등에서 매가 튕긴다. 교실에 있는 모든 자가 그의 등으로, 몸 곳곳으로 일제히 달려든다. 우리는 모두 동시에 박자를 맞추어 때리고, 소리를 지른다. 소녀는 이제 머리를 팔로 감싸서 보호하는데, 팔꿈치가 얼굴 앞으로 비죽 나온 채 자들의 매를 맞는다. 그는 매의 리듬에 맞추어 낮고 가느다란 목소리를 계속 낸다. 우리는 웃는다. 우리는 하굣길에 그를 기다린다. 돌을 던져서 공격하고 싶기 때문이다. 이네스가 그를 손으로 잡고 어깨에 팔을 걸친다. 수잔 메리엘은 울기 시작하고 눈물이 보라색의 대리석 무늬의 뺨에 흐른다. 울음소리가, 쉰 목소리가 들린다. 우리는 거리를 두고 그의 뒤에서 걷는다. 우리는 이네스가 이제 어떻게 수잔 메리엘과 이야기하는지, 우리가 그에게 다가가려고 할 때면 어떻게 소리를 지르는지 듣는다. 우리는 이네스에게 부축당하면서 걷는 수잔 메리엘을 멀리서 따라간다. 그는 매일 그렇게 학교를 떠나고 아침에는 그렇게 학교에 온다. 이네스는 교실 문까지 수잔 메리엘을 데려다주고, 선생님이 수업이 시작된다는 신호를 보내기 전까지도 그와 함께 있는다. 이네스는 점심때도 오후에도 그렇게 그를 문 앞에서 기다리고, 그를 집에 데려다줄 때까지 그와만 말한다. 정원에서 베로니크 르그랑이 집을 짓기 위해 벽돌을 으깨고 있다. 카트린 르그랑은 울타리 살 사이에 머리를 대고 서 있다. 길에서 덮개를 덮지 않은 이사 트럭이 지나가는 것이 보인다. 가구들이 차량 뒤에서 질서 없이 쌓여 있다. 온갖 종류의 난로 테이블 의자 소파 거울 옷장이 있다. 카트린 르그랑은 그 아래에서 이 모든 물건을 지탱하고 있는 소년을 발견하는데, 그는 머리를 받쳐 커다란 옷장의 균형을 맞추고 있고, 펴진 팔에는 여러 개의 의자와 작은 원탁이 같은 방식으로 배열되어 있다. 그는 알몸이고, 매우 힘들어 보인다. 좀 더 주의를 기울이며 지켜본 결과, 카트린 르그랑은 쌓아 올린 더미 한가운데 가구들 사이에서 똑같이 앉아 있는 다른 한 명을 발견한다. 그의 목은 비틀려 있는데 머리가 옆으로 기울었기 때문이고, 그는 마지막 순간에 고개를 돌렸을 터였는데, 그때는 누군가 그의 머리에 무엇인가를 올리고 있을 때였고, 머리를 곧게 세우기에는 이미 너무 늦었을 터였다. 실제로 이 두 소년은 조각상처럼 부동자세이고, 조금의 움직임만으로도 전체의 균형을 위태롭게 할 수 있을 것이었다. 둘 다 알몸이다. 트럭은 천천히 나아가지만, 뒤에서는 소년들을 볼 수가 없다. 카트린 르그랑은 뛰어서 길 쪽으로 간다. 베로니크 르그랑은 카트린 르그랑이 하는 얘기를 듣지 않는다. 그는 현재 두 개의 벽돌을 가루로 만들었다. 베로니크 르그랑은 그 위에 침을 뱉는데, 침이 가루를 묽게 만드는 것이 보인다. 손에 든 돌로 그것을 섞자 분홍색의 진한 모르타르가 된다. 시간이 지나자 그는 더는 침이 안 나와서 카트린 르그랑에게 침을 뱉어달라고 부탁한다. 베로니크 르그랑은 돌 몇 개를 분홍색 반죽으로 아주 정성스럽게 덮는다. 카트린 르그랑은 벽에 서서 공동주택단지 쪽을 바라본다. 카트린 르그랑은 여러 길 중에서 가장 넓은 길에 있는 이네스를 발견한다. 그는 석탄 가루가 쌓인 곳에서 발을 구르는 아이들에게 둘러싸여 있다. 그는 빵을 사러 다녀오는 길이다. 커다란 검은색 장바구니가 그의 접힌 팔에 걸려 있다. 그는 빵을 하나 꺼내서 빵 껍질이 없는, 가장자리의 말랑말랑한 부분을 덥석 문다. 빵에 커다란 구멍이 생기고, 옆부분에는 빵의 속이 보인다. 카트린 르그랑이 다시 뒤를 돌아봤을 때 여전히 벽돌을 으깨느라 바쁜 베로니크 르그랑이 보인다. 세탁실에는 녹이 슨 회색 빨래통들이 있는데 우리는 그 위를 손으로 가볍게 스친다. 그중 하나에는 초록색의 투명한 액체가 담겨 있다. 가장자리가 바닥의 돌을 긁으면서 금속 소리가 나게 대야를 그곳까지 끌고 가서 뒤집으면 그것에 닿을 수 있다. 중앙 부분이 볼록 들어간 뒤집힌 대야에 선 채 몸을 잔뜩 기울이면 손안의 움푹한 곳으로 액체를 담을 수 있고, 그것은 압생트처럼 보이지만 전나무 맛이 나고, 목구멍을 쓸고 지나간다. 렌 디외가 결석이다. 선생님은 그의 이름 옆에 있는 칸에 가위표를 친다. 우리는 받아쓰기를 한다. 카트린 르그랑은 선생님이 불러주는 모든 단어를 쓸 시간이 없다. 선생님이 받아쓰기를 한 번 더 읽어줄 때 메꾸도록 할 것이다. 펜대가 불완전한 단어에서 다른 단어로 건너뛰고, 새로운 공백을 만든다. 펜을 잡고 있는 손안에서 그것은 고분고분하지 않다. 펜의 끝부분은 끊임없이 말썽을 피우고, 휘어지고, 분명히 구분되는 두 부분으로 나눠진다. 펜대를 잉크병에 담그고, 넘치는 잉크를 제거하기 위해 병 위에서 살짝 턴 다음, 공책으로 가져간다. 펜촉이 종이에 닿고 글자들을 그리는데, 이 글자들은 종이를 찢고 군데군데를 지저분하게 만든다. 우리는 바다, 벽, 바지라고 쓰고, 쓸 시간이 없거나 외우지 못한 단어는 건너

뛰고, 다음에 바구니, 비, 보리, 비닐이라고 쓰고, 둑으로 끝나는 단어 하나를 더 건너뛰는데 그것은 어쩌면 바둑일 것이다. 선생님이 단어들을 다시 읽어주기를 기다린다. 매우 주의를 기울여서 하나 혹은 두 개의 공백을 메우는 데 성공하지만, 나머지 단어들로 이어지지는 않고, 심지어는 이미 쓴 단어들이 정확한지도 확신할 수 없게 된다. 선생님이 말한다, 단어마다 쉼표, 바다 쉼표, 벽 쉼표, 그가 쉼표라고 말하는 동안 부족한 단어를 채워놓으려고 서두르지만 모든 지체를 만회하기에는 충분하지 않다. 선생님이 말한다, 받아쓰기를 다시 읽어보세요. 선생님이 말한다, 창문 말고 공책을 보세요, 머리를 들어 올리면 이렇게 말한다, 칠판 말고 각자 공책을 보세요. 선생님이 공책을 걷기 위해 누군가를 지목한다. 모두가 손을 들고 소리친다, 저요 선생님, 저요. 선생님이 말한다, 조지안 푸르몽, 공책을 걷어 오세요. 다른 아이들이 항의한다. 여기저기서 불평이 터져 나온다. 선생님은 아이들을 조용히 시키기 위해 자로 책상을 몇 번 내리친다. 조지안 푸르몽은 쌓인 공책들과 함께 책상 사이로 지나간다. 파스칼 드라로슈가 자기 공책을 건네면서 낮은 목소리로 무슨 말을 한다. 속삭이는 소리, 책상 위에 내려놓거나 던져진 펜대가 내는 소리, 책상이 부딪치는 소리, 나무에 옷감이 닿으면서 나는 소리. 우리는 조용히 하는 대신 부산스럽게 움직인다. 우리는 반절쯤 일어나고 다시 앉는다. 이제 쉬는 시간이고 곧 선생님이 이렇게 말할 것이다, 자 이번 시간에는…… 우리는 운동장에 있다. 나이가 많은 아이들이 함께 놀기 위해 더 어린 아이들을 잡아끈다. 어린아이들은 환자를 하고, 큰 아이들은 의사를 한다. 줄을 서서 자기 차례가 다가오길 기다린다. 벽 한쪽에 있는 딱총나무가 독하고 얼얼한 냄새를 풍긴다. 우리는 이를 검게 물들이는 열매를 줍는다. 자클린 마르샹이 말한다, 이걸로 잉크를 만드는 거야. 우리는 과육과 껍질을 동시에 뱉는다. 우리는 너무 달고, 들큼하고, 동시에 에테르를 연상시키는 딱총나무 열매의 맛을 좋아하지 않는다. 독을 먹었을까 봐 두려워한다. 선생님이 잉크는 독이라고 말한다. 모니크 데스피오가 진찰을 위해 아이들을 한 명씩 데리러 온다. 우리는 그를 따라간다. 다른 나이가 많은 학생들 옆에 선다. 목소리가 들린다, 옷을 벗으렴. 그 말을 따른다. 모니크 데스피오는 우리가 입고 있던 팬티를 벗긴다. 모니크 데스피오가 말한다, 벽을 보고 무릎을 꿇어. 겁이 난다. 무릎을 꿇는다. 높이가 이 미터에 두께가 없는 반들반들한 벽처럼 생긴 것은 합각처럼 생겼고, 그것과 똑같지만 덜 기다란 다른 벽들의 모서리에서 만나는데, 둘 다 학교의 채소밭에 고정되어 있고, 이는 마치 모니크 데스피오, 뤼스 푸르몽, 니콜 블라티에의 장난감 집처럼 보인다. 벗겨지고 노출된 엉덩이에 한 손이 느껴진다. 항문보다 조금 위쪽에 막대 혹은 메탈로 된 뾰족한 물체에 의한 날카로운 통증이 느껴진다. 소리는 지르지 않는다. 모니크 데스피오는 카트린 르그랑의 손을 잡고 그가 옷을 입을 수 있도록 도와준다. 조지안 푸르몽의 언니인 뤼스 푸르몽이 말한다, 접종이 끝났습니다, 다음 사람. 벽 뒤에 있는 딱총나무 근처에서 자기 차례를 기다리는 아이들에게 다시 합류한다. 니콜 블라티에는 다른 아이들이 벽 반대편에서 무슨 일이 일어나는지 보는 것을 막는 역할이다. 드니즈 봄은 가지 한 개를 이빨로 부러뜨리고 껍질에서 나무를 떼어낸 다음 그 안에서 목수*를 보여주고, 그것을 부러뜨리지 않고 분리한다. 드니즈 봄이 말한다, 이거 먹으면 맛있어. 우리는 딱총나무의 목수를 먹는데 그것은 이 사이에 낀다. 선생님이 운동장을 가로질러 안에 모니크 데스피오 뤼스 푸르몽 니콜 블라티에가 있는, 두 개의 벽이 만든 모퉁이 쪽으로 향한다. 니콜 블라티에가 선생님이 오는 것을 보고 다른 아이들에게 작은 휘파람을 분다. 모두 비밀 은신처를 떠나고, 모니크 데스피오 뤼스 푸르몽 니콜 블라티에가 서두르지 않으며 딱총나무 밑에 있는 나이가 더 어린 아이들 곁으로 다가가고, 프랑수아즈

* 식물 풀이나 나무의 줄기 한가운데에 있는 연한 심

포미에 자클린 마르샹 카트린 르그랑 드니즈 봄이 있는 곳에서 그들을 진찰하는 척을 한다. 그러다가는 이제는 어린 아이들 중 한 명을 감싸기 위해 둥근 테를 사용하는데, 그 아이 중 한 명을 그 안에 집어넣는 데 성공하면, 허리 주변을 금속으로 된 원으로 조인다. 이 놀이가 전혀 위험하지 않다는 것을 본 선생님이 멀어진다. 우리는 낮잠을 잔다. 침대는 덥다. 도저히 잠이 들 수 없는 지경이다. 베로니크 르그랑은 자기 침대에서 손가락 놀이를 한다. 그 와중에 그는 입을 다물고 한 음으로만 된 노래를 부른다. 단조롭고 절제된 애-애-애 소리가 들린다. 그는 눈높이에 두 손을 가져간다. 손가락을 벌린다. 그중에 두 손가락은 붙인다. 그렇게 얼마간 유지한다. 그는 손가락을 다시 푼다. 빨리 벌린다. 그는 손가락 하나, 검지를 골라 다른 손으로 감싼다. 손가락을 바라본다. 그것은 침대 시트의 주름 위를 천천히 걷고 있다. 그것은 구멍으로 넘어지고, 다시 일어나, 조금 절뚝이고, 뜀박질한다. 그것은 바닥에서 일어나 처음에는 천천히, 그러다 점점 더 빨리 날기 시작하는데, 그러다 바닥에 떨어져서 부서진 채로 가만히 있다. 베로니크 르그랑은 그것을 그대로 두고 한 손가락이 다른 손가락보다 훨씬 더 큰, 옆 손가락들에 주의를 돌린다. 중지와 새끼손가락이다. 그것들은 함께 다니면서 베로니크 르그랑과 카트린 르그랑을 나타내고, 그 둘 중 하나는 뒤에서 걷는데 왜냐면 그것은 더 작기 때문이다. 그것들은 학교에 가고 얌전히 인도로 걷는다. 자동차가 지나갈 때면 옆으로 몸을 피한다. 더 작은 손가락이 물웅덩이에서 발을 첨벙거리자 큰 손가락이 나무란다. 작은 손가락은 그럼에도 불구하고 계속 발을 구른다. 큰 손가락이 그의 손을 잡아당긴다. 하지만 이제는 그 역시 생각을 바꿔서 모든 자리를 차지하려고 작은 손가락을 밀어내고 물웅덩이에서 발을 구르기 시작한다. 작은 손가락은 잘 버틴다. 그 둘은 이제 같은 물웅덩이에서 물을 튀기고 있다. 운동장에서 자갈 놀이를 한다. 먼저 깨끗하게 만들기 위해서 입으로 빤 하얀 자갈들을 우리 몸에 있는 모든 구멍에 넣어야 한다. 우리는 입부터 시작해서 다음엔 코로 간다. 자갈들은 코에서는 오래 머무르지 못한다. 귀 안에는 여러 개를 넣을 수 있다. 작은 손가락이 걱정한다, 자갈 하나가 귀에서 나오지 않는다, 하지만 큰 손가락이 자갈을 빼는 것을 도와주고 이제 다시 놀이를 시작한다. 카트린 르그랑은 너무 더워서 잠들 수 없는 침대에서 지루해한다. 카트린 르그랑은 손가락 놀이를 하지 않는다. 몇 시간 뒤에 우리는 이네스와 드니즈 주베르와 함께 데이지꽃 언덕에 갈 것이다. 알랭 트레비스와는 사이가 삐뚤어졌다. 드니즈 주베르는 그의 집과 가까이에 사는 마리조세 브낭의 손을 잡는다. 마리조세 브낭의 땋은 머리는 배까지 내려온다. 우리는 데이지꽃으로 목걸이를 만든다. 이네스는 꽃부리를 모두 같은 쪽에 두면서 어떻게 서로서로 연결하는지 보여준다. 우리는 왕비 놀이를 한다. 마리조세 브낭은 신성한 왕비다. 그는 무릎을 꿇고 있다. 우리는 그의 머리에 데이지꽃으로 만든 왕관을 씌운다. 그의 손을 잡고 둔덕 위의 왕좌로 데려간다. 마리조세 브낭은 왕비에게 걸맞게 또한 왕관을 유지할 수 있도록 허리를 곧게 세우며 앉는다. 우리는 그 주위에 드레스 옷자락을 정리한다. 드레스의 위쪽에는 데이지꽃을 꼽는다. 그는 앞에서 지팡이를 꼿꼿하게 잡고 있다. 우리는 차례대로 그에게 절을 한다. 깊숙이 몸을 숙이고 뒤로 물러나며 빠진다. 우리는 성체 축일의 성체 현시대(顯示臺)에서 봤던 것처럼 그의 뺨과 눈을 향해 데이지, 수레국화, 미나리아재비, 민들레를 던진다. 꽃을 마구 던지고, 또 던지고, 그는 흥분하고, 웃고, 바닥으로 구르고, 드니즈 주베르에게, 이네스에게도 꽃을 던지고, 우리의 머리에는 꽃이 가득하고, 우리는 땅에 데굴데굴 구른다. 우리는 베란다에 있다. 밖에는 비가 내린다. 사이프러스 나무줄기에 비가 방울지는 것은 보이지 않는다. 하지만 창문을 따라가는 빗줄기가 연속적으로 떨어진다. 빗줄기는 창문에 붙은 채 머무른다.

가끔은 빗줄기 하나가 다른 하나에 우연히 겹쳐져서 흡수하는데, 그러면 굵어진 빗줄기는 창문을 따라 점점 더 밑으로 내려간다. 베란다에서 카트린 르그랑과 베로니크 르그랑은 장난감을 정리한다. 어머니가 말한다, 더는 자리가 없으니 이제 고장 난 것들은 버리도록 해라. 우리는 분류한다. 오른쪽에는 버리기로 한 것들을 넣고, 왼쪽에는 가지고 있고 싶은 장난감을 쌓는다. 쓰레기통인 버릴 더미 안에는 아직 별다른 게 없다, 빵 껍질, 찢긴 종잇조각, 쓸모없는 상자들. 쓸모 있는 더미가 모든 것을 가져간다. 고장났다는 이유로 장난감을 버릴 수는 없는 노릇이다. 버려진 장난감들은 우리가 잠든 밤에 우는데, 이 내용은 읽기 책에도 쓰여 있다. 그래서 쓸모 있는 더미에는 발이 세 개뿐인 개들, 인형의 상반신, 머리가 없는 납 군사 인형들, 너트들, 이미지들, 상자들, 바퀴가 없는 자동차들과 함께 거의 새것인 다른 장난감이 있는 것이다. 구슬들이 사방으로 굴러 흩어진다. 베로니크 르그랑은 두 더미 사이를 왔다 갔다 한다. 그는 쓸모없는 더미에서 아직은 쓸모 있다고 생각한 상자나 혹은 나뭇조각을 집어 쓸모 있는 더미에 쌓아둔다. 그는 쓸모없는 더미 옆에 앉아 있다. 그는 그림책에서 찢긴 표지를 매우 신중하게 바라본다. 그러더니 일어나서 그것을 쓸모 있는 더미에 둔다. 가끔씩 창문에 다른 것들보다 커다란 빗방울이 위에서부터 아래로 흐르는데, 대부분의 경우는 사선으로 흐른다, 반짝인다, 밤에 전속력으로 다니는 기차 같다. 어머니가 말한다, 아직도 뭐가 너무 많구나, 다시 정리해. 베란다가 장난감으로 가득 차 있다. 움직이기 위해서는 떨어져 있는 장난감과 더미를 성큼 넘어서야 하고, 다른 쪽에 있는 더 작은 장난감이나 연필이나 구슬 위에 발을 딛지 않도록 주의를 기울여야 한다. 베로니크 르그랑은 버려지는 것을 예방하기 위해서 중앙난방 보일러 뒤에 물건을 몇 개 숨긴다. 뚜껑이 열린 두 상자 사이로 마노 조각 하나가 천천히 나와 문 근처의 벽 구석으로 굴러가는 것이 보인다. 문은 정원과 같은 높이에 있다. 자갈길이 잔디와 자두나무 두 그루 옆에 나 있다. 이 두 나무는 베란다를 초록색으로 물들인다. 비가 오면 이 초록색은 더 진해진다. 욕실과 부엌 사이에 있는 베란다에는 온갖 파이프가 지나간다. 베로니크 르그랑이 쓸모 있는 더미에서 열심히 나무로 만든 폴리치넬라* 인형을 찾고 있다. 주황색 작은 거미가 그의 목을 타고 기어오른다. 결국 인형을 찾지 못한 그는 바닥에 앉아 훌쩍인다. 이네스와 드니즈 주베르가 언덕에서 커다란 동작을 한다. 그들에게 다가가자 마리조세 브낭이 죽었다고 알려준다. 우리는 함께 마리조세 브낭의 집 앞으로 간다. 부엌에서는 어머니가

* 어릿광대

까지 콩을 손질하고 있다. 방수 식탁보 위에는 신문이 펼쳐져 있고, 그 위로 마리조세 브낭의 어머니가 칼의 뾰족한 부분으로 껍질 콩의 꼭지에서 다른 꼭지로 벗겨낸 실줄기를 쌓아둔다. 그는 식탁 앞에 앉아서 울면서 그 일을 하는데, 눈물은 볼을 타고 앞치마 위에 신문의 가장자리에 떨어진다. 마리조세 브낭은 옆 방의 침대에 누워 있다. 하얀색 망사로 된 베일이 그의 위에 쳐 있다. 머리에는 하얀색 장미로 만든 관을 쓰고 있다. 두 손은 모여 있고, 그 위로 두 갈래로 땋은 머리가 있고, 가슴에는 진주층 묵주가 둘려 있다. 눈은 감겨 있다. 뺨은 평소처럼 하얗다. 우리는 성수가 담겨 있는 유리잔에서 회양목 가지 하나를 집어 들고, 성수에 그것을 담근 다음 십자가를 그리며 침대 위쪽으로 들어 올린다. 성수 몇 방울이 떨어지며 베일을 축 처지게 만든다. 어머니가 소리 없이 조심스럽게 왔다. 그는 베일에 앉아 있는 파리들을 부엌 행주로 쫓은 다음 그 뒤에 얼굴을 숨기는데, 다시 울음을 터뜨렸기 때문이다. 그가 행주를 걷어내자 빨갛게 충혈된 뺨이 보인다. 그는 매우 힘겨워하며 말한다. 그는 좀 더 머물다 가라고, 그러면 그도 기쁠 것이라고 말한다. 그는 점점 크게 운다. 방을 나간다. 우리는 서 있다. 우리는 아무 말도 하지 않는다. 그저 베일 아래 있는 마리조세 브낭을 볼 뿐이다. 우리가 떠나기 위해 다시 부엌을 지나갈 때 어머니는 여전히 깍지 콩을 정리하고 있다. 그 앞 신문 위에는 거의 투명한 실 줄기, 밑동, 깍지 콩이 줄기에 붙어 있을 수 있게 하는 꼭지가 쌓여 있다. 마리조세 브낭의 어머니가 앞치마 주머니에서 손수건을 꺼내 눈가를 톡톡 두드린다. 이네스가 말한다, 아주머니 그냥 앉아 계세요. 우리는 그가 앉아 있도록 내버려두고 떠난다. 우리가 계단을 내려가는 동안 그가 소리를 지르며 통곡하는 것이 들린다.

렌 디외가 칠판 앞에 있다. 곱셈을 틀린다. 칠판은 교단 뒤에 있기 때문에 선생님은 그를 보기 위해 의자에서 반쯤 몸을 돌리고 목을 비튼다. 측면으로 선생님의 쪽 찐 머리와 안경의 절반이, 다시 말해 철제로 된 동그라미와 그 안의 유리알이 보인다. 테는 귀 뒤로 걸려 있다. 쪽 찐 머리 덕에 테가 눈에 띈다. 렌 디외는 손가락으로 곱하기의 결과를 지운다. 흰색으로 뭉개진 얼룩 안에서 아직도 숫자 한두 개는 읽을 수 있지만, 중간에는 손가락의 축축한 자국이 나 있다. 렌 디외는 한 발로 선다. 그것은 아무런 도움이 되지 못한다. 그는 다른 발로 선다. 선생님은 학생들 쪽으로 몸을 돌린다. 다시 한번 곱하기의 원리를 설명한다. 렌 디외가 칠판에 등을 댄다. 그는 선생님과 매우 가까이 있다. 그는 선생님에게 좀 더 다가간다. 렌 디외는 몸을 기울이고 선생님의 쪽 찐 머리를 살펴본다. 흰 머리카락이 많다. 몇몇은 삐져나와 있다. 렌 디외는 손가락 끝으로 그것들을 건드린다. 그는 손으로 선생님의 머리 주위를 위에서 아래로 천천히 움직인다. 선생님이 어느 순간 움직이면서 검지로 머리를 긁자 렌 디외는 재빨리 블라우스 주머니에 손을 넣는다. 선생님은 아무것도 눈치채지 못했다. 그가 말한다, 연습장에다가 칠판에 있는 곱셈을 해보세요. 렌 디외는 선생님이 고개를 돌리는 순간에 한 걸음 뒤로 물러난다. 렌 디외는 선생님의 시선이 다시 교실로 향한 것을 보고 재빨리 그 뒤로 가 삐져나온 흰 머리카락을 한 올 뽑는다. 이번에 선생님은 무엇인가를 느꼈다. 그가 펄쩍 하고 의자에서 일어난다. 얼굴이 빨갛다. 어처구니가 없다. 그가 말한다, 왜 그랬죠? 렌 디외는 선생님을 이 지경까지 몰고 간 것이 난처하다. 그는 대답하지 않는다. 고개를 숙이고, 턱을 가슴에 둔다. 그는 발을 바꾸며 몸을 좌우로 흔든다. 선생님은 점점 더 크게 소리 지른다. 결국 렌 디외가 말한다, 그런데 선생님, 그건 흰머리였어요. 자클린 마르샹이 파스칼 드라로슈 쪽으로 몸을 기울여 렌 디외가 선생님의 머리카락을 뽑는 것을 봤냐고 묻자 그가 오, 라고 소리를 내고 입에다 손을 가져다 댄다. 우리는 뛰어

잡기 놀이를 한다. 렌 디외는 조지안 푸르몽에게 조약돌한 움큼을 던진다. 렌 디외가 그를 잡으려고 하는 순간 조지안 푸르몽이 울타리를 넘어가더니 도로에서 외친다, 못잡지롱, 못 잡지롱, 그는 두 발로 도로 위를 폴짝폴짝 뛴다. 렌 디외는 한꺼번에 아이들 모두에게 달려든다. 그는 드니즈 봄을 두 손으로 잡을 뻔하지만 닿지는 못한다. 자클린 마르샹은 그의 등을 한 대 툭 친다. 하지만 렌 디외가 뒤를 돌아봤을 때는 이미 늦었다. 프랑수아즈 포미에는 꽤 거리를 두며 유지한다. 조지안 푸르몽이 다시 운동장에 있다. 렌 디외는 보자마자 그를 향해 뛴다. 그를 거의 잡을 것 같고, 화장실 문 앞에서는 등에 손이 닿을 뻔했다. 조지안 푸르몽은 화장실 안으로 들어가서 문을 잠근다. 렌 디외가 손으로 문의 나무 손잡이를 흔든다. 조지안 푸르몽이 걸어 잠근 작은 빗장이 꼼짝도 하지 않는다. 그가 문이 껴서 열 수가 없다고 외친다. 렌 디외는 온몸의 무게를 실어 어깨로 문을 밀친다. 조지안 푸르몽이 짜증을 낸다. 울먹이는 소리가 들려온다. 그가 빗장을 마구잡이로 흔드는 소리가 들린다. 프랑수아즈 포미에는 선생님에게 조지안 푸르몽이 화장실에 갇혀서 나올 수 없다고 말하러 간다. 조지안 푸르몽은 빗장을 아주 조금씩, 일 밀리미터씩 움직인다. 그러다 더 이상 아무 소리가 들리지 않는다. 렌 디외는 온 힘을 다해 어깨로 문을 치며 열어보려고 계속 시도한다. 결국 고정판이 휘어지고, 문이 갑자기 확 열리고, 렌 디외는 문에 어깨를 부딪히는 대신 그 기세로 과격하게 조지안 푸르몽을 덮친다. 조지안 푸르몽은 변소로 몸이 튕겨 나가고 한쪽 종아리가 그 안에 빠지고 만다. 그는 그곳에서 신발 끈 사이사이로 흘러 들어가고 짧은 하얀색 양모 양말을 적시는 빽빽한 갈색 액체로 범벅된 발을 꺼내 올린다. 구역질 날 것 같은 장면이다. 물과 오줌에 섞인 똥이다. 조지안 푸르몽은 한쪽 발로 화장실을 빠져나온다. 그는 더러워진 다리를 앞에 둔다. 얼굴을 찡그린 채 다리를 쳐다보던 그가 울기 시작한다. 선생님이 도착해서 나무문에 기대 팔로 얼굴을 감싸고, 발과 신발, 종아리까지 똥 범벅이 된 다리를 가능한 한 높이 들고 있는 조지안 푸르몽을 본다. 우리는 숲으로 산책을 하러 간다. 교회 앞에 있는 광장을 지나간다. 두 명씩 짝을 지어 열을 맞춰 간다. 드니즈 봄은 조지안 푸르몽의 옆에 있다. 앞으로는 카트린 르그랑이 렌 디외 옆에 있다. 광장 가운데는 야외음악당이 있다. 큰길에는 자전거와 자동차에 탄 사람들이 북적이고 있다. 우리는 인도에서 오른쪽으로 걷는다. 광장에는 자동차가 접근할 수 없는 평평한 콘크리트 층이 돋아 있고, 운전자들은 그것을 돌아 지나간다. 우리는 왼쪽으로 돌아 하천을 따라 걷는다. 우리는 통행을 방해하지 않도록 두 명씩 짝을 지어 오른쪽으로 걷는다. 우리는 교통이 혼잡한 구간을 지나왔다. 더는 상점이 보이지 않는다. 가끔 집 앞을 지나간다. 하천은 오른쪽에 있다. 집들은 도로 건너 왼쪽에 있다. 하천의 둑은 미루나무까지 계속된다. 둑은 수면까지 가파르지 않은 경사면을 따라 흙층을 이룬다. 잡초가 무성한 구역과 무더운 날씨에 복잡한 그물 모양, 부풀어서 서로 한 점씩 닿는 마름모들을 따라 갈라지는 점토질의 흙으로 된 넓은 길이 차례대로 나타난다. 가끔은 갈라진 틈이 너무 깊은 나머지 지구 안에 있는 불이 보이는 것 같다. 하천 건너편에는 도로를 따라 미루나무들이 한 줄로 서 있고, 그 뒤로 더 위쪽에는 형태를 구별할 수는 없지만 시금치 색으로 보이는 나무들이 있다. 언덕의 가장 높은 곳에는 회양목 농장이 보인다. 밑에서 봤을 때는 하얀색의 매우 작은 집이다. 노래에 나오는 집처럼 생겼다, 저 산 위에 낡은 오두막이 한 채 있었지요.* 우리는 다리 위로 강을 건너고, 다리의 축과 같은 방향으로, 회양목 농장 쪽을 향해 계속 간다. 포장이 안 된 구불구불하고 좁은 길을 따라 올라간다. 땅에 발을 질질 끌면 하얀색 먼지가 일어난다. 농장이 보이자 하천은 더는 보이지 않았고, 그 반대도 마찬가지다. 하천은 점점 멀어지고, 점점 가까워진 집은 완전히 커

* 스위스 작곡가 조제프 보베의 곡 「Le vieux chalet」

졌다. 농장 주위에 회양목은 없다. 흙과 얇게 빻여서 거의 모래처럼 보이는 자갈로 된 평지가 마당을 이루고 있다. 그곳을 가로질러 농장 뒤쪽으로 간 다음 숲으로 간다. 우리는 바퀴 자국이 나 있는 길을 걷는다. 더는 줄을 서서 걷지 않는다. 뜀박질한다. 흩어진다. 렌 디외는 길을 벗어나는 것이 금지되었음에도 불구하고 초목 안으로 들어간다. 그는 베레모에 너도밤나무 열매를 주워 담는다. 우리는 가던 길 한가운데에 자리를 잡고 앉아 그것들을 먹는다. 그것들은 각뿔 모양의 열매로, 뾰족뾰족한 가시가 있고 둥그렇고 볼록 튀어나온 면이 있다. 껍질을 벗기는 데는 많은 시간이 들지만 그렇게 해서 나온 열매는 아주 조그맣다. 우리는 길을 걷는다. 너도밤나무 소사나무 물푸레나무 만나나무 느릅나무 사시나무가 있다. 가끔 큰 숲 안에 있는 작은 숲처럼 보이는 자작나무 무리가 보이기도 한다. 지난해에 떨어진 잎들이 초목 밑에서 두터운 부식층을 형성하고 있고, 그곳에서 넘쳐서 갓길에 그리고 자동차 바퀴에 팬 곳에는 그것보다는 얇은 막을 만들고, 심지어는 오솔길의 너비를 감싸기도 한다. 그것은 신발의 밑창에 달라붙는데 그러면 나뭇가지 끝으로 떼어내야 한다. 나뭇가지는 양쪽 초목 밑에서 혹은 길 한가운데서 찾을 수 있다. 그것들은 다 죽은 나무처럼 보인다. 몇몇은 지팡이로 쓸 만큼 기다랗다. 얼마나 튼튼한지 보기 위해서는 위에 대고 힘껏 눌러봐야 한다. 부러지는 것들도 있다. 무른 것이다. 썩은 나뭇가지다. 우리는 개암나무의 가지를 주머니칼로 베어 지팡이를 만들기 시작한다. 잘 다루기만 한다면 주머니칼 없이도 깔끔하게 나뭇가지가 부러진다. 이는 이상적인데, 맨손으로 다루기에는 가지가 너무 탄력적이고 뾰족하기 때문이다. 우리는 가능한 한 기다란 것들을 고른다. 껍질을 벗긴다. 잘 휘어지는 것들을 고른다. 우리는 그것들로 지나가면서 나무의 몸통을 때린다. 다루기에 크기가 너무 큰 가지를 발견하면 할 수 있는 한 멀리 던져버린다. 끝을 잡고 겨냥한 다음 내던진다. 우리는 시합을 한다. 선생님은 길을 앞장선다. 그는 숲에 들어왔을 때부터 그 옆에서 걷던 자클린 마르샹과 프랑수아즈 포미에와 함께 이야기하고 있다. 조지안 푸르몽 드니즈 봄 카트린 르그랑 렌 디외는 각자 막대기를 하나씩 들고 나란히 앞으로 간다. 무릎을 굽히며 천천히 뛴다. 렌 디외가 소리를 지르자 모든 막대기가 던져진다. 렌 디외의 것은 선생님의 머리를 지나서 앞의 땅에 박힌다. 선생님이 깜짝 놀라 뒤를 돌아보고 네 소녀에게 소리를 지른다. 우리는 베레모를 벗어 움켜쥐고 뛰기 시작한다. 우리는 끝을 다듬느라 고생했던 막대기를 되찾고 싶다. 그러기 위해서 우리는 선생님과 프랑수아즈 포미에와 자클린 마르샹 옆에 있는 덤불 뒤로 숨는다. 덤불이 없어 안전하지 않은 곳에서는 배를 땅에 대고 기고, 들키지 않고 길에 다다르고, 소리를 지르며 일어나고, 막대기를 향해 돌진한다. 선생님은 다시 소리 지르지만 우리는 모두 막대기를 손에 넣었다. 우리는 물이 가득 차 있는 웅덩이를 발견한다. 작은 못처럼 보인다. 가장자리는 이끼, 작고 붉은 별꽃으로 둘러싸여 있고 사초가 물 가운데까지 자라고 있다. 막대기로 그 안을 휘저으면 물이 탁해지고 밑에 가라앉아 있던 흙이 올라온다. 우리는 빨리 젓는다. 여러 명이 젓는다. 결국에는 두툼한 무엇인가가, 거의 진흙에 가까운 것이 묻어 나온다. 수면에서 쉬지도 않고 간격을 만들고 막대기가 다가가면 뒤로 물러가던 소금쟁이 같은 것들은 사라졌다. 날아갔거나 혹은 가까운 나무 몸통 혹은 덤불의 잎 뭉치 안으로 기어들어 갔거나 그것도 아니면 흙 반죽에 섞였을 것이다. 우리는 뒤죽박죽 섞인 것들 안에서 말라 죽은 가지, 가시가 난 소관목의 짧은 가지, 호랑가시나무, 찔레나무, 나무딸기, 가시덤불, 바람에 따라 이 둔덕에서 저 둔덕으로 움직이는 낙엽, 노란색 사프란 혹은 분홍색 빛이 도는 흰색의 원산초 혹은 옅은 자색의 시클라멘을 발견한다. 이러한 종류의 꽃들로는 꽃다발을 만들 수가 없다. 줄기가 너무 짧은 데다 서로 합쳐지지 않는다. 그에 더해 줄기의 지름은 굵고, 그 속은 반절이 비어 있고, 미끄럽다. 우리는 그럼에도 불구하고 그 꽃들을 따는데, 줄기는 손에서 미끄러지고, 손가락이 느슨해질 때마다 하나둘씩 빠져나가고, 우리는 점점 가늘어지는 뭉치를 결국 길에다 혹은 초목에다 버린다. 빛이 더는 나무 아래로 들지 않는 저녁 무렵이 되어서야 귀가한다. 손바닥은 여기저기 긁혀 있고 손가락에는 가시가 가득하다. 더는 늑장을 부릴 수 없다. 선생님은 힘들어한다. 그는 줄을 벗어나 앞에서 걷다 뒤에서 걷다 한다. 그는 우리가 노래를 부르면 걷는 데 도움이 될 거라고 말한다. 우리는 노래한다, 울지 마 자네트 결혼하게 될 거야, 결혼하게 될 거야.* 땅거미가 질 무렵이고 나무는 거의 움직임 없이 완전히 까맣다. 숲을 떠날 때, 해가 진 곳은 희미해졌지만 아직도 파란 하늘에 샛별이 보인다. 우리는 하천을 향해 구불구불한 길을 다시 내려간다. 뒤편으로 회양목 농장을 두고 떠난다. 멀리서 언덕을 가로질러 이동하는 짐승 무리의 방울 소리가 들린다. 사람의 고함이 들린다. 골짜기 아래는 벌써 어두컴컴하다. 하천은 빛나지 않는 검은색 띠처럼 보인다. 우리는 점점 작게 노래한다. 렌 디외는 전혀 노래하지 않는다. 옆에 있는 카트린 르그랑은 억지로 노래한다. 선생님이 말한다, 자, 가자, 서두르자, 더 빨리, 가자. 우

* 프랑스 동요 「ne pleure pas Jeannette」

리는 곧바로 집으로 돌아갈 수 없다. 안마리 로스랑은 심지어 자기 집 앞을 지나간다. 그가 부엌과 식사실에 불이 켜져 있다고 말한다. 그는 집에 들렀으면 한다. 선생님이 시간이 없다고 말한다. 교실에 내일 수업을 준비하기 위한 책과 공책을 찾으러 가야 한다. 그런 다음에야 집에 돌아갈 수 있을 것이다. 선생님이 아프다. 라 포르트 부인이라고 불리는 선생님이 대체수업을 한다. 그는 안경을 쓰지 않았다. 머리도 쪽 찌지 않았다. 검은색 옷을 입지도 않았다. 그는 커다란 검정 눈을 가졌다. 머리 주위로 짧은 곱슬머리가 흘러내린다. 입술엔 립스틱을 발랐다. 그는 항상 웃는 표정이다. 반의 학생 중 아무도 모르지만, 출석부를 가지고 있다고 말한다. 출석을 부를게요. 누가 누군지 알아볼 수 있도록 이름을 부르면 자리에서 일어나세요. 우리는 일어나서 잠깐 긴 의자 옆에 서 있는다. 라 포르트 부인은 한 사람 한 사람을 오랫동안 쳐다보고 동시에 미소를 짓는다. 이름 옆의 칸에 체크한다. 머리를 들어 올리며 말한다, 좋아요, 다시 앉으세요. 지리 수업을 읊게 한다. 카트린 르그랑이 칠판 앞에 있다. 라 포르트 부인이 묻는다, 강이란 뭘까요, 산이란 뭘까요, 바다란 뭘까요? 카트린 르그랑은 그 질문들에 대답할 수가 없다. 다들 강을 본 적이 있어요. 하천이랑 비슷한데 더 커요. 라 포르트 부인은 이 대답을 못 들은 척한다. 물이 있는 곳이에요. 아니, 틀렸어요. 흐르는 물이에요, 바다는 물이 흐르지 않으니까요. 여전히 틀렸어요. 라 포르트 부인은 카트린 르그랑이 지리 수업을 잘 듣지 않았다고 말한다. 그가 미소 짓는다. 그의 이가 모두 보인다. 그가 강은 넓고 길게 흐르는 물줄기로 바다에 닿고, 하천도 물의 흐름이란 점에서는 똑같지만 바다가 아닌 강으로 흘러간다고 말한다. 그럼 격류는? 격류가 뭔지 말해볼 수 있나요? 샘이 솟는 곳에 있는 하천이에요. 꼭 그렇지만은 않아요. 라 포르트 부인이 다시 한번 미소 짓고 격류란 산에서 나타나는 물의 흐름으로 사납게 흐르며 불규칙한 운동을 한다고 말한다. 그가 목소리로 단어 사납고 불규칙한에 강조점을 찍는다. 카트린 르그랑, 왜 격류가 불규칙한 운동을 하는지 말해볼 수 있나요? 카트린 르그랑은 격류의 운동이 무엇인지 모르고, 따라서 그것이 왜 불규칙한지 설명하는 것은 불가능하다. 라 포르트 부인은 눈과 얼음의 용해, 강풍, 침식에 대해 말한다. 그는 각 단어의 끝에서 멈춘다. 그때 작게 숨을 들이마시거나, 한숨을 쉬거나, 혹은 숨에 차 한다. 미소 짓는다. 카트린 르그랑은 교단과 칠판 사이에 서서 라 포르트 부인의 말이 끝나기를 기다린다. 라 포르트 부인은 원래부터 알았어야 하는 것이라고, 이것은 단순한 복습일 뿐이라고 말하고 있다. 렌 디외가 손을 들고 말해도 된다는 허락을 받기도 전에 큰 소리로 선생님은 지난 수업을 읊게 한 적이 한 번도 없다고 말한다. 교실에 아무런 소리도 들리지 않는다. 모두 라 포르트 부인을 바라본다. 그는 렌 디외에게 앉아도 된다는 신호를 보낸다. 그는 미소 짓는다. 지금 말한 것이 사실이에요? 하지만 그는 대답을 기다리지 않는다. 그는 여전히 교단과 칠판 사이에 서 있는 카트린 르그랑 쪽으로 몸을 돌린다. 그는 큰 소리로 말하는 렌 디외의 발표에 주의를 기울이는 것처럼 보이지 않는다. 그가 카트린 르그랑에게 말한다, 다른 질문으로 만회할 기회를 주겠어요. 골짜기가 무엇인지 말해볼 수 있나요? 물론 카트린 르그랑은 돌출된 곳과 움푹 꺼진 곳을 가진 지형을 이미 본 적이 있다. 골짜기는 움푹 꺼진 곳이에요. 라 포르트 부인은 웃기 시작한다. 틀렸어요. 대답해볼 사람 있어요? 프랑수아즈 포미에가 손을 든다. 라 포르트 부인이 말해도 된다는 신호를 보낸다. 프랑수아즈 포미에는 긴 의자 옆에 서서 빠르게 말한다. 골짜기는 하천 혹은 빙하에 의해 생긴 분지로서 하천 골짜기는 커다란 브이(V)자 형태를 띠고, 빙하 골짜기는 더 넓고 커다란 유(U)자 형태를 띱니다. 그동안 라 포르트 부인이 고개를 끄덕이며 말한다, 맞아요, 맞아, 그렇지, 바로 그거예요. 그리고 끝에 가서는 이렇게 말한다,

훌륭해요, 십 점을 줄게요. 프랑수아즈 포미에는 앉아도 된다는 허락이 떨어질 때까지 서서 기다린다. 모두 그를 바라본다. 라 포르트 부인이 카트린 르그랑에게 말한다, 빵점이에요, 그의 입술이 벌어지고 창백한 분홍색 잇몸이 보인다, 멋진 빵점, 그가 미소 짓는다. 공책에 커다란 영(0)자를 그리고 카트린 르그랑에게 보여준다. 하지만 별일 아니에요 가서 앉아도 좋아요. 그는 카트린 르그랑의 볼을 가볍게 두드린다. 라 포르트 부인이 큰 소리로 동화책을 읽어준다. 책은 책상 위 그의 앞에 놓여 있다. 한 손 위에 다른 손이 포개어 올려져 있다. 그는 그중에 한 손으로, 오른손으로, 책장을 넘겨야 할 때마다 포갠 손을 매번 푼다. 가끔은 책을 앞으로 조금 민다. 거의 각 단어 뒤마다 고개를 들고 그 뒤에 나오는 단어를 교실을 바라보고 미소를 지으며 말하기 시작한다. 바로 그 앞에 앉은 학생들을 바라보다가 오른쪽에 앉은 학생들, 그리고 왼쪽에 앉은 학생들을 바라본다. 그다음에는 다시 고개를 숙이고 매우 천천히 다음 내용을 읽기 시작한다. 그의 입술이 치아 위에서 높이 말려 올라간다. 연한 장밋빛 잇몸이 계속 보인다. 라 포르트 부인의 침이 실처럼 늘어난다. 침은 치아를 따라 걸쳐 있고, 하얀색 실을 만들어 그곳에 붙어 있거나 혹은 늘어나서 아래쪽 입술에 잠시 머물고, 너무 팽팽하거나 너무 느슨한 고무줄처럼 끊어지고, 입술에는 약간의 하얀색이, 침 자국이 남아 있다. 입이 닫히고 열리고, 입술이 세로로 혹은 가로로 벌려질 때마다 그것은 실을 새로 만든다. 라 포르트 부인은 프티알린*이 너무 많다. 동화책을 다 읽고 나서 그는 우리에게 문장을 만들어보라고, 원하는 아무것이나 괜찮지만 들려준 내용에 관한 것이어야 한다고 말한다. 렌 디외는 이야기 내내 단어 하나도 듣지 못했다. 그는 백지로 남아 있는 공책 위에서 팔짱을 끼고 있다. 라 포르트 부인은 큰 소리로 드니즈 봄이 공책에 쓴 것을, 안마리 로스랑이 공책에 쓴 것을 읽는다. 하지만 라 포르트 부인은 카트린 르그랑이 공책에 쓴 것을 큰 소리로 읽는 대신에 팔로 그를 들어 안는데, 부인의 팔에 카트린 르그랑이 누워 안겨 있고, 이렇게 큰 소녀가 누워서 이렇게 안겨 있는 모습은 웃기고, 라 포르트 부인은 교실을 가로지르며 팔 안에서 그를 흔들어서 달래고, 오른쪽에서 왼쪽으로 흔들고, 미소를 지으며 이렇게 말한다, 내 아가야, 내 커다란 아가야. 선생님이 안마리 로스랑이 학교에 나오지 않을 것이라고, 그의 남동생이 죽었기 때문이라고 말하고, 우리가 함께 그를 보러 갈 것이라고 말하고, 꽃을 가져가자고 말한다. 선생님이 말한다, 조용히 있어야 한다, 움직이지 말고, 안마리 로스랑에게 키스하렴. 우리는 두 명씩 짝을 지

* 침 속에 들어 있는 동물성 아밀라아제의 하나

어 열을 맞춰 간다. 우리는 주위로 차가 다니는 커다란 산책길과 가운데에 야외 음악당이 있는 광장을 가로지른다. 우리는 모두 계단에서 소란을 피운다. 층계참에는 충분한 공간이 없다. 계단마다 아이들이 서 있다. 우리는 여전히 두 명씩 짝을 지어 있다. 한꺼번에 모두 들어갈 수는 없다. 선생님이 반을 두 무리로 나눈다. 첫 번째 무리는 선생님과 함께 안마리 로스랑의 집으로 들어가고, 나머지 반절은 계단 아래의 층계참에서 기다린다. 우리는 서로 밀치고 넘어뜨린다. 선생님이 질서를 바로잡기 위해 소리를 지른다. 우리는 그를 따라 안마리 로스랑의 집으로 간다. 안마리 로스랑의 어머니가 우리 뒤에서 문을 닫는다. 그 옆, 문 근처에 안마리가 있다. 둘 중에서 아무도 울지 않는다. 우리는 남동생이 누워 있는 방으로 간다. 눈을 감은, 머리카락이 없는 아기다. 마치 아무도 살려두길 원하지 않는 새끼 고양이들처럼, 그는 눈을 한 번도 뜰 수 없었던 것 같다. 그는 하얀색 얇은 망사를 친 요람에 누워 있다. 십자가가 그의 옆 작은 테이블 위에 회양목이 꽂힌 성수가 든 유리잔과 함께 놓여 있다. 우리는 발끝으로 조심스럽게 걸으며 원을 만든다. 선생님이 낮은 목소리로 시작한다, 하늘에 계신 우리 아버지. 그 문장이 끝나면 그는 다음 문장으로 계속한다, 은총이 가득한 마리아 님. 우리는 함께 외운다,

주님의 어머니, 성모 마리아. 선생님이 회양목 가지를 성수에서 들어 올리고 요람 위에서 십자가를 그린다. 그는 회양목 가지를 옆에 있던 프랑수아즈 포미에에게 건넨다. 프랑수아즈 포미에는 성수에 가지를 담그고 우리는 순서대로 요람 위에서 십자가를 그린다. 우리는 앞으로 간다. 뒤로 간다. 부딪힌다. 방은 그렇게 크지 않다. 하지만 큰소리를 내지는 않는다. 안마리 로스랑의 어머니가 요람 위에서 베일을 걷어낸다. 죽은 아기의 콧구멍에서 굵은 콧물이 흘러나온다. 어머니가 손수건으로 그것을 닦는다. 흡수성면으로 가제를 만든 다음 아기의 콧구멍에 넣어 막는다. 끝난 다음에 그는 베일을 다시 원래대로 해놓는다. 우리는 뒤로 걸어서 방을 빠져나온다. 나가면서 하얀색 망사 베일 밑에 누운 채 코에는 면이 삐져나온 죽은 아기를 본다. 우리는 나머지 절반 아이들에게 자리를 내준다. 우리는 층계참에서 기다린다. 서로 밀친다. 속삭인다. 계단에 앉는다. 선생님이 낮은 목소리로 하늘에 계신 우리 아버지, 은총이 가득한 마리아 님, 이라고 외우는 것이 들린다. 흙이 젖어서 거의 검은색으로 보인다. 밤사이 마로니에꽃이 떨어졌다. 겨우 땅에 닿은 채 검은색 바닥과 대조를 이루며 눈처럼 보이는 각각의 꽃 안쪽으로 작은 빨간색 자국이 보인다. 베로니크 르그랑과 카트린 르그랑이 정원에 있다. 베로니크 르그랑은 퐁스 아저씨 주위를 빙빙 돈다. 그가 말한다, 퐁스 아저씨, 퐁스 아저씨 저 잡아보세요. 그는 작업대 앞에 있다. 그곳에는 장비가 무수히 많고, 몇몇은 벽에 걸려 있고, 몇몇은 작업대 위에 놓여 있는데, 나무톱, 쇠톱, 원형톱, 다양한 크기의 줄톱, 목공줄, 쇠줄, 캘리퍼스가 있고, 핸드 드릴이 있고, 다양한 크기와 종류의 송곳이 있다. 또한 못, 드라이버, 나무 접착제 그리고 특히 커다란 나무 블록들이 있다. 베로니크 르그랑은 그 모두를 만져본다. 그는 손 위에 망치를 들고 무게를 가늠해본다. 그는 바이스를 조이고 푼다. 못을 만지작거리다가 손으로 한 움큼 집어 들고 다시 놔둔다. 작업대 표면에 줄을 맞춰 작은 못들을 박는다. 더 세게 때리기 위해 망치의 머리 부분을 잡고 못 위를 때린다. 퐁스 아저씨는 무릎 사이에 나무 블록을 끼고 이상한 괴물을 조각하고 있다. 그는 등을 만들기 위해 표면을 비늘 모양으로 섬세하게 깎는다. 카트린 르그랑은 그넷줄을 타고 올라가려고 한다. 그는 다리와 발을 이용해 줄을 타고 기어오르려고 하지만, 줄은 너무 얇아서 안정적으로 잡을 수가 없다. 그는 그네 의자 위로 계속 떨어진다. 그네는 커다란 두 그루의 피나무 사이에 설치되어 있다. 그네를 앞뒤로 흔들기 위해 일어설 때 그리고 뒤로 몸을 기울일 때면 두 나무 사이로 하늘이 보인다. 우리는 과수원에 가서 사과를 줍는다. 구석진 정사각형 땅에는 잎채소가 심겨 있다. 상추와 치커리. 곳곳에 파슬리 뭉치 몇 개와 타임 줄기도 있다. 우리는 밤사이에 떨어진 사과를 주울 수 있다는 허락을 받았다. 그중에 몇몇 사과는 가끔 나무에 달려 있을 때부터 썩기 시작하는데 이를 바로 알아채기는 어렵다. 그것들은 풀 쪽에 썩은 부분을 댄 채로 떨어져 있는데, 갈색이고, 풀 속에 박혀 있고, 숨겨져 있다. 연두색 혹은 종종 분홍색 혹은 붉은색인 멀쩡한 부분밖에 보이지 않기 때문에 손으로 사과를 잡으면 손가락이 썩은 부분으로 푹 들어간다. 벌레가 먹어서 떨어지는 사과도 있다. 그것들은 다 익을 때까지 나무에 달려 있지 않는다. 벌레는 과일 안으로 파고들어 가 착굴한다. 사과는 더는 견고하지 않다. 반절이 텅 비어버린 것이다. 떨어진다. 좋은 사과는 나무에 매달려 있다. 아직 익지 않았기 때문에 만지면 안 된다. 나무를 바람보다 아주 조금만 더 세게 흔들면 사과 한두 개가 떨어지기도 하는데, 그렇게 떨어진 사과의 꼭지에는 싱싱하고 푸른, 꺾인 자국이 보인다. 베로니크 르그랑은 나무 아래에서 찾은 사과를 동전 끝으로 판다. 벌레의 터널을 더 크게 만들어서 허물어지도록 한다. 그는 홈을 판 사과들을 집의 하얀 벽 쪽에 나란히 놓아둔다. 몇몇은 아직도 군데군데에 초록색 껍질이 남아 있다.

가끔 베로니크 르그랑은 무의식적으로 혹은 맛을 보기 위해서 사과를 한 입 깨물기도 한다. 그는 손에 쥐고 있던 동전으로 집 앞의 땅에 그의 영역을 표시하는 직사각형 같은 것을 그린다. 그 안에 그가 파고 있는 사과들을 두자 얼마 지나지 않아 개미들이 꼬이기 시작한다. 몇몇 사과는 개미들로 완전히 뒤덮였다. 베로니크 르그랑은 다른 곳으로 옮기기 위해서 들고 있던 구멍 난 사과들을 던져버리고 소리를 지르면서 달리기 시작한다, 개미집이다, 개미집! 빈 깡통이 몇 개 있으면 여러 종류의 잎을 물에 담그는 데 사용할 수 있다. 라일락, 쐐기풀, 사과나무 잎을 섞는다. 깡통 몇 개에는 에센스를 얻기 위해 장미, 튤립, 작약 같은 꽃잎만 넣어 적셔둔다. 그것들을 햇빛에 두고 가끔 막대기로 저어준다. 몇 시간이 지나면 물은 미지근해지고 액체에서는 냄새가 나는 걸 느낄 수 있다. 하지만 잎과 꽃잎은 잘 용해되지 않는다. 주의했음에도 불구하고 조금 썩은 냄새가 난다. 하지만 계속해서 얼마 동안 냄새를 맡다 보면 사과, 장미, 혹은 때에 따라 튤립 같은 좋은 냄새가 나기도 한다. 깡통들을 베로니크 르그랑의 직사각형 안으로 가지고 간다. 베로니크 르그랑은 악천후에 수집품을 보호하기 위해 담을 만든다. 시간이 오래 걸린다. 정원의 각 구석에서 찾은 모든 돌을 베로니크 르그랑의 직사각형 안으로 옮겨야 한다. 그것들을 분류해서 크기대로 줄을 세워야 한다. 담의 토대는 넓적하고 납작한 돌들로 만든다. 담은 점점 좁아지는데 커다란 돌이 별로 없기 때문이다. 커다란 돌이 모자라는 곳에서 담이 멈춘다. 마무리를 하기 위해 그 위에 작은 돌 혹은 자갈을 쌓는데 이것들은 전혀 건축용 돌처럼 보이지 않고 전체의 결과를 망친다. 이렇게 다양한 종류의 돌을 견고히 고정할 수 있는 시멘트가 없어서 담은 튼튼하지 않다. 계속해서 다시 손질해야 한다. 베로니크 르그랑은 힘들어한다. 한쪽이 멀쩡한 상태면 다른 쪽이 무너져 내린다. 물에 잔뜩 젖은 붉은색 진흙으로 그것들을 완전히 고정하려고 시도해봤다. 그 흙이 점토라도 되는 듯이 말이다. 하지만 그것은 마르면서 부스러지고, 버티지 못하고, 돌 사이에서 그대로 있지 못하고, 돌은 분리되고, 경사지기 시작하고, 그러다 결국 굴러떨어지고, 돌이 하나만 떨어져도 연속으로 다른 돌이 굴러떨어지고, 그렇게 하나하나 떨어진 돌 때문에 전체가 무너진다. 다 큰 나무들 옆에 가느다랗고 곧은 몸통을 한 관목들이 있다. 두세 그루씩 정렬돼 있다. 그 주위로는 그늘이 지지 않아 찔레나무와 온갖 종류의 덤불 뭉치가 나무 중간 높이까지 자라 있다. 하지만 작은 소녀들보다는 키가 더 크다. 바로 이러한 이유로 이곳이 카트린 르그랑과 베로니크 르그랑의 숲이 된 것이다. 우리는 나무를 타고 올라가는 법을 배운다. 팔과 허벅지로 나무 몸통을 잡고 허리의 움직임으로 올라간다. 피부가 까진다. 위까지 올라갈 수가 없다. 우리는 멈춘 채 힘에 부쳐한다. 허벅지와 팔의 근육이 더는 말을 듣지 않는다. 조금 기다리면서 휴식을 취한다. 위쪽의 나뭇잎과 그 사이로 하늘이 지나가는 것을 보면서 힘들다는 것을 잊으려고 노력한다. 다시 움직여보려고 한다. 하지만 불가능하다. 바닥에 닿을 때까지 나무 몸통을 타고 미끄러져 내려가는 수밖에 없다. 내려가는 중에 나무 마디와 그루터기에서 돋는 새싹에 걸린다. 다리에 피를 흘리며 도착한다. 손으로 가지 하나를 잡고 매달린다. 가속도를 붙이기 위해서 몸을 앞에서 뒤로 흔들다가 한순간 얍, 가지 위로 들어 올린다. 몸을 앞뒤로 흔든다. 처음에는 천천히 그리고는 점점 더 세게. 그러다가 앞뒤로 너무 힘차게 움직이는 바람에 손이 미끄러져서 맨팔, 맨정강이, 맨허벅지가 쐐기풀에 떨어지고 만다. 그 순간에는 아무것도 느껴지지 않는다. 나무에서 떨어진 충격이 가시지 않은 것이다. 그러다 쐐기풀 위로 떨어진 것을 알아채면 최대한 빨리 일어나지만 이미 늦었다, 피가 요동치며 이리저리 퍼져나가기 시작하고, 쓰리고, 목 주위로 팔 위로 허벅지 위로 따가운 느낌이 전속도로 퍼지고, 쐐기풀의 잎 밑과 줄기에 있는 가시에 찔렸고, 박혔고, 몸을 살펴보니 벌써 물집으로 가득하다. 선생님이 통로 한가운데에 있는 기도대에서 무릎을 꿇고 있다. 반 전체가 그 옆으로 난 긴 의자에 앉아 있다. 미사 중이다. 카트린 르그랑은 렌 디외 옆에 있다. 앉아 있다. 신부님은 아직 안 오셨다. 렌 디외는 천으로 만든 것처럼 보이는 성스러운 그림을 몇 장 가지고 있는데, 가장자리에는 교회의 유아세례복처럼 레이스가 달려 있다. 손가락으로 위를 만져본다. 가장자리가 마치 깃발의 천 조각이 흔들리는 것처럼 움직인다. 렌 디외가 그림을 눈에 가까이 댄 다음에 레이스에 난 구멍으로 카트린 르그랑을 바라본다. 그는 입 오른쪽으로 그다음에는 왼쪽으로 천을 가져다 당기면서 치아와 잇몸을 드러내 보인다. 선생님이 있는 곳에서는 학생들이 앉아 있는 두 줄만 감시할 수 있을 뿐이다. 우리는 그의 뒤쪽에 있다. 신부님이 중백의를 걸친 채 도착한다. 제단의 발치로 간다. 그곳에서 무릎을 꿇
in nomine patris et filii et
고 십자가를 그으며 말한다, 성부와 성자와 … 이름으로. 선생님도 거의 그와 동시에 머리에서부터 가슴까지 십자가를 긋는다. 우리는 선생님과 함께 말한다, 아멘. 신부님
introibo ad altare Dei
이 말한다, 하느님의 제단으로 갑니다. 그 이후로는 더는 아무것도 들리지 않는다. 렌 디외가 긴 의자 밑으로 먹으려던 사탕 한두 개를 떨어뜨린다. 그걸 줍는 데 온갖 고생

을 한다. 렌 디외는 앞의 긴 의자 밑으로 기어들어 가서 파스칼 드라로슈와 자클린 마르샹의 다리 사이로 움직이는데, 누가 발로 차기라도 하면 그가 주먹질로 되돌려주는 소리가 들린다. 그는 사탕을 찾지 못한 채 돌아온 다음 뒤쪽 긴 의자 밑을 살펴본다. 뒤로 겨우겨우 간다. 카트린 르그랑은 그를 다시 돌아오게 하려고 머리를 때린다. 선생님이 두 번 돌아봤지만 결국은 아무것도 보지 못했다. 렌 디외는 우리가 앉는 순간에 다시 시도한다. 하지만 여전히 찾지 못했다. 이번에는 더 작고 마른 카트린 르그랑의 차례다. 그는 몸을 옆으로 대고 기울이면서 렌 디외가 가지 않은 모든 구석을 살펴본다. 조심스럽게 움직인다. 아무도 그가 거기 있는지 모르기 때문에 발로 차지도 않는다. 그는 네발로 기어가던 중 얼마 지나지 않아 손 아래에서 딱딱한 무엇인가를 발견하고, 끈적거리고 먼지가 묻은 산딸기 맛 사탕을 손바닥에 붙여 가져온다. 렌 디외가 그에게 그것을 선물로 주고 자기는 다른 사탕을 먹는다. 우리는 상대방의 균형을 잃게 하는 놀이를 하는데 선생님은 아무런 소리도 듣지 못한다. 우리는 곁눈질로 서로 쳐다보다가 상대를 겨냥한 다음 어깨를 옆으로 친다. 얼마 후 긴 의자 끝에 있는 렌 디외가 통로로 넘어진다. 떨어질 때 두 손으로 바닥을 때리는 소리가 난다. 선생님은 아무 소리도 듣지 못했다. 우리는 잠시 조용히 한다. 선생님은 뒤돌아보지 않는다. 파스칼 드라로슈의 베레모를 조심스럽게 벗기자 동시에 머리카락이 일어선다. 파스칼 드라로슈가 머리 위에 손을 가져다 대더니 베레모가 사라졌다는 것을 깨닫는다. 재빨리 뒤를 돌아보고 그것을 다시 찾기 위해 카트린 르그랑에게 달려든다. 우리는 서로 잡아당기고 밀치고 가슴과 어깨를 잡아당기지만 큰 소리를 내지는 않는다. 카트린 르그랑이 팔 아래로 파스칼 드라로슈의 베레모를 렌 디외에게 넘겨주는 데 성공하고 렌 디외는 그것을 뒤에 있는 드니즈 봄에게 넘긴다. 종소리가 세 번 들린다. 제단 앞에 붉은색 로브와 레이스 중백의를 입은 소년이 팔 끝으로 작은 종을 흔든다. 거양성체*다. 선생님이 우리가 고개를 잘 숙이는지 보려고 몸을 돌린다. 모두 머리를 가슴팍에 대고 있다. 얼마 후에 머리를 다시 든다. 성가대의 소년은 베이지색 양털 양말과 밤색 부츠를 신고 있다. 신발 끈 한쪽이 풀어졌다. 붉은색 로브는 무릎 밑까지 내려온다. 그가 다시 세 번 종을 울리자 모두 고개를 숙인다. 거양성체가 끝나자 드니즈 봄은 렌 디외의 머리 위로 파스칼 드라로슈의 베레모를 보내는데 베레모는 통로 한가운데 선생님 바로 뒤에 떨어지고 만다. 파스칼 드라로슈의 얼굴이 붉게 달아오른다. 그는 베레모가 떨어진 곳에 그것을 찾으

* 가톨릭 미사 중 성찬 전례 절차의 일부

러 가고 싶어하지 않고 대신에 카트린 르그랑이 가기를 바란다, 네가 가져갔잖아. 그는 카트린 르그랑의 베레모를 잡아채려고 시도한다. 결국에는 카트린 르그랑이 몸을 숨기지도 않고 베레모를 찾으러 간다. 선생님이 알아채지 못하는 사이 자기 자리로 걸어서 되돌아온다. 파스칼 드라로슈에게 베레모를 건넨다. 신부님이 말한다, 하느님의 어린 양, 세상의 죄를 없애시는 주님. 카트린 르그랑은 미사가 거의 끝나가는데도 불구하고 아직도 기도를 드리지 않았다는 것을 깨닫는다. 손으로 머리를 감싼다. 손가락 끝의 볼록한 부분으로 감겨 있는 눈꺼풀을 누른다. 눈동자와 눈꺼풀 사이에 있는 주황색, 파란색 동그라미와 노란색 가느다란 선이 지나가는 것이 보인다. 미사 동안 내내 장난쳤던 것에 대해 그에게 사죄한다. 있는 힘을 다해 그를 사랑한다. 벌린 손가락 사이로 제단을 바라본다. 신부님이 영성체를 한다. 매우 오랫동안 손으로 머리를 감싸고 있다. 신부님이 말하는 소리가 들린다, 미사가 끝났습니다, 우리는 선생님과 함께 말한다, 하느님 감사합니다(Deo gratias). 시간이 조금 더 지난다. 렌 디외가 말한다, 마지막 복음이야. 우리는 마지막으로 성호를 긋는다. 선생님이 일어난다. 프랑수아즈 포미에가 기도대를 정리하기 위해 의자에서 일어난다. 선생님이 손뼉을 친다. 우리는 의자 위에 서 있다. 우리는 두 명씩 짝을 지어 제단 앞을 지나갈 때 무릎 절을 하고 나간다. 렌 디외는 뒤쪽 다리를 너무 길게 빼는 바람에 매번 앞으로 고꾸러질 뻔한다. 하천이 넘쳤다. 물이 정원까지 들어왔다. 들판 두 개는 완전히 잠겼다. 아버지는 물이 얼마나 들어왔는지 측량하려고 말뚝으로 표시를 한다. 비가 계속 온다. 도로 반대편에 있는 들판들도 비에 가려 보이지 않는다. 땅이 완전히 젖어서 물이 흡수되지 못하고 표면에 있기 때문이다. 밤에는 꽁꽁 언다. 수면은 얼음덩어리로 변한다. 들판 곳곳에 스케이트장이 생겼다. 우리는 철조망 밑으로 지나간다. 팔 밑에 책가방을 끼고 얼음을 지치며 논다. 더 빨리 가기 위해서 서로 민다. 오른쪽 발을 앞으로 내밀고 옆으로 미끄러진다. 반동을 받으면 책가방을 얼음판에 대고 몸을 쭈그린다. 렌 디외와 카트린 르그랑은 쭈그리고 앉은 베로니크 르그랑의 손을 양쪽에서 잡아끌며 얼음판 위를 달린다. 제니 텔리에는 넘어져서 이마가 까졌다. 얼음판 위에 피가 보인다. 상처 위에 손수건을 댄다. 손수건이 바로 피로 물든다. 드니즈 봄이 집까지 그를 데려다준다. 우리는 얼음이 덮인 들판 탐험을 떠난다. 철조망 밑을 수도 없이 기어간다. 렌 디외는 철삿줄 끝에 외투가 걸려 한 부분이 떨어져 나갔다. 얼음들이 쌓여 있고, 반들반들한 표면을 가진 것들과 부서진 덩어리가 더미를 이루고 있고, 어떤 것들은 바위처럼 땅 위에 곧게 박혀 있다. 우리는 미끄러지지 않도록 조심하며 얼음에서 얼음 위로 뛰어다닌다. 카트린 르그랑의 신발이 두 얼음덩어리 사이에 떨어졌다. 하지만 아무도 멈추지 않는다. 모두 벌써 멀어졌다. 카트린 르그랑과 베로니크 르그랑 단둘이 남는다. 카트린 르그랑이 얼음 위에 앉은 채로 신발을 잡으려고 한다. 안 된다. 얼음을 따라 밑으로 몸을 숙여야 할 것이다. 신발은 그 밑에 껴 있다. 베로니크 르그랑이 그 옆 언덕에 서서 그를 바라본다. 어둠이 내린다. 카트린 르그랑이 신발을 빼내는 데 성공해서 젖고 진흙 범벅이 된 양털 양말 위에 신는다. 해가 져버렸다. 금방 밤이 올 것이다. 추워지기 시작한다. 옷은 다 젖어서 몸에 달라붙는다. 카드로 만든 것처럼 납작한 집들이 이제는 꽤 가깝다. 집으로 돌아가기 위해서는 모든 들판을 가로질러 철조망 밑을 다시 기어가야 한다. 카트린 르그랑은 베로니크 르그랑이 지나갈 수 있도록 철조망을 하나하나 들어 잡아준다. 국도에서는 손을 잡는다. 옷가지가 마르도록 베란다 중앙난방 보일러 앞에 둔다. 두터운 김이 나면서 젖고 따뜻한 양털 냄새가 난다. 빨간 반사체가 자전거 뒤에서 너울거리며 빛나고, 안장 위에 앉아 있는, 보이지 않는 자전거 운전자의 움직임과 지그재그를 따라 움직인다. 자전거는 항상 같은 자리에 있는 것 같다. 가끔 빨간 반사체가 위로 올라가서 바닥에서 몇 미터 떨어진 곳에서 움직이지 않고 있다가, 이따금 길 위에 혼자 있는 카트린 르그랑을 향해 달려올 듯하다. 갓길의 나무 울타리와 마름모꼴 철조망은 찌그러진 덩어리처럼 보인다. 집들은 뒤 어딘가에 멀리 있다. 철조망과 집들 사이에, 카트린 르그랑과 집들 사이에는 아무것도 없고, 그곳에는 자전거의 흐릿하고 빨간 반사체가 움직이는 길이 있다. 오후에는 숲에 갔다. 우리는 빈카와 황수선화를 발견했다. 꽃다발을 만든 다음 계속 편하게 뛸 수 있도록 허리띠에 고정했다. 빈터에서 간식을 먹었다. 둥그렇게 모여 앉았다. 선생님은 너도밤나무의 몸통에 기댔다. 우리는 제비뽑기를 해서 이야기를 들려주기로 했다. 나뭇조각을 분질러 하나만 빼고 모두 같은 길이의 나무 막대기들로 만들었다. 선생님은 나무 막대기들의 끝부분의 높이를 맞춰 손에 쥐었다. 차례대로 나무 막대기를 뽑으러 갔다. 안마리 로스랑이 다른 막대기보다 더 짧은 막대기를 뽑았다. 그는 새엄마와 이복자매들에게 괴롭힘을 당하는 공주 이야기를 들려줬다. 이 여자들은 나쁘고 못생겼다. 공주는 예쁘고 착하다. 공주는 무도회에 갈 수 없다. 하지만 머리에는 닭 날개를 달고, 목 주위로는 양파 껍질을 대고, 부엌 앞치마를 걸친 다음 방으로 가서 요정이 찾아와

이 모든 걸 해결해주기를, 요술 지팡이로 닭 날개를 바꿔 멋져 보이도록 하고 앞치마의 주름을 펴주기를 기다린다. 안마리 로스랑의 이야기는 무척이나 길다. 선생님은 미소를 짓고 고개를 끄덕이며 이야기를 듣는다. 하층목에 어둠이 깔린다. 선생님이 안마리 로스랑에게 내일 학교에서 이야기를 이어서 해달라고, 해가 떨어지기 전에 귀가하려면 얼른 자리를 떠야 한다고 말한다. 우리는 일어난다. 허리띠에 고정했던 꽃다발을 버린다. 뭉개진 줄기와 머리가 처진 꽃들은 더는 아무 필요가 없다. 카트린 르그랑은 너도밤나무의 발치에 어머니가 잃어버리지 않겠다는 조건으로 빌려준 실크 스카프를 두고 온다. 우리는 학교의 지붕 덮인 운동장이다. 해가 진 곳의 어슴푸레한 빛을 빼고는 사방이 깜깜하다. 카트린 르그랑이 갑자기 나무 밑에 두고 온 스카프를 큰 목소리로 말하며 기억해낸다. 그곳으로 돌아가고 싶어한다. 길을 잘 알고 있으니 잃어버릴 위험이 없다고 말한다. 선생님은 카트린 르그랑 혼자 밤에 숲으로 가는 것에 반대한다. 카트린 르그랑이 말한다, 렌 디외와 함께 갈게요, 길을 알아요. 렌 디외가 말한다, 그래 같이 가자. 선생님이 말한다, 그렇게 하는 건 안 돼. 선생님은 숲속에 유령이 있다고, 그는 밤에 거기에 있기 때문에 지금 숲에 가는 것은 어리석은 짓이라고, 만약 렌 디외와 카트린 르그랑이 그곳에 간다면 죽을 것이라고 말한다. 우리는 유령이 무엇인지 모른다. 선생님에게 유령이 뭐냐고 물어본다. 선생님은 그것은 무덤을 빠져나온 죽은 사람이라고, 머리 위로 있는 수의가 바로 유령이라는 표시라고, 그는 목에서 피를 빨아먹기 위해 사람들을 기다린다고 말한다. 우리는 웃는다. 하지만 선생님이 웃기려고 그렇게 말한다는 확신이 들지 않는다. 그것이 사실이냐고 묻는다. 선생님은 그것이 사실이라고 말한다. 유령 때문에 절대로 밤에는 생트 숲에 가지 않을 것이라고 말한다. 우리는 어떻게 그걸 아냐고 물어본다. 선생님은 아는 아저씨가 유령을 봤다고 말한다. 그런데 유령이 그 사람 목에서 피를 빨아먹지 않았나요? 아니, 그 사람은 남자였고 침착하게 대응했기 때문에 도망칠 시간이 있었어. 그런데 유령은 숲에 아무도 없을 때는 뭘 해요? 누가 오기를 기다리지. 근데 아무도 안 오면요? 계속 기다려. 그는 아무래도 시간이 많은 것 같다. 렌 디외가 카트린 르그랑의 귀에 대고 말한다, 완전 거짓말이야, 어쨌든 우린 가는 거야. 우리는 가는 길에 큰 소리로 이야기하지 못한다. 숲에 대해 다시 이야기하지 못하고 헤어진다. 렌 디외는 교회 쪽으로 가기 위해 왼쪽으로 돈다. 카트린 르그랑은 국도까지 계속 직진한 다음에 오른쪽으로 튼다. 길 앞쪽에는 난파시켜서 약탈하는 사람들이 나오는 이야기에서 그들이 손에 든 전등처럼 반사체가 거칠게 흔들린다. 만약 이것이 반사체가 아니라면? 만약 이것이 죽은 사람의 손에 들린 제단의 붉은 전등이라면? 이 유령 이야기를 믿어야 하는 것은 아니다. 하지만 선생님이 정말 그렇게, 마치 진짜인 것처럼, 정말로 겁이 난다는 듯이 말했다. 카트린 르그랑은 가던 길을 멈춘다. 집으로 돌아가기 위해 다른 쪽으로 갈 방법은 없다. 계속 앞으로 가야 하고, 그것만이 해야 할 일이고, 뒤로는 학교의 문이 모두 닫혔고, 안마당에도 교실에도 현재로서는 아무도 없기 때문에 이 난관을 뛰어넘어야 한다. 카트린 르그랑은 빨리 끝내버리려고 뜀박질을 하기 시작한다. 길이 깜깜하다. 길을 뚫고 국도로 나가면 곧바로 보이는 두 개의 가로등을 생각하자 안심이 된다. 조금만 지나면 그곳에 도착할 것이고, 빛이 있는 곳에 있게 될 것이다. 카트린 르그랑은 뛰어서 자전거를 탄 노인을 앞지르는데, 그는 안장 위에서 흔들거리고, 균형을 잃지 않기 위해서 그러는 것일 테지만 매우 천천히 페달을 밟는 바람에 같은 자리에 있는 것처럼 보이고, 노인이 자전거 손잡이를 이쪽 혹은 저쪽으로 조종하는 것을 따라 앞바퀴가 가끔 왼쪽에서 가끔 오른쪽으로 기우는 것만이 보인다. 어머니가 말한다, 유령이라니 무슨 소리를 하는 거니, 그는 카트린 르그랑이 거짓말이라도 한 것처럼 눈썹을 찡그리고, 잘못 이해한 거야, 유령은 존재하지 않아, 알겠니, 여기에 반박할 사람은 아무도 없을 거다, 조금이라도 생각을 해보렴, 유령은 없다는 걸 이제 알겠니. 자, 이것이 어머니가 한 말이다. 하지만 선생님은 고개를 끄덕였는데, 눈을 위로 아래로 옆으로 굴리며 이렇게 말했는데, 응, 숲에는 진짜로 유령이 있지. 그래서 결국 우리는 유령이 무엇인지, 그것이 존재하는지 그렇지 않은지 좀처럼 알 수 없다. 선생님이 교실 문 앞에서 파비엔 디르의 어머니와 이야기하고 있다. 파비엔 디르의 어머니는 키가 작고 남색 코트를 걸쳤고 머리가 짧다. 그는 선생님에게 가려 잘 보이지는 않는다. 우리는 교실에서 즐거운 시간을 보내고 있다. 서로 지우개를 던지며 장난을 친다. 렌 디외가 창유리를 향해 자기 지우개를 너무나도 힘껏 던지는 바람에 우리는 모두 책상 위에 엎드리는데, 유리가 정말 산산조각이 날 것처럼 보였기 때문이다. 창문은 깨지지 않는다. 선생님이 뒤를 돌아보고 말한다, 조용히 하세요. 드니즈 봄은 긴 의자에서 반절쯤 몸을 돌려 옆에 있는 파스칼 드라로슈와 뒤에 있는 렌 디외와 카트린 르그랑이 그가 하는 말을 들을 수 있게 한다. 그가 아주머니를 보러 갔다고 말한다. 차를 타고 갔다. 국경을 넘어야 한다. 호수가 있다. 집들은 모두 하얗고 물 위에 있는 하얀

백조들도 볼 수 있는데, 그중 한 마리만 목에 검정 자국이 있다. 사람들이 그들에게 빵조각을 던진다. 아주머니가 드니즈 봄에게 뒤에서 태엽을 감으면 북을 치면서 춤을 추는, 빨간 바지를 입은 곰 인형을 선물한다. 모두 행복하다. 아주머니는 그림이 그려진 커다란 케이크를 만들었다. 집으로 돌아가기 위해서 고개를 넘는데, 고개라니 얼마나 재미있는 이름인가. 고개는 산의 가장 끝부분이고, 우리가 볼 수 있는 끝자락이다. 산에서 목이 있는 곳이다. 그래서 고개라고 불리는 것이다. 산꼭대기는 구름에 가려져 보이지 않는다. 고개에서 밑을 바라보면 마치 지도에서 보이는 것처럼 호수 전체가 보이고, 고산이 보이고, 심지어는 몽블랑산도 보이고, 두 나라의 부분이 보이고, 어쩌면 산 사이에 있는 다른 나라, 폴란드도 보인다. 드니즈 봄은 여행을 좋아한다. 우리는 점심과 저녁을 식당에서 먹는다. 개 한 마리가 의자 옆에 와서 앉자 우리는 그에게 손가락 끝으로 먹을 것을 준다. 개는 거기에 머물고 우리가 포크를 입에 가져갈 때마다 그의 귀가 위로 종긋 세워지고 몸은 뻣뻣해진다. 선생님이 뒤를 돌아 소리 지르기 시작한다, 입 다무세요. 그는 파비엔 디르의 어머니가 무슨 말을 하는지 들을 수가 없다. 우리가 선생님이 무슨 말을 했는지 이해했을 때 그는 이미 다시 대화를 시작했다. 파비엔 디르의 어머니는 옆으로 움직여 문틈 쪽으로 간다. 선생님은 그를 한 발 한 발 따라가면서 놓치지 않으려고 한다. 몸을 반쯤 돌린 파스칼 드라로슈는 그의 옆에 앉은 드니즈 봄과 뒤에 앉은 렌 디외 그리고 카트린 르그랑에게 동시에 말한다. 그의 동생은 넓게 트인 공간에서 사방으로 뛰고 팔뚝과 팔로 빠르게 날갯짓을 하면 언젠가는 공중에 뜰 수 있다고 굳게 믿고 있다고 말한다. 파스칼 드라로슈는 팔뚝을 들었다가 재빠르게 내리고, 커다란 암탉처럼 혹은 오리처럼 뒤꽁무니를 뒤로 쭉 빼는데, 의자 위에 앉아 있는 파스칼 드라로슈는 정말로 곧 날것처럼 행동한다. 우리는 웃는다. 카트린 르그랑은 렌 디외 옆에서 부산하게 몸을 떤다. 드니즈 봄 파스칼 드라로슈 렌 디외는 그를 바라본다. 카트린 르그랑은 끈을 잡아당기며 신발을 벗는다. 드니즈 봄 파스칼 드라로슈 렌 디외가 그를 바라본다. 카트린 르그랑은 양털 양말을 벗어 맨발을 책상 위에 얹는데 발톱이 보이고 발가락은 벌어지는데 이 높이로 발을 유지하기 위해서는 배 밑에 힘을 주며 끌어당겨야 하고 발은 깨끗하지 않을지도 모르고 카트린 르그랑은 이걸 생각하지 못했고 그는 그저 드니즈 봄 파스칼 드라로슈 렌 디외를 웃기려고 이렇게 한 건데 결국은 아무도 웃지 않는다. 소녀들 각자가 공부하려는 것처럼 책상 앞에 원래 자세로 돌아간다.

우리는 말하지 않는다. 아무도 카트린 르그랑을 바라보지 않는다. 카트린 르그랑은 양말을 신은 다음 신발을 신으려고 하고 있다. 이는 아무도 웃기지 않았다고 말할 수 있을 것이고, 그래서 무엇인가가 카트린 르그랑처럼 보이는 것 안에서 전속력으로 회전하기 시작하고, 카트린 르그랑이 신발 끈을 다 묶었을 때 그 안에서 그것은 무거워지고, 눈높이에서 움직이지 않고, 눈구멍을 통해 밖을 바라보고, 견고해지고, 그것은 카트린 르그랑 외에는 절대 아무것도 될 수 없다. 여름에 초원으로 산책을 가는 것은 좋다. 선생님은 손가락으로 나무를 하나하나 가리키며 자연에 대해 배울 것이라고 말한다. 사과나무, 자두나무, 벚나무를 알아볼 수 있어야 하고, 귀리와 보리와 밀을 서로 구별할 수 있어야 한다. 사과나무 몸통의 껍질은 위에서부터 아래까지 수평을 이루는 깊은 홈이 파였다. 가을에 흙이 갈색일 때 쟁기로 갈아놓은 들판 같다. 같은 색이다. 우리 앞에는 굵고 오래된 사과나무가 한 그루 있다. 커다란 주지(主枝) 두 개가 갈라져 있는데 거기에 누울 수도 있을 것이다. 선생님은 우리가 나무에 기어오르는 것을 금지한다. 껍질의 홈 안에는 재빠르게 움직이는 개미들이 있는데 가끔은 그들이 일렬로 이동하는 것이 보인다. 사과나무 잎은 둥그렇고 광택이 없다. 보송보송한 모습을 하고 있는데, 특히 뒷면은 너무나도 보얀 나머지 초록색 위에 흰색 막을 깔아놓은 것 같다. 선생님이 사과나무꽃은 분홍색이라고 말한다. 자두나무는 덜 견고해 보인다. 자두나무의 몸통은 매끄럽고 거의 검은색으로 보이고, 나무를 쭉 따라가면 혹이 많고 칼자국 비슷한 것이 많이 나 있고, 가지는 여러 갈래로 갈라지는데 가장 두꺼운 가지조차도 끝으로 가면 구부러지는 부드러운 싹이 나 있다. 완벽하게 얽혀 있지 않은 갈래는 견고한 안식처를 제공하지 못한다. 선생님이 자두나무 꽃은 하얀색이라고 말한다. 배나무는 길쭉하고 은빛이 도는 초록색 잎을 가지고 있다. 몸통은 사과나무 기둥처럼 갈려 홈이 나 있다. 선생님이 배나무의 꽃은 하얀색이라고 말한다. 이런 나무 중 가장 멋진 것은 벚나무인데, 특히 비가로 체리가 열리는 종이 그렇다. 이 나무들은 곧게 뻗어 있고, 몸통은 두껍지 않다. 이들은 말을 닮았는데, 그들처럼 껍질 밑에서 피가 전속력으로 퍼지는 것을 보는 듯한 느낌이 들기 때문이다. 이렇게 땅에 심긴 채 꼼짝하지 않고 오랫동안 가만히 있을 것이라고 생각하니 믿을 수가 없다. 나무껍질은 자작나무의 것처럼 얇고 부드럽다. 담회색이다. 나무의 갈래, 새 가지의 정착, 잔가지 전체, 얽힌 구조 모두 매우 질서정연하다. 마치 사전에 정밀하게 계산된 것 같다. 그것은 하늘을 배경에 대고 활 모양을 만드는데,

프랑스식 정원에 있는 아치로 된 통로 같고, 완고하게 뻗어 나가고, 기하학적이고, 나뭇잎은 광택이 돌고, 짙은 초록색이고, 너무 길지도 너무 좁지도 않고, 가장자리에는 얇은 톱니 모양이 있다. 선생님이 벚나무 꽃은 하얀색이라고 말한다. 우리는 봄에 정원에서 그것을 실제로 본 적이 있다. 꽃잎은 검은색 흙 위에 떨어져 있고 완전히 젖은 몸통은 흙과 똑같은 색이다. 꽃잎을 줍는다. 손가락 끝이 젖는다. 꽃잎은 나무 주위에 있다. 그것은 나뭇잎이 없는 가지에도 있는데, 이곳저곳에 매달려 하얀 덩어리를, 눈 뭉치를 만든다. 곡물을 구별하기는 더 쉽다. 보리 이삭은 밀 이삭처럼 점점 끝이 가늘어지지만 길고 가는 수염이 있고, 밀 이삭보다 더 가느다랗고 덜 무겁다. 귀리 이삭은 깃털 모양이다. 그것은 서로 항상 같은 거리를 유지하며 날고 있는 곤충 떼처럼 보인다. 알맹이는 수염으로 끝나는 연녹색의 껍질로 감싸여 있다. 볏과 식물의 논 가장자리에는 울타리가 쳐진 작은 길이 있는데 그곳에서는 그림자 안을 걷는 것 같은 느낌이 든다. 풀은 다채로운 색깔을 띤다. 볏과 식물의 머리 쪽 분홍색은 매우 연해서 거의 투명하다. 어떤 것은 귀리를 닮았고, 어떤 것은 솜털 뭉치가 있으며, 어떤 것은 이삭 모양이다. 풀은 자연 수업에 포함되지 않는다. 그 안을 걸으면 풀이 위로 온다. 자국을 남기지 않고 앞으로 나아가고 싶다. 하지만 뒤를 돌아보면 초원에 칼로 금을 그어놓은 것처럼 자국이 난다. 그리고 미나리아재비와 민들레꽃의 노란색 자국이 보이는데, 그것들은 군데군데 반점을 만들어서 마치 햇볕이 초원에 고르지 않게 비추는 것 같다. 말뚝으로 된 울타리를 밀고 숲의 가장자리로 들어간다. 그것들은 띄엄띄엄 떨어져서 철삿줄로 묶여 있다. 렌 디외는 철삿줄 끝에 남아 있는 털이 멧돼지의 것이라고 말한다. 멧돼지는 너무 빨리 지나갔거나 혹은 있는 힘을 다해 지나가려고 했거나 혹은 울타리가 보이지 않았기 때문에 털이 뽑힌 것처럼 보인다. 렌 디외가 실제로 멧돼지는 거의 눈이 보이지 않는다고 말한다. 우리가 엉킨 철삿줄에서 빼내려고 하는 털은 뻣뻣하고 검다. 우리는 멧돼지를 실제로 보고 싶다고 말한다. 렌 디외가 그들은 우리가 있는 두꺼운 초목이나 잡목숲에서 거의 빠져나오는 일이 없다고 말한다. 날이 덥다. 더는 앞으로 나아갈 수가 없다. 땀을 흘린다. 얼굴이 벌겋다. 초록색 민트 아이스티 생각이 간절하다. 샘물 생각이 간절하다. 아주 작고 하얗고 만지면 시원한 자갈 생각이 간절하다. 어디서도 물을 구할 수 없다. 샘물 소리는 들리지 않는다. 무방비로 아스팔트 길을 걷는다. 줄지어 있는 나무나 주택 담의 그림자가 나타나면 멈추고 더위를 식히기 위해 그 안에서 잠시 머문다. 이는 쉽지 않은 일인데, 금방 그림자가 작아져서 그 안이 더워지기 때문이다. 입천장에 구멍이 난 소녀가 있다. 카트린 르그랑은 예배 시간에 소녀의 옆에 있다. 선생님이 자리로 데려다주려고 소녀의 손을 잡은 채 그가 전학을 왔고, 입천장에 구멍이 있고, 아프기 때문에 친절하게 대해야 한다고 말한다. 모두 구멍을 보고 싶어해서 선생님이 소녀에게 입을 벌리라고 시켰다. 우리는 모두 그의 주위에 모였다. 카트린 르그랑은 입천장 한가운데에 노랗고 검은 무엇인가를 본 것 같았지만 사실 카트린 르그랑은 새로 온 아이의 입천장의 구멍을 봤다고 말할 수는 없다. 선생님이 누가 같이 예배에 데려가겠느냐고 물었을 때 렌 디외와 카트린 르그랑이 입천장의 구멍 때문에 저요라고 말했다. 제단 위에 성체 현시대가 있다. 신부님은 아래에 부채꼴 장식이 있는 하얀색 제복을 입고 제단 앞에서 무릎을 꿇고 있다. 제단은 금으로 돼 있다. 햇빛이 구불구불한 모양으로 굳어진 해 장식이 있다. 해의 둥근 부분은 면병이다. 입천장에 구멍이 난 소녀는 렌 디외와 카트린 르그랑 사이에 무릎을 꿇고 있다. 그는 주기적으로 입을 벌리는데, 매번 숨을 쉴 때마다 한동안 입을 벌리고 있어야 하는 것만 같다. 카트린 르그랑은 이 시간 동안 그 입에서 썩은 것 혹은 거름 혹은 카트린 르그랑이 모르는 더 끔찍한 것의 냄새가 난다고 생각한다. 고개를 다른 쪽으로 돌리는 것이 좋을 것이다. 소녀가 입을 다물면 아무런 냄새도 나지 않는다. 렌 디외는 앞을 바라본다. 그는 의자 밑에 묵주를 떨어트린다. 다시 줍기가 어려운데 뒤에서 세 번째 의자 밑으로 떨어졌기 때문이다. 그는 의자 밑을 뒤로 기어간다. 윗학년 학생들이 그에게 발길질하고, 무릎으로 치고, 주먹으로 때린다. 묵주를 다시 손에 쥔 그는 얽힌 것을 풀기 시작한다. 냄새가 입천장에 구멍이 난 소녀로부터 유래한 것인지 혹은 낮에 교회 문이 크게 열려 있을 때 개나 고양이가 들어와 의자 밑에 볼일을 본 것인데 우리가 그렇게 상상하는 것인지는 알 수가 없다. 우리는 개들이 기도 시간에 성당으로 들어와서 성가대 쪽으로 재빨리 달려가는 것을 본 적이 있다. 우리는 그 순간에 웃기 시작했다. 특히 개가 멈춰서 뭘 해야 할지 모르고 꼬리를 흔들었을 때 그랬다. 둥근 천장 바로 밑까지 가서, 쉬지 않고 날다가 구석의 돌과 토대를 아슬아슬하게 스치는 제비들을 본 적도 있는데, 밑에서 보면 부딪힐 것처럼 보이지만 그들은 계속 날다가 마지막 순간에 방향을 바꾸고, 우리는 고개를 뒤로 젖힌 채 구경하고, 그들을 최대한 오랫동안 보기 위해, 특히 문 쪽에서 반대로 날아갈 때 볼 수 있도록 손으로 목덜미를 받치고, 제비들이 뒤로도 혹은 발을 하늘로 들고도 날 수 있는지 궁금해 한다. 목요일 오후이고 우리는 파비엔 디르의 집에 있다. 연극 놀이를 한다. 정원이 무대가 된다. 모두가 무대 위에 있다. 파비엔 디르의 남동생은 작은 소년 역을 맡는다. 파비엔 디르는 소년의 엄마 역을 맡는다. 드니즈 봄은 소년 엄마의 이웃 역을 맡는다. 베로니크 르그랑은 소년 엄마의 의사 역을 맡는다. 카트린 르그랑은 소년 엄마의 신부님 역을 맡는다. 학교에 갈 시간이다. 소년은 엄마가 그를 일으켜 세울 때 배를 대고 넘어진다. 파비엔 디르의 동생이 제대로 땅에 넘어지는 장면을 얻기가 쉽지 않다. 그는 경직되어 있고, 자제하기 때문에 마치 여러 번에 걸쳐서 넘어지는 것처럼 보인다. 한 번에 배를 대고 넘어져야 한다고 누군가 설명한다. 카트린 르그랑은 어떻게 해야 하는지 이해시키기 위해서 그에게 발을 건다. 그러자 파비엔 디르의 동생은 정확히 우리가 원하는 것처럼 땅에 배를 대고 넘어지고, 이마를 나무뿌리에 부딪혀 울기 시작한다. 결국 그를 잔디 위에서 넘어지게 하는데 이는 꽤 그럴듯하다. 현재로서는 그가 넘어지는 것을 멈출 방법이 없을 정도다. 넘어지는 소년의 엄마는 이웃을 만나고 그에게 소년이 서 있는 자세를 유지할 수 없다는 것을 보여주기 위해 소년을 일으켜 세운다. 그 순간에 소년은 배를 대고 넘어져야 한다. 엄마는 그를 데려가서 신부님

앞에 일으켜 세운다. 그는 계속 넘어진다. 누가 앞에 있든 그를 일으켜 세우는 즉시 넘어지고 아무도 그 이유를 알지 못한다. 엄마는 그를 다시 데리고 의사 앞에 일으켜 세운다. 의사가 말한다, 어머니 울지 마세요, 제가 해결해볼게요, 그렇게 의사는 소년을 진찰하고 그렇게 의사는 소년에게 옷을 입힐 때 바지의 다리를 넣는 구멍 하나에 두 다리를 모두 넣었다는 것을 발견한다. 장막이 내려가고 배우들 스스로 손뼉을 치지만 앙코르는 없다. 렌 디외가 땅에 미로를 그린다. 그 안에 들어가는 순간 더는 빠져나올 수 없다고 말한다. 모두 그 안으로 들어간다. 출구를 찾기 위해서 작은 보폭으로 움직인다. 파비엔 디르의 동생은 선 위를 뛰어넘는 속임수를 피며 말한다, 이것 봐 내가 이겼어. 누군가 그에게 그렇게 행동하면 같이 놀지 않을 것이라고 말한다. 처음부터 다시 시작한다. 미로의 입구에서부터 다시 출발한다. 안마리 로스랑은 렌 디외에게 그의 미로가 잘못되었다고, 다른 선들 위로 겹치는 선이 있고 이것은 공평하지 않다고 말한다. 렌 디외가 몇몇 선을 다시 고치려고 시도하지만, 막대기를 던지며 진짜 미로를 만들기에는 자리가 부족하다고 말한다. 우리는 그것을 지우고, 잔디밭에 풀 위에서도 보이도록 하얀 자갈을 서로서로 나란히 놓아 새로운 미로를 만들기로 한다. 풀 위에 자갈들을 올려두자마자 파비엔 디르의 동생이 발로 찬다. 렌 디외 파비엔 디르 베로니크 르그랑 카트린 르그랑 드니즈 봄이 그의 뒤를 쫓기 시작한다. 그를 잡았을 때 우리는 혼자서는 내려올 수 없는 벽 위에 그를 앉혀놓는데, 그는 소리 지르고, 벽에 대고 양발을 차례대로 차기 시작한다. 우리는 우리가 모르는 두 소녀에게 렌 디외의 미로를 보여준다. 파비엔 디르의 엄마가 그들에게 들어오라고, 간식 먹을 시간이라고 말한다. 파비엔 디르가 우리가 모르는 두 소녀와 말한다. 더 큰 소녀는 프랑수아즈라고, 작은 소녀는 자클린이라고 부른다. 집에서는 계피와 레몬 타르트 냄새가 난다. 우리는 외투를 벗는다. 간식 시간이 끝나고 밖으로 나가기 위해 다시 외투를 걸친다. 두 소녀 중에 큰, 프랑수아즈라는 이름의 소녀가 누가 벽에 제일 높이 닿는지 게임을 하자고 한다. 그가 어떻게 하는지 보여주는데 다리를 위로 올려서 이렇게 벽의 끝에 닿는다. 그가 그 동작을 하는 동안 음부와 엉덩이와 그 사이에 있는 선이 보이는데 팬티에 구멍이 났기 때문이다. 누가 그에게 말한다, 다시 보게 한 번 더 해봐. 그가 우리가 어떤 표정을 하고 있는지 보려고 웃으면서 몸을 돌렸을 때 그의 얼굴은 완전히 빨개지고, 우리가 우겨봤지만, 그는 더는 벽에 대고 뛰고 싶어하지 않는다. 선생님이 역사 수업 처음부터 800년대에 왕이었던 샤를마뉴 대제에 대해 말한다. 선생님은 샤를마뉴가 학교를 만들었다고 말하고, 궁전의 학교에는 가난한 아이들과 부자인 아이들이 함께 다닐 수 있었다고 말한다. 역사책 안에 색칠이 된 그림에서 제복을 입은 샤를마뉴는 선 채로 가난한 아이의 등에 팔을 두르고 있고, 이 아이는 손에 두루마리를 든 채 고개를 샤를마뉴 쪽으로 들고 있는데 어쩌면 그가 말하는 중일 것이다. 그가 가난한 아이라는 것이 티가 나는데 옷의 끝부분이 바닥에 비교해봤을 때 전부 같은 높이가 아니기 때문이다. 샤를마뉴는 가난한 아이의 등에 댄 손 말고 다른 손의 검지로 밑단이 곧은 옷을 입고 있는 부유한 아이를 가리키고, 선생님은 그가 당황한 것처럼 보이지, 라고 말하고, 선생님은 샤를마뉴가 그 아이를 질책하면서 가난한 아이가 성적이 더 좋다니 어떻게 된 일이냐고 묻는 것이라고 말한다. 샤를마뉴 뒤에는 서로 서로 붙어 있는 아이들이 있는데 뒤로 갈수록 점점 작아진다. 그림 안에 여자아이들은 없다. 선생님이 그림에서 보이지는 않지만, 샤를마뉴가 비두킨트를 지도자로 둔 작센족과 전쟁을 했다고 말한다. 선생님은 이 전쟁에서 비두킨트가 샤를마뉴에게 패했으며, 샤를마뉴는 비두킨트가 그리스도교인이 되길 원했지만 비두킨트는 원하지 않았다고 말한다. 선생님은 그랬던 그였지만 어느 날 혼자서 교회에 가게 되고, 그곳에서 성체 현시대의 제물로 놓인 한 소년을 보게 되고, 그 앞에서 무릎을 꿇고 그리스도교인이 되었다고 말한다. 선생님이 아비뇽은 항상 해가 쨍쨍하고 하늘이 파랗다고 말한다. 그가 창문 밖을 바라보지만, 밖에는 비가 온다. 그는 지리 수업 시간에 론강 골짜기가 마치 통로가 된 것처럼 강풍이 하강하고 복숭아나무와 아몬드나무의 하양 분홍 꽃들을 다 떨어뜨리지만, 그동안에도 하늘은 파랗다고 말한다. 그는 밭 주위에는 바람으로부터 농작물을 보호하기 위해 실편백과 곧은 주목(朱木)이 심겨 있다고 말하고, 그것들은 짙은 녹색인데 바람이 너무 많이 분 나머지 바람 방향으로 누워 있다고 말한다. 선생님은 안경을 벗으면서 이것이 미스트랄[*]이라고 말한다.

* 프랑스의 론강을 따라 리옹 만으로 불어오는 강력한 북풍

총은 가운데에 있다. 누군가 카트린 르그랑의 왼쪽으로 혹은 뱅상 파르므의 오른쪽으로 다가온다면 그것을 발견하지 못할 것이고, 그러면 둘 중 한 명은 총부리 앞을 이리저리 왔다 갔다 하면서 앞으로 가고, 그러는 동안 다른 한 명이 총을 들고 등 뒤에 숨길 수 있을 것이다. 우리는 하천을 따라 걷는다. 반쯤은 몸을 숙인 채다. 무릎을 굽히고 앞으로 간다. 해가 완전히 지면 뱅상 파르므의 하얀색 셔츠를 제외하고는 더는 아무것도 눈에 띄지 않게 될 것이다. 우리는 풀 위에 배를 대고 납작하게 있다. 방앗간의 소녀들이 수문의 반대편 상류로 가서 방앗간까지 방향을 튼 물줄기를 따라가는 대신 널빤지를 건너서 틀린 방향으로 오고 있는데, 그 말인즉슨 하류를 따라 우리가 있는 곳으로 오고 있는 중이라는 뜻이기 때문이다. 소녀들은 집을 뒤로하고 걷고 있다. 집에 돌아가면 들판에서 총 옆에 엎드려 있는 뱅상 파르므와 카트린 르그랑을 봤다고 말할 것이다. 우리는 지금 물가에서 자라고 초원까지 멀리 가지를 뻗은 개암나무 아래에 숨어 있다. 풀은 젖어 있다. 흙도 젖어 있다. 물 흐르는 소리가 매우 가까이서 들린다. 밤에 침대에 누워 있을 때, 잠이 안 올 때 들리는 것처럼 그 소리가 들린다. 낮에는 아무 소리도 들리지 않는다. 방앗간 소녀들은 키가 크고 말랐다. 우리는 그 소녀들과 함께 놀지 않는다. 소녀들은 들판에서 우리가 볼 수 없는 무엇인가를 줍기 위해, 혹은 우리가 볼 수 없는 무엇인가를 바라보기 위해 몸을 굽힌다. 그런 다음에는 방앗간 쪽으로 향하고, 언덕을 가로지른다. 우리가 있는 쪽은 보지 않는다. 등을 돌린다. 우리는 소녀들이 집에 들어가기를 기다린다. 하천을 따라 다시 걷기 시작한다. 개암나무를 지나간다. 뱅상 파르므가 총을 들고 있다. 이번에는 총을 하천 쪽에 가까이 든다. 우리는 나무 널빤지에 도착하기 전에 멈춘다. 뱅상 파르므가 풀 속에 총을 던진다. 우리는 물 쪽으로 불쑥 튀어나온 제방에 최대한 동그랗고 깔끔한 구멍을 낸다. 모두 합쳐서 여섯 개의 구멍을 서로 충분히 거리를 둔 채 판다. 다 팠을 때는 구멍을 통해 하천의 물이 보인다. 물은 구멍이 난 제방 밑으로 더 깊이 꺼진다. 우리는 주머니에서 구리줄을 꺼내 매듭을 만든다. 줄의 끝부분을 매듭 안에 지나가게 해 유연하면서도 빳빳한 고리를 만든다. 고리를 만들고 남는 구리줄은 손에 쥔다. 우리는 구멍 주위로 앉는다. 기다린다. 송어가 보이면 가능한 한 천천히 물 안에 고리를 집어넣고, 건드리지 않고 송어의 꼬리를 고리 안에 들어가게 하고, 고리를 배까지 올린 다음에, 아가미 높이가 되면 구리줄에 걸린 송어를 땅으로 건져내기 위해 고리를 재빨리 잡아당긴다. 카트린 르그랑은 세 개의 구멍을 감시한다. 뱅상 파르므도 세 개의 구멍을 감시한다. 해가 거의 졌다. 강은 언덕보다 밝다. 해가 강물에 비친다. 송어 한 마리가 뱅상 파르므의 구멍 중 하나의 입구에 자리 잡았다. 뱅상 파르므는 구멍 안에 고리를 집어넣고 송어를 건져내기 위해 한꺼번에 잡아당긴다. 송어는 풀밭에서 이리저리 폴짝폴짝 뛴다. 비늘이 빛난다. 송어는 잠깐 가만히 있더니 다시 얼마 동안 폴짝폴짝 뛰기 시작한다. 카트린 르그랑의 구멍에 송어가 한 마리 멈췄다. 카트린 르그랑은 구리 선을 집어넣어 고리 안에 꼬리를 집어넣고, 카트린 르그랑이 배까지 고리를 올리는데, 송어는 낌새를 알아채고 전속력으로 달아난다. 송어는 더는 보이지 않는다. 그는 뱅상 파르므에게 송어 한 마리를 놓쳤다고 말한다. 뱅상 파르므는 괜찮다고, 원래 그런 것이라며 놓친 송어 말고도 잡을 것이 많이 있다고 말한다. 뱅상 파르므가 잡은 송어는 풀에서 한 번 높이 뛰어오르더니 옆으로 떨어진다. 뱅상 파르므는 다른 송어 한 마리를 꺼내는 중이다. 하지만 그 송어는 너무 작아서 그가 다시 물에 풀어준다. 하천 어딘가에서 자유의 몸이 된 송어가 내는 소리가 들린다. 얼마 지나지 않아 뱅상 파르므가 카트린 르그랑에게 도와달라고 한다. 물에서 제일 가까운 구멍 안에 송어 한 마리가 걸려 있다. 그는 매우 거대해서 구멍을 통해 꺼낼 수가 없다. 송어는 몸부림을 친다. 뱅상 파르므는 배를 대고 엎드려 하천의 가장자리로 몸을 기울인다. 송어를 그쪽으로 몰려고 시도한다. 그는 카트린 르그랑에게 발을 잡으라고 말한다. 카트린 르그랑은 온몸이 하천으로 기운 뱅상 파르므의 발을 잡는다. 카트린 르그랑은 발을 계속 잡고 있기가 힘든데 그가 계속 밑으로 끌어당기기 때문이다. 얼마 후 하천 건너편에서 바깥 전등 밑에 선 아주머니가 부르는 소리가 들리는데, 저녁 먹을 시간이기 때문이다. 뱅상 파르므는 달아나기 위해 애쓰는 송어를 가장자리까지 몰면서 젠장이라고 말한다. 카트린 르그랑은 그의 발을 잡고 있다. 뱅상 파르므는 균형을 잡고 버티다가 기어서 다시 바닥에 배를 댄다. 땅에 앉는다. 그의 두 손엔 몸부림치던 송어의 몸

중간쯤이 구리줄에 걸린 채 들려 있다. 그는 셔츠 안 가슴팍에 방금 잡은 송어와 전에 잡아둔 송어를 함께 넣는다. 하천을 따라 돌아간다. 우리는 방앗간 소녀들이 아까 지나간 널빤지를 등지고 걷는다. 판자가 발밑에서 삐걱거리는 나무다리의 반대쪽으로 간다. 카트린 르그랑은 팔 끝에 총을 걸치고 다리에 총부리를 기댄다. 총은 차갑고 축축하다. 뱅상 파르므는 가슴에 송어들을 안고 걷는다. 우리는 아무에게도 들키지 않기 위해 조심하는데, 이렇게 물고기를 잡는 것은 금지되었기 때문이다. 우리의 몸이 톱밥 더미 안에 절반쯤 묻혀 있다. 우리는 네 명이고, 모두 같은 톱밥 더미 안에 있다. 우리는 카드놀이를 한다. 드니즈 파르므가 매번 이긴다. 뱅상 파르므가 삐진다. 베로니크 르그랑은 거의 목까지 파묻혀 있다. 작업실은 불이 켜지지 않았다. 밖에는 비가 온다. 언덕의 풀은 평소보다 더 짙은 초록색이다. 숲의 초입부에 있는 나무들이 다 쓰러진 것이 보인다. 베로니크 르그랑이 톱밥 더미 안에서 카드 한 장을 잃어버린다. 그는 카드를 찾으려고 하면서 다른 카드도 모두 파묻는다. 그 옆에 있는 카트린 르그랑은 카드를 되찾기 위해서 구멍을 낸다. 그는 드니즈 파르므의 얼굴에 톱밥 한 움큼을 던진다. 우리는 톱밥을 던지며 싸우기 시작한다. 그곳에서 벗어나기가 힘들다. 우리는 서로를 향해 더 잘 조준하기 위해서 몸을 일으킨다. 베로니크 르그랑이 소리를 지르는데 그곳에서 벗어나려고 할수록 더 깊이 빠지기 때문이다. 그는 뱅상 파르므가 던지는 톱밥을 눈에 다 맞는다. 그는 결국 톱밥 더미에서 벗어나는 데 성공한다. 우리는 작업실 곳곳에 톱밥을 던지고, 우리의 머리카락과 주머니에도 톱밥이 가득하다. 우리는 비가 덜 세게 올 때 사과 서리를 하기로 한다. 드니즈 파르므는 사과가 덜 익었다고 말한다. 그럼에도 불구하고 우리는 가기로 한다. 숲을 따라 길이 나 있다. 아스팔트가 깔린 도로는 아니다. 곳곳에 웅덩이와 진흙이 있다. 오른쪽으로는 들판이 있다. 사과나무에 다다르기 위해서는 길을 떠나 한동안 풀밭을 걸어야 한다. 첫 번째 사과나무의 사과들은 매우 작고 두 번째 것도 마찬가지다. 우리는 다른 사과나무에서 그럭저럭 괜찮은 사과들을 발견한다. 우리가 사과나무 밑에 있으면 뱅상 파르므가 온 힘을 다해 가지를 흔든다. 우리는 떨어지는 물 때문에 소리를 지르며 피한다. 사과는 한 알도 떨어지지 않는다. 드니즈 파르므가 아직 덜 익어서 그렇다고 말한다. 우리는 그것들을 직접 따기 위해서 나무를 기어 올라간다. 몸통은 매우 끈적거린다. 나무껍질 위에서 신발 밑창이 미끄러진다. 주머니에 사과를 가득 담고 나서 다시 내려간다. 우리는 나무 밑에 있다. 발을 구른다. 땅은 흠뻑 젖어 있다. 발밑에서 빨아들이는 소리가 나고, 들판에 있는 풀은 곳곳에서 풀죽처럼 보인다. 우리는 사과를 나눈다. 가장 푸르뎅뎅한 것은 버리지만 가능한 한 많이 주머니에 넣는다. 우리는 작업실로 돌아간다. 몸이 젖어서 춥다. 다시 톱밥 더미 안에 들어간다. 각자 앞에 사과가 놓여 있다. 우리는 사과를 깨물면서 카드놀이를 한다. 베로니크 르그랑은 맛을 보려고 사과를 모두 한 입씩 깨문다. 첫 번째 사과를 먹겠다고 결정한다. 껍질 없이 알맹이가 노출된 부분에는 침과 사과즙 때문에 톱밥이 잔뜩 묻어 있다. 베로니크 르그랑은 사과를 다시 먹기 위해 한동안 몸에 닦고 핥아서 톱밥을 떼어낸다. 우리는 계속 사과를 깨문다. 아주머니가 간식을 먹으라고 부른다. 우리는 제일 먼저 도착하는 사람이 다 먹을 것이라고 소리를 지르며 간다. 아주머니는 완벽하게 밀랍 칠이 된 집 안에 우리가 묻혀온 톱밥 때문에 화를 내기 시작한다. 우리는 작업실로 돌아간다. 시간이 지나자 배가 아파지기 시작한다. 톱밥 더미를 빠져나와 다른 아이들보다 먼저 화장실로 가기 위해 달린다. 드니즈 파르므가 처음으로 도착하고 문을 잡으면서 최대한 빨리 잠금쇠를 채운다. 뱅상 파르므와 카트린 르그랑은 그 뒤에 바로 도착한다. 베로니크 르그랑은 손으로 배를 부여잡고 뛰지 않으면서 정원을 가로지른다.

뱅상 파르므 카트린 르그랑 베로니크 르그랑은 문을 두드리기 시작한다. 카트린 르그랑과 베로니크 르그랑은 농장에 가기 위해 가장 위에 있는 길로 간다. 다른 집들보다 높은 곳에 난 도로는 마을 전체를 가로지른다. 어쩌면 다른 길로 갈 수도 있을 것이다. 카트린 르그랑과 베로니크 르그랑은 바로 이 길에서 공격당했다. 먼저 거위들이 그랬다. 거위들은 길에서 떨어진 마당에 있었는데, 마당 가운데는 분수대가 있고, 분수대의 각도 때문에 혹은 채가 들린 채 아무렇게나 놓인 수레 때문에 혹은 퇴비 더미 때문에 거위들을 보지 못할 때가 있다. 뭐가 되었든 우리가 그들이 거기 없다고 생각할 때, 거위들은 뛰어서, 한 발 한 발을 내밀고, 다른 쪽 다리, 깃털, 옆구리, 솜털, 잡아당겨진 목을 재빨리 움직이고, 커다랗게 열린 부리는 닫히고, 소리를 지르고 휘파람 같은 소리를 내면서 다가오고, 더 크게 소리를 지르며 겁을 먹게 하는데, 우리는 그들에게 달려드는 방법밖에는 없고, 그러면 거위들은 조금 뒤로 물러났다가 더 큰소리를 내며 앞으로 향한다. 우리는 발로 차는 시늉을 한다. 그들은 개구리가 내는 것 같은 소리를 내면서 거리를 둔다. 하지만 우리가 다시 등을 돌리는 순간 그들은 부리로 종아리를 사정없이 쪼다. 우리는 그곳에서 빠져나오기 위해 줄행랑을 친다. 거위 다음에는 개다. 첫 번째 개는 뾰족한 주둥이와 뾰족한 귀와 매우 작은 눈을 가진 하얀색과 검은색 털이 난 쥐 잡는 개다. 개는 길가로 난, 항상 열려 있는 문 뒤의 복도에 있다. 그는 그림자에 가려 보이지 않는다. 개는 우리가 지나가길 기다렸다가 우리를 향해 짖으며 집을 빠져나오고, 우리는 그에게 겁을 주려고 뒤를 돌아서 코를 발로 차고, 개는 우는 듯한 소리를 내지만 우리가 등을 돌리는 즉시 아무런 소리도 내지 않고 종아리를 문다. 두 번째 개 역시 첫 번째 개처럼 쥐 잡는 개지만 검은 털을 가졌고, 더 작고 더 날렵하다. 그는 짖지 않는다. 그는 수레 아래 혹은 그림자가 진 벽 앞에 엎드려 있다. 그는 우리가 지나갈 때는 쳐다보는 척도 하지 않지만, 우리가 뜀박질해도 결국 종아리에 그의 이빨 자국이 난다. 베로니크 르그랑과 카트린 르그랑이 마을 위로 난 길을 지나갈 때면 거위와 개 말고도 숨어서 기다렸다가 둘이 지나갈 때 쐐기풀을 들고 달려드는 소년들이 있다. 그들의 손에서 쐐기풀을 뺏기 위해서 싸워야 하는데 그렇지 않으면 그들은 짧은 반바지 아래로 노출된 종아리와 허벅지를 쐐기풀로 사정없이 때릴 것이기 때문이다. 그들은 베로니크 르그랑과 카트린 르그랑보다 수가 많고, 그래서 무슨 수를 쓰더라도 결국은 알아채지 못하는 사이에 물집이 잔뜩 생기기 마련이다. 우리는 바로 이러한 이유로 주머니칼을 산

것이고, 그들을 놀라게 하기 위해 마을 가운데 길로 지나가는 것이다. 그들은 반대쪽 문 뒤에서 쭈그리고 숨어 있고, 우리는 살금살금 그들 뒤로 가서 칼로 혼을 낼 수 있을 것이다. 베로니크 르그랑과 카트린 르그랑의 손안에는 칼날이 빠진 칼이 쥐여 있는데, 베로니크 르그랑은 왼손잡이라서 칼을 왼손으로 잡는다. 카트린 르그랑은 오른손잡이라서 칼을 오른손으로 잡는다. 이렇게 하면 엉덩이를 서로 좁게 붙이고도 방해받지 않으며 걸을 수 있는데 칼은 바깥 방향을 향하고 있기 때문이다. 그들을 놀래주기는 쉽지 않을 것이다. 도착한 순간에 남자애들이 쐐기풀을 들고 뒤를 돌아본다. 칼을 든 카트린 르그랑과 베로니크 르그랑을 본 순간 그들은 이해할 수 없는 말을 소리치면서 폴짝 뛰어오르고, 그들이 가지고 있던 모든 쐐기풀을 우리의 얼굴에 종아리에 허벅지에 한꺼번에 던지고 줄행랑을 친다. 엄마는 칼을 압수하는데 남자애들이 그들의 모부에게 일러바쳤기 때문이다. 우리는 농장 앞에 있다. 파스칼 프로망탱은 아주머니와 함께 부엌에 있다. 우리는 피에르마리 프로망탱과 피에르마리 프로망탱의 염소와 함께 있다. 우리는 염소와 함께 놀려고 하고, 염소와 싸우고, 염소가 고개를 숙인 채 배를 향해 돌진하면 피한다. 뿔이 시작되는 부분을 잡으면 우둘투둘하고 딱딱한 앞머리가 만져지는데, 반절은 살로 되고 반절은 뼈로 된 볼록한 그 부분은 곱슬곱슬한 털 뭉치로 특히 두텁게 덮여 있다. 우리는 염소가 예상하지 못한 순간에 밀어서 외양간의 문에 염소의 궁둥이를 찧게 하는데, 이는 염소를 화나게 만들고, 염소는 고개를 숙이고 돌진해서, 뿔을 피하려면 옆으로 뛰어오르는 수밖에 없다. 우리는 계단 위로 올라간다. 염소는 앞발로만 겨우 올라올 수 있을 뿐이다. 두 계단 위에 서서 두 손으로 염소를 괴롭히며 비웃자 염소는 허공에 대고 이리저리 뿔을 휘두른다. 우리는 퇴비 더미 위에 두 다리를 모으고 점프한다. 그 귀퉁이에는 끈이 쳐 있다. 우리는 더미 위에 있다. 발을 모으고 앞으로 점프해서 발목까지 빠진다. 건조하고 따뜻하고, 빗물과 동물의 배설물 때문에 촉감이 부드러워진 지푸라기 냄새가 나는데, 우리는 이 냄새를 좋아한다. 피에르마리 프로망탱은 누구보다도 더 높이 뛰고, 우리는 나무로 된 짐수레의 빈 판에서 뛰고, 피에르마리 프로망탱은 발을 모은 채 물거름 안으로 점프하는데, 거의 검은색으로 보이는 갈색 액체가 종아리와 허벅지까지 튀어 오른다. 우리는 아저씨가 급수장에서 물을 마시게 하려는 암소들을 따라간다. 아저씨는 소들이 물을 다 마신 다음에 외양간으로 돌려보내도 된다고 말한다. 카트린 르그랑은 소들을 외양간으로 돌려보낸다. 소들은 콧방울을 물에 완전히 담근 채 한동안 물을 마시다가 더는 목이 마르지 않자 길게 늘어나는 침으로 오랫동안 수면을 건드리면서 물을 마셨다 말았다 한다. 급수대의 가장자리가 빛난다. 돌은 닳으면서 색이 변하는 석회다. 물에 잠겨 있는 내벽 부분은 짧고 끈끈한, 거의 액체에 가까운 이끼 때문에 초록색으로 변했다. 누군가 급수장에서 물냉이가 자란다고 했지만, 여기에는 보이지 않는다. 카트린 르그랑이 가는 끈으로 된 채찍을 손에 들고 있다. 소가 물을 다 마셔서 머리를 들면 끈을 부드럽게 다뤄서 소의 엉덩이를 쓰다듬어줘야 한다. 그 대신에 끈으로 세게 소를 때리거나 채찍 소리를 내면, 소는 갑자기 몸을 일으켜 머리를 똑바로 들고 뿔은 높이 세운 채 재빨리 뛰며 외양간 앞을 지나치고 만다. 소들에게 채찍을 휘두르는 것은 소용이 없다. 예를 들어서 카트린 르그랑이 소 한 마리를 쫓아 달리면 소가 뒤를 돌아보는 것이 보이고, 소가 카트린 르그랑을 앞서가고, 얼굴이 붉어지고 숨이 찬 카트린 르그랑이 소를 길 쪽으로 몰기 위해서 손을 대려고 하는 순간, 소는 짧고 은밀하고 빠르게 뜀박질을 하며 앞으로 휙 가버린다. 소는 우리를 기다리면서 도랑 근처에서 풀을 뜯고, 곧 잡힐 듯이 우리가 다가오는 것과 우리가 뒤에 있는 것을 못 보는 척을 하다가, 어느 순간 뒷발로 온몸을 일으켜 앞으로 몸을 던지고, 뛰어오르고, 소는 우리가 따라갈 수 있을 정도로, 그리고 우리가 소를 잡을 수 있다고 생각할 수 있을 정도로, 그래서 우리가 곧바로 포기하지 않을 정도로, 너무 빠르지 않은 속도로 길 위를 달린다. 이는 눈속임인데 몇 시간이나 계속될 수 있기 때문이다. 카트린 르그랑은 소가 물을 다 마시자 손으로 옆구리와 엉덩이를 쓰다듬고, 카트린 르그랑은 그곳을 부드럽게 누르고, 소는 외양간으로 돌아가기 위해 몸을 돌린다. 카트린 르그랑은 삼촌이 그렇게 했던 것처럼 채찍을 팔 안에 끼워둔다. 소들이 모두 들어가면 카트린 르그랑 역시 외양간으로 가서 그들이 밥 먹는 모습을 지켜본다. 여물통은 신선한 자주개자리, 살갈퀴, 토끼풀, 노란색과 분홍색의 꽃들로 가득하고, 소들은 그것들을 씹어서 죽처럼 만든다. 안쪽에 있는 소가 누웠다. 배는 등뼈를 기준으로 양쪽으로 고르게 분배되어 있다. 카트린 르그랑은 소 위에 몸을 뉠 수 있다는 것을 알아챘다. 카트린 르그랑은 소 위에 길게 눕고, 그곳은 부드럽고, 조금 미끄러지긴 하지만 소의 목을 잡고 매달릴 수 있고, 그곳은 단단하고 따뜻하고, 가끔 소의 옆구리 위로 굴러떨어지는데 따뜻한 지푸라기와 신선한 퇴비처럼 좋은 냄새가 난다. 베로니크 르그랑이 소 위에 눕고 싶어하고, 피에르마리 프로망탱이 소 위에 눕고 싶어하고, 파스칼 프로망탱이 소 위에 눕고 싶어한다. 우리는 차례대로 소 위에 길게 눕고, 소는 가끔 한 번씩 우리가 있는 쪽으로 고개를 돌리고 울음소리를 내면서 우리를 가만히 내버려둔다. 우리는 화약고의 지붕 위에 있다. 먼지와 햇빛 때문에 하얗게 보이는 길이 사과나무 사이로, 양쪽에서 감싸고 있는 풀밭 사이로 나 있다. 나이가 든 여자 한 명이 땅 쪽으로 몸을 숙이고 걷고 있는데 어두운 옷을 입고 있고, 어쩌면 검은색일지도 모르겠는데 여기서는 알 수가 없다. 그는 왼쪽으로 돌아서 흙길로 들어가는데 들판을 가리고 있는 나무들 위등 때문에 더는 보이지 않는다. 우리는 지붕 위에 있는 모든 납판, 암나사와 또아리쇠 주위의 동그랗고 튀어나온 이음 고리, 금속 외장재를 서로 붙들고 있는 모든 것의 나사를 푼다. 금속은 직사광선에 노출되어서 데일 듯이 뜨겁고, 우리는 그것을 빼서 납이 될 만한 모든 부분을 분리한다. 손안에 있는 것은 벌써 물렁물렁해진 것 같다. 우리가 만들어놓은 화덕을 생각한다. 점토로 만든. 토탄으로 만든. 이 둘 중 하나의 흙은 고온에서 구워지면서 표면에만 균열이 생기는데, 그것으로 이제 모양이 일정한, 납작하지만 견고한 화덕을 만드는 데 성공했으니, 이제 작업을 위한 재료가 필요하다. 뱅상 파르므는 납이 구하기도 쉽고 금속치고는 녹이기도 쉽다고 말한다. 화덕 위에 화약고 지붕에서 모은 모든 납을 녹인다. 온도가 충분히 높아지자 납이 화산의 용암처럼 넓게 퍼지고, 우리는 집게와 숟가락으로 그것을 모으고, 모양을 만들려고 시도하고, 그것을 식히기 위해 풀 속에다 둔다. 그리고 납이 줄기 사이에서 굳는 순간 다시 잡는다. 우리는 이것으로 무기를 만들려고 한다. 하지만 이는 불가능한데, 납은 잘 떼어지고, 손으로 비틀 수 있고, 구부릴 수 있고, 단단하지 않기 때문에 이 대신 합금을 사용해야 할 것이다. 납으로는 포탄을 만들 수 있을 것이다. 대포탄 같은 것 아니면 수류탄 같은 종류. 그렇게 서로에게 뜨겁고 말랑말랑한 것을 혹은 차갑고 단단한 것을 던진다. 그렇게 전쟁이 시작된다. 각자 무기를 선택한다. 두 적군은 평지에서 만난다. 그곳에서 끝장을 봐야 한다. 한쪽에는 하천이, 다른 한쪽에는 숲이 우리를 가로막고 있다. 싸워야만 한다. 뱅상 파르므는 수는 적지만 잘 훈련된 군대를 보유하고 있는데, 그들의 색은 붉은색이다. 드니즈 파르므에게는 승리하고 싶다고 외치는 군대가 있다. 우리는 소리를 지르고, 길 위에서 발을 구르고, 주위로 몸을 돌려 상황을 살피고, 각자 고른 무기를 가까이서 관찰하고, 평가하고, 튼튼하지 못한 나뭇가지 칼, 조악한 창보다는 뱅상 파르므처럼 커다란 말뚝 하나를 드는 것이 낫지 않나 생각하고, 뭐가 되었든 수류탄으로 주머니를 채우고, 베로니크 르그랑이 활과 화살을 가지고 있는 것이 보이고, 그것이 결국에는 뱅상 파르므의 말뚝보다 더 낫지 않은가 생각한다. 우리는 하느님과 나의 영광을 위해, 라고 소리를 지르고 뱅상 파르므는 패자에게 명예를, 이라고 소리를 지른다. 우리는 서로 뒤섞이고 서로 위로 넘어지고 싸우면서 어떻게 이 싸움이 끝날지 궁금해한다. 엉덩이가 공중으로 들리고 머리끼리 서로 부딪치고 허벅지에서 찰싹 소리가 난다. 그 혼란 속에서 카트린 르그랑이 굳지 않은 쇠똥 위로 넘어진다. 우리는 각자 편에서 후퇴한 다음 처음부터 다시 시작하기로 한다. 몸을 닦은 카트린 르그랑이 이제부터는 드니즈 파르므를 대신해서 군대의 대장이 되기로 결정한다. 이번에는 각 군대의 대장이 호루라기를 가지고 있고, 군대를 동원하기 위해서 그것을 불어야 한다. 뱅상 파르므는 호루라기를 불어 간결한 소리를 낸다. 카트린 르그랑도 호루라기를 불지만, 뒤늦게 부는 바람에 카트린 르그랑의 군대가 움직이라는 명령을 받기도 전에 뱅상 파르므의 군대가 공격을 시작한다. 우리는 다시 시작한다. 뱅상 파르므와 드니즈 파르므가 한쪽에 있고, 그 앞에 얼굴을 맞대고 카트린 르그랑 베로니크 르그랑 자닌 파르므가 있다. 우리는 서로에게 몸을 던진다. 루이 스공이 뛰면서 자기가 군대의 대장이라고 외치며 이쪽으로 온다.

뱅상 파르므에게 합류한다. 고통스러운 외침이 들린다. 자닌 파르므가 정강이를 감싸며 몸을 움츠린다. 베로니크 르그랑은 말뚝으로 눈을 맞았다. 드니즈 파르므는 포기하고 자전거를 타고 떠난다. 군대의 대다수가 전쟁을 포기한다. 들판에는 세 명의 대장만이 남았다. 루이 스공과 뱅상 파르므는 카트린 르그랑을 포로로 잡기로 한다. 카트린 르그랑은 앞을 달려 나가기 시작한다. 뱅상 파르므와 루이 스공은 다리의 입구를 막는다. 숲으로 가야 한다. 카트린 르그랑은 덤불을 헤치며 뛴다. 키가 작은 덤불, 블루베리나무, 가시덤불, 나무의 밑동이 앞으로 나아가는 것을 방해한다. 루이 스공과 뱅상 파르므는 뒤에 있다. 나무 밑은 서늘하다. 그런데도 카트린 르그랑은 뺨 두 쪽에서 땀이 흐르는 것과 등에 셔츠가 달라붙는 것을 느낀다. 루이 스공과 뱅상 파르므는 빨리 달려서 이제는 바로 뒤에 있다. 그들은 카트린 르그랑을 잡을 것이다. 카트린 르그랑은 그보다 키가 더 큰 가시나무와 산딸기나무 덤불 안으로 들어간다. 가시나무의 가시는 매우 뾰족하다. 매우 고통스럽고, 다리에는 바로 피가 방울방울 맺힌다. 뒤로 돌아갈 수는 없다. 두 소년은 덤불 앞에서 망설이고 있다. 카트린 르그랑은 그 기회를 틈타 거리를 넓힌다. 뱅상 파르므는 카트린 르그랑을 덤불 안에 가둬놓기 위해 앞으로 몸을 던지고, 루이 스공은 출구에서 그들을 기다리기 위해 덤불 주위를 돈다. 카트린 르그랑은 이렇게 등 뒤에서 허리띠 두 개로 팔이 묶인 채 포로가 되었고, 이렇게 전쟁터로 끌려가게 되었으며, 뱅상 파르므와 루이 스공 중 더는 아무도 패자에게 명예를, 이라고 외치지 않는다. 카트린 르그랑은 나무 몸통에 묶인다. 루이 스공에게 좋은 생각이 떠올랐다. 그는 하천 근처에서 커다란 나무딸기 가지를 뽑아 반바지만 입은 카트린 르그랑의 맨 종아리와 맨 허벅지를 있는 힘껏 위에서 아래로 때린다. 우리는 하천에서 방앗간으로 물이 흐를 수 있도록 올라갔다가 내려갔다가 하는 커다란 금속판을 떼어내기로 한다. 그것으로 바리케이드를 만들 것이다. 뱅상 파르므와 카트린 르그랑이 어떻게 그것이 땅에 고정되어 있는지 살펴보러 하천 양쪽으로 간다. 뱅상 파르므와 카트린 르그랑은 풀이 젖어 있는 초원을 기어서 간다. 샌들을 신은 맨다리가 그 안으로 반절까지 빠진다. 들킬 위험이 있을 때마다 우리는 배를 땅에 대고 기고, 풀은 셔츠 너머로 가슴을 적시고, 뱅상 파르므의 셔츠는 잠기지 않아서 젖은 풀이 그의 피부에 바로 닿는다. 우리는 아무 소리도 내지 않고 앞으로 나아간다. 우리는 나무와 덤불의 열을 따라가려고 애쓰는데, 뱅상 파르므의 하얀색 셔츠는 어디서나 이목을 끌기 때문이고, 방앗간에서 그를 볼 수 있고, 하천 건너편에서도 그를 볼 수 있고, 두 개의 다리에서도 역시 그를 볼 수 있다. 앞으로 나아가기 위해서는 울타리의 짙은 녹색에 몸을 붙이고 계속 바닥에 배를 대고 있어야 한다. 카트린 르그랑은 빨간 타탄 체크무늬로 된 셔츠 덕분에 덜 눈에 띄는데, 밤에 멀리서 빨간색을 보면 검은색으로 보이기 때문이고, 그렇지만 뱅상 파르므는 절대 확신할 수는 없다고 말하고, 그래서 그가 몸을 납작하게 만들 때마다 카트린 르그랑도 똑같이 하고, 둘은 풀 속에서 팔꿈치를 뻗으며 긴다. 수문의 판을 살펴볼 때 역시 매우 조심해야 하고, 우리는 그렇게 부르는 것을 좋아하기 때문에 수문이라고 부르지만, 사실 엄밀히 말하자면 수문이라고 할 수 없는데 그 앞뒤로 바닥의 높이가 다르지 않기 때문이고, 판은 그저 방앗간까지 물이 흐르도록 조정하기 위해서 있을 뿐이지만, 그래도 전체적인 모양은 우리가 라인강에서 본 수문을 닮았다. 판은 양쪽의 둑길에 세워진 금속 기둥에 고정되어 있고, 이 두 기둥은 세 번째 기둥에 이어져 있는데, 이는 마치 교수대처럼 보인다. 판의 나사를 풀고 나면 둘이서는 그것을 들고 갈 수 없을 것이다. 우리는 여럿이서 다시 오기로 한다. 뱅상 파르므는 남자아이들과 협상에 들어가 행동을 위해 밤 열한 시에 만나기로 한다. 카트린 르그랑과 뱅상 파르므는 침대에서 나와 불을 켜지 않고 옷을 입는다. 우리는 계단 밑에서 만난다. 뱅상 파르므는 성냥을 가지고 있다. 성냥갑의 마찰 면에 성냥을 그으면 큰 소리가 난다. 우리는 하천까지 엎드려 기지 않고 걸어가는데 이 시간에는 어디에나 아무도 없기 때문이다. 우리는 풀밭에 앉는다. 기다린다. 엉덩이가 축축하다. 기다린다. 시간이 얼마쯤 지나자 어깨와 등까지도 축축해진다. 아무도 오지 않는다. 우리에게는 스패너 펜치 집게가 있고 우리에게는 망치가 있다. 기둥의 중간 높이에 있는 나사 하나를 푼다. 쉽게 풀리지 않는다. 두꺼운 머리에 전체적으로 녹이 슨 나사인데 오래된 것처럼 보인다. 우리는 다시 풀밭에 앉는다. 남자애 중 아무도 오지 않는다. 풀밭에 앉은 우리는 잠이 온다. 다른 아이들은 그들의 침대에서 자고 있으리라 생각한다. 뱅상 파르므는 화를 내기 시작하고, 멍청이들, 그들은 오지 않을 거야, 라고 말하면서 일어나고, 또 그러는 거 봐, 우리가 숲 근처 들판에 있는 공동묘지에 갔을 때처럼, 밤에, 뱅상 파르므가 자기 차례에 혼자 그곳에 갔을 때처럼, 카트린 르그랑이 자기 차례에 혼자 그곳에 갔을 때처럼, 다른 아이들이 아무도 그곳에 가지 않았을 때처럼, 이 멍청이들, 나중에 그들이 도깨비불 때문이라고 말했을 때처럼. 카트린 르그랑은 그들에게 그것이 화학 반응이라고 설명했지만, 그들이 아니라고 그것은 죽은 사람이라고 계속 우기는 것을 멈추게 할 순 없었다고 말한다. 그래서 얼마 후에 우리는 자러 간다. 우리는 숲의 가장자리로 펼쳐진 초원의 풀밭을 걷는다. 빛이 전나무의 몸통을 푸르스름하게 물들이고, 위쪽의 가지들은 파란색을 배경으로 초록색 그물망을 친다. 그 옆으로는 운모의 색과 비슷하지만 더 강렬하고 거의 주황색으로 보이는 빛이 비친다. 나무 몸통 사이사이로 지나가는 햇볕은 견고해 보이는 막대기 모양을 만든다. 나무들은 바닥과는 수직을 이루고, 기다란 수직은 서로 옆에 나란히 서서 평행을 이루는데, 그것은 나무의 몸통과 같은 덩어리를 형성하는 빛의 원통과 원추 모양의 사선으로 일정하게 가로질러지는 구조물을 만든다. 우리는 산토끼들 때문에 아무 소리도 내지 않으며 걷는다. 우리는 덤불보다 시원한 풀밭에 구멍을 파놓고 거기서 자고 있는 토끼들을 보고 싶다. 우리가 구멍 근처로 다가가서 토끼를 깨우는 순간 토끼는 이미 젖혀진 귀로 등을 때리면서 달아나기 때문에, 우리가 이 모든 주의를 기울이며 다가가려는 노력에도 불구하고 절대 잠든 토끼를 볼 수 없다. 갑자기 뱅상 파르므가 멈추고 팔을 뻗어 카트린 르그랑 역시 멈춰 세운다. 풀밭에서 뱀 한 마리가 햇볕을 쬐며 자고 있다. 짤막하고 느슨하게 똬리를 틀고 있다. 뱅상 파르므가 뱀에게 다가가서 머리 뒤를 엄지와 검지로 잡는다. 뱀은 몸을 이리저리 움직이지만 몸은 이미 바닥에 닿지 않고, 이제는 그의 혀가 분주히 나왔다 들어가는 것을 관찰하는 카트린 르그랑의 손안에 있고, 카트린 르그랑은 뱅상 파르므에게 자기에게 뱀을 주는 것이냐고 묻고, 뱅상 파르므는 웃으면서 말한다, 너를 위해 잡은 거야. 카트린 르그랑은 뱀을 떨어트릴 뻔하고, 어떻게 잡아야 할지 모르는 탓에 뱀은 손가락 사이로 미끄러져 가려고 한다. 그러다 그는 뱀이 움직임을 멈출 때 그를 셔츠 소매에 슬쩍 집어넣어 왼손의 손목에 두른 다음 춥지 않도록 그리고 삼각형의 머리가 손바닥에 올 수 있도록 자리를 잡아주고, 뱀이 떠나려고 하면 손가락을 손바닥 위로 접어 제지한다. 뱅상 파르므는 땅에 침을 뱉으며 뱀에게 먹이로 줄 만한 것이 아무것도 없다고 말한다. 우리는 개미를 찾기 시작한다. 뱅상 파르므가 말한다, 빨간 개미는 뱀이 먹을 수 있어. 우리는 풀밭에 개미들이 만들어놓은 작은 언덕을 찾는데, 그렇게 하면 동시에 개미알도 찾을 수 있을 것이다. 우리는 빨간 개미는 찾지 못하고 검정 개미만 발견했는데 뱀은 그것에 관심이 없고 우리는 뱀 옆에 개미들을 두고 쉴 새 없이 나왔다 들어가는 혀 위에 개미를 올려두지만 그는 삼키지 않는다. 뱅상 파르므가 말한다, 아직 새끼 뱀이라서 그래, 겁을 먹어서 안 먹는 거야.

카트린 르그랑은 뱀이 개미를 좋아하지 않기 때문에 안 먹는 것이라고 말한다. 우리는 그러면 올챙이는 먹지 않을까 생각하고, 뱅상 파르므가 어디서 올챙이를 찾을 수 있는지 안다고 말한다. 이를 위해서는 국도를 따라 있는 마을을 가로질러야 한다. 우리는 시청과 학교 앞을 지나간다. 학교의 벽에는 커다란 문 한쪽에 여학교라고, 다른 쪽에는 남학교라고 써 있다. 시청과 학교 앞에는 죽은 자들을 위한 기념물이 있는 광장이 있고, 반대편에는 교회가 있다. 멀리 눈에 띄는 초록색의 넓은 잎을 가진 나무 아래에 분홍색 자갈이 보이고, 시청과 학교에서 평행하게 걸어가면서는 오른쪽으로 플라타너스의 잎 사이로, 그리고 중심의 굵은 가지 바로 밑으로 건물의 붉은색 벽돌이 보인다. 벤치는 초록색 페인트로 칠해져 있다. 만약 옆모습을 하고 있거나 정면을 보고 있는 그리고 서 있거나 앉아 있는 여자들을 일렬로 세운다면 폴 고갱의 시장처럼 보일 것이다. 그늘 하나 없이 햇볕에 노출된 아스팔트 국도가 녹는다. 우리는 땀을 흘린다. 뱅상 파르므의 얼굴이 붉다. 카트린 르그랑의 얼굴은 보랏빛이다. 가게들은 빈 채 그림자가 져 있고, 문 앞에서 햇볕 가림막을 하는 목각 문발의 구슬들이 서로 부딪히는 소리도 들리지 않는다. 우리는 발을 질질 끈다. 우리는 하수구 근처에서 멈춘다. 올챙이를 담을 수 있을 만한 빈 깡통을 찾는다. 마을에서는 그것을 찾을 만한 방도가 없다. 하지만 전에 국도에서 깡통을 발로 차고 달리면서 놀았던 기억이 선명하게 난다. 결국 우리는 표시판 너머에 있는 마을의 출구 쪽에서 경사지 안에 반절은 파묻힌 깡통을 하나 줍는데, 깡통의 색깔 때문에 발견하지 못할 뻔했다. 우리는 더는 관리되지 않는 급수대에 있다. 바람 한 줄기 불지 않는다. 급수대에 물을 공급하던 샘은 더는 흐르지 않고, 예전에 내린 빗물이 수조를 채우고 있다. 내벽은 고여 있는 물 때문에 초록색으로 변했다. 그곳에 발달의 첫 번째 단계에 있는 올챙이들이 있는데, 커다란 꼬리를 진동시키며 앞으로 나아간다. 생긴 것이 꼭 정자 같다. 다른 올챙이들은 벌써 작은 개구리 형상을 하고 있고 우리가 수면 위로 그림자를 드리우자 팔다리로 수영을 하며 움직인다. 우리는 더 크다는 이유로 발달을 한 올챙이들을 고른다. 미지근하고 미끈거리는 물속에 손을 넣어 움직인다. 얼마 후에는 아무것도 보이지 않는데 아래에 가라앉아 있던 진흙이 수면으로 올라와 곳곳으로 퍼져서 물 안에서 가만히 멈춰 있기 때문이다. 우리는 손을 꺼낸다. 물이 다시 투명해지기를 기다린다. 막대기 하나를 집어 진흙이 위로 올라오지 않도록 조심하면서 밑을 파고, 이 방법으로 단단한 층에 숨어 있던 올챙이들을 그곳에서 나오게 한다. 뱀과 첫 번째 올챙이를 함께 둔 세면대 안에서는 아무런 진척이 없고, 뱀의 주둥이를 올챙이 근처에 두었지만, 뱀은 아무것도 보지 못하는 것 같다. 그러던 그가 완전히 흥분했다. 올챙이도 역시 동요하고, 세면대의 매끄러운 내벽을 향해 서둘러 움직이며 몸을 부딪치고, 떨어지고, 다시 반복하는데, 바로 뱀이 냄새를 맡고, 어디서부터 냄새가 나는지 찾기 위해 몸이 빳빳해지고, 이 작은 생물 주위로 원을 그리며 기고, 뱀의 머리와 목으로 만든 매우 좁은 마지막 원은 올챙이를 꼼짝 못 하게 한다. 그렇게 뱀은 입을 커다랗게 벌려서 올챙이를 집어삼키는데, 올챙이의 뒷다리가 움직이는 것이 보인다. 뱀은 입안에서 움직이는 것과 전투를 이어가고, 그것을 삼키고, 올챙이가 목구멍에 머물고, 계속 움직이다가, 뱀 안으로 볼록한 혹을 만들면서 들어가는 것이 보인다. 뱀은 녹초가 된 것처럼 보인다. 하지만 우리가 올챙이 한 마리를 더 넣어주자 다시 몸을 빳빳하게 세운다. 뱀은 올챙이 열 마리를 차례대로 집어삼킨다. 한동안 기어다니고 더듬거리다가 후각을 사용해 올챙이를 덮치고, 뱀의 혀가 세면대의 도자기 위를 핥는 것이 보인다. 이제 더는 올챙이가 없다. 우리는 아주머니를 보러 간다. 카트린 르그랑의 손목 주위에 뱀이 감겨 있다. 카트린 르그랑은 식탁에 앉는다. 뱀을 보여주기 위해 서둘러 셔츠의 소매를 걷어 올린다. 식탁 주위에 모인 사람들이 모두 소리를 지르기 시작한다. 의자는 뒤로 빠진다. 카트린 르그랑은 뱀은 위험하지 않다고 말하고 얼마나 위험하지 않은지 보여주려고 목에다 뱀을 감지만 결국 문밖으로 쫓겨나고 만다. 카트린 르그랑은 집 안에 뱀을 둘 수 없다. 뱀은 마당에 구멍을 뚫은 신발 상자 안에 있다. 카트린 르그랑은 잠을 잘 수 없는데 누군가 와서 뱀을 가져갈 것만 같기 때문이고 그래서 그는 신발도 신지 않고 밖으로 뱀을 찾으러 간다. 발아래로 마른 개똥이 부스러지는 것을 느낀다. 카트린 르그랑은 이불 사이로 들어가기 전에 담요에 발을 문지른다. 몸을 뻗자마자 어둠 속에서 신발 상자를 더듬는다. 카트린 르그랑은 신발 상자의 뚜껑을 열고 손가락 끝으로 안을 더듬어 똬리를 틀고 있는 뱀을 건드리고, 그렇게 그는 뱀을 아래서부터 피며 머리까지 올라가서 뱀을 잡고 같이 침대에 든다. 카트린 르그랑은 자는 동안에 몸으로 그를 깔아뭉개지 않도록 침대를 가로질러 뻗은 팔 주위로 뱀을 감고 잠이 든다. 식탁에 오랫동안 머무는 것은 피곤한 일이다. 우리는 의자를 앞뒤로 기울여 흔들기 시작한다. 식탁에는 뱅상 파르므 드니즈 파르므 자닌 파르므 베로니크 르그랑 카트린 르그랑이 있다. 베로니크 르그랑이 빵의 속살을 가지고 장난감 병정을 만든다. 빵의 속살에 침을 뱉어서 손으로 주물럭거린 다음 고르게 만든다. 베로니크 르그랑은 병정의 머리가 될 공 모양의 첫 번째 세트를 만들어 식탁 가장자리에 나란히 둔다. 우리는 의자를 앞뒤로 흔들거리며 그가 그것을 만드는 것을 바라보고 있다. 베로니크 르그랑은 더 큰 두 번째 공 모양 세트를 타원형으로 만드는데 이것은 몸이 될 것이다. 베로니크 르그랑은 각각의 몸과 머리를 가까이 둔다. 그 위로 침을 뱉어서 서로 붙인다. 성냥을 안에다 박아서 팔과 다리를 만든다. 아쉽게도 병정은 서 있지 못한다. 자닌 파르므는 재빨리 손을 뻗어 베로니크 르그랑의 병정 중 하나를 잡아채고 자기 접시의 가장자리에 올려둔 다음 그곳을 빙빙 돌게 한다. 베로니크 르그랑은 화를 내고 병정을 다시 찾으려고 하면서 말한다, 네 것은 네가 만들어, 내 병정 돌려줘. 그사이 자닌 파르므의 손안에서 잡혀서 그가 접시 위로 몸을 절반쯤 숙이며 지키려고 하던 병정은 뻣뻣한 걸음걸이로 감자 퓌레 안으로 전진하고, 그곳에 새들이 모래에 남기는 자국과 비슷한 것을 남긴다. 자닌 파르므는 퓌레의 가장 빽빽한 부분에 병정을 박아 넣기에 이르고 그는 퓌레 안에 배까지 몸이 잠긴 채 서 있다. 그가 그렇게 하는 것을 지켜보던 베로니크 르그랑이 자닌 파르므의 접시로 몸을 기울여 병정을 다시 찾을 뻔한다. 자닌 파르므는 손안에 병정을 꼭 쥐고 있고 팔꿈치로 밀어내면서 병정을 지키려고 한다. 베로니크 르그랑이 손가락을 억지로 피려고 하자 병정은 자닌 파르므의 손바닥 안에서 뭉개져버리고 만다. 드니즈 파르므는 다시 빵 속살로 만든 다른 병정을 훔쳐 가고, 베로니크 르그랑은 소리를 지르며 제지하려고 하지만 더는 남은 병정은 없다. 우리는 베로니크 르그랑의 병정들을 서로의 얼굴을 향해 던지고 베로니크 르그랑도 떨어지는 순간에 다시 주운 병정들을 뱅상 파르므 드니즈 파르므 자닌 파르므 카트린 르그랑의 얼굴에 대고 던지기 시작한다. 어느 순간 뱅상 파르므는 자기 접시를 집더니 드니즈 파르므의 얼굴을 향해 기세 좋게 내용물을 날리고, 그의 얼굴 위에 묻은 감자 퓌레에서 김이 난다. 우리는 웃으며 드니즈 파르므를 바라보고, 그는 고함을 지르고 퓌레가 잔뜩 묻어 있는 눈 주위를 비비고 머리카락에서 그것을 걷어낸 다음 접시를 들어서 이번에는 그가 뱅상 파르므를 향해 뜨거운 퓌레를 던지는데, 그 순간 그가 몸을 굽히는 바람에 퓌레는 그의 뒤에서 커다란 자국을 만들며 뭉개지고 벽을 따라 뜨거운 김을 뿜으며 흘러내린다. 아버지들과 어머니들은 화를 내기 시작하고, 열린 문으로 다른 식탁에 앉아 있는 그들이 보이는데, 그들은 의자를 밀고 일어나서 모두가 퓌레 범벅이 된 식탁 옆으로 와 소리를 지른다. 우리는 화장실로 달려가 몸을 닦는다. 세면대 앞에서 서로를 밀친다. 주먹으로 등과 얼굴을 때린다. 카트린 르그랑은 치약 튜브를 손에 들고 뱅상 파르므를 쫓는다. 그가 침대 위로 몸을 던진다. 카트린 르그랑이 그 위로 뛰어올라 그의 배 위에서 기마 자세를 하고, 그의 볼 위에, 귀 안에, 목에, 등에, 셔츠의 천 뒤로 피부가 느껴지는 목덜미를 따라 치약을 짠다. 뱅상 파르므가 몸을 닦기 위해 이불 안으로 들어간다. 카트린 르그랑은 아직도 그 위에서 그를 놔주지 않고, 치약 튜브를 완전히 비운 다음에야 뛰어서 도망간다. 우리는 밀밭에 사과를 따러 간다. 옅은 노란색으로 여문 이삭 사이를 지나간다. 밀 위로 머리가 삐져나오지 않도록 몸을 구부리며 줄기 사이를 걷는다. 옆에 있는 밭에서 사람들이 밀을 수확하는 소리가 들린다. 가끔 고개를 들면 펼쳐진 밀밭과 우리가 도달하고자 하는 사과나무 그리고 그 위로 매달린 빨간 사과가 보인다. 남자들과 여자들이 이삭을 베고 있는 것이 보이고, 줄기 밑에서 날이 반짝이고, 한 면적의 밀이 물처럼 소리 없이 몸을 눕힌다. 우리는 잠시 쉬기 위해 멈춘다. 땅에 앉는다. 주위로는 줄기가 나 있고, 이렇게 밑에서부터 올려다보니 파란 하늘 앞에 있는 이삭은 거대해 보인다. 개양귀비의 부드러운 줄기는 축 처져 있고, 그중 몇몇은 꼬여 있다. 수레국화의 줄기는 그것보다 더 빳빳하다. 몸을 일으키자 다른 밭에 있는 사람들의 머리 위로 쓰인 손수건 같은 하얀색 스카프와 밀짚모자가 보인다. 우리는 나무까지 계속 기어가는데, 나무 주위에는 밀이 덜 촘촘하게 심겨 있고, 그 사이 공간으로 풀이 자라 있다. 우리는 밀을 베고 있는 사람들 중 혹시 누가 우리가 있는 쪽으로 고개를 돌리지는 않을까 주시하며 아무 소리도 내지 않고 나무 위로 올라간다. 다시 땅으로 내려와서는 사과를 나눈다. 우리는 나무 밑동에 앉아 있다. 아무 말도 하지 않고 사과 하나를 베어 문다. 둥그스름한 모양 안에 이빨 자국이 보이고, 어떤 부분은 껍질이 깔끔하게 잘리지 않아서 사과의 과육 주변에 절반쯤만 씹힌 채 붙어 있다. 우리는 남은 사과를 셔츠 안에 넣어 가슴팍에서 든다. 다시 밀밭의 줄기 사이를 기어서 떠난다. 얼마 후 몸을 반쯤 일으키자 모자를 쓴 남자가 우리가 있는 쪽으로 다가오는 것이 보인다. 우리는 밭 위에 몸을 드러낸 채 냅다 달리기 시작한다. 우리는 더 빨리 달리기 위해 중간중간 사과를 버리는데, 너무 많기 때문이고, 개양귀비꽃보다 더 주황빛이 도는 빨간색 사과들은 한동안 손안에 들려 있다가 밀 아래쪽으로 굴러 들어가 더는 보이지 않게 된다. 우리는 남자를 뒤에 멀리 따돌리기 위해 오랫동안 뛰다가, 이삭의 높이에 맞춰 몸을 납작하게 한 다음 네 발로 줄기 사이를 걸어가기 시작하고, 멀리서 우리가 있는 곳을 알아내지 못하도록 밀밭을 일렁거리지 않도록 애쓰는데, 들쥐 한 마리가 뛰어서 도망칠 때면 마치 그를 따라 밀밭에 칼이 쫓아다니는 것처럼 보이는 것을 알기 때문이다. 얼마 후 우리는 동작을 멈추고 바닥에 앉는다. 말은 하지 않는다. 주위에서 들리는 소리를 듣는다. 아주 가까이서 불규칙한 곤충의 날갯짓이 들린다. 그들이 날갯짓을 끝내자 고요해지고 그러다 이번에는 멀리 떨어져 있는 듯한 날갯짓이 들린다. 우리는 그 소리가 그 순간에 날고 있는 곤충의 소리라는 것 그리고 이는 밭에 있는 사람들이 내는 소리와 뒤섞일 수 없는 소리라는 것을 깨닫는다. 그 소리로 인해서 그곳에는 우리가 속할 수 없는 세계가 존재한다는 것을 깨닫는다. 우리는 귀를 문지르는데, 이 윙윙거리는 소리는 점점 더 집요하고 점점 더 끈질겨져서 단조롭고 참을 수 없는 날카로운 음처럼 들리고, 결국에는 이 소리가 자기 자신으로부터 나오는 것이 아닌지 묻게 되고, 귀도 틀어막아보지만, 손을 떼었을 때도 소리는 멈추지 않았다. 가끔 커다란 파리 혹은 꿀벌 혹은 말벌이 매우 가까이 다가와 앉기도 하는데, 그러면 기계적인 소리, 출처가 확실한 특이한 윙윙거리는 소리가 나고, 이후 이 소리는 다른 소리, 배경의 커다란 소리로 돌아갔다가,

그곳에서 합쳐진다. 가끔 누군가의 발소리가 가까이 다가오는 것 같으면 우리는 땅에 대고 몸을 웅크리고, 그러면 가슴에 붙이고 있는 무릎 위로 심장 박동이 느껴진다. 뒤쥐 혹은 들쥐가 지나가면 안도한다. 우리는 밭 한가운데서 해가 떨어지기를 기다린다. 사람들이 밭을 떠난다. 이 시간에는 빛이 강렬하지 않기 때문에 다양한 색이 존재한다. 밀 위로는 커다란 황토색 그림자가 드리워 있고, 숲에는 나무 밑으로 잉크 얼룩 같은 짙은 검은색이 보이고, 하늘 아래 숲의 띠 위로는 군청색으로 물들었고, 그 너머로는 지평선이기 때문에 아무것도 보이지 않고, 어쨌든 지구가 둥글다는 것이 확실한데 하늘의 투명한 파란색과 숲의 군청색을 구별하는 선이 검은색의 선명한 포물선을 그리고 있기 때문이고, 뒤로 누우면 어떤 구보다도 동그란 커다란 서커스가 있고, 위로는 반구를 만들려고 반으로 자른 빈 오렌지 모양을 한 하늘이 보인다. 오랫동안 바닥에 앉아 있어서 엉덩이에 묻은 흙을 닦는다. 다시 길에 든다. 마을의 종소리가 들린다. 곤충의 윙윙거리는 소리는 잠잠해져서 주의를 기울일 때도 거의 들리지 않는다. 차가운 기운이 밀밭과 우리가 있는 경사면의 풀밭으로 불어온다. 우리는 숲속을 걷는다. 어디선가 도끼로 나무를 찍는 소리가 들린다. 개가 길 중간에서 앉아서 혀를 내민 채 우리를 기다리고 있는데, 침이 주둥이 밖으로 흐르는 것이 보인다. 구불구불한 길 때문에 개가 보이지 않을 때조차 헐떡이는 소리가 들린다. 개는 가끔 멈춰서 털을 덮고 있는 침 위로 혀를 내민다. 매우 더운 날이다. 햇볕을 받아 투명해진 잎들의 잎맥이 보이는데, 함께 수족관의 물처럼 초록색의 반투명한 덩어리를 이룬다. 숲속의 빈터를 걸을 때 햇볕이 아무것에도 가려지지 않은 채 그대로 내리쬘 때면 얼굴에 팔에 허벅지에 뜨거운 매를 맞는 것 같고, 머리카락 사이로 두피에 길을 만드는 햇볕 때문에 머리 표면이 따끔거린다. 우리에게는 우유 깡통이 있다. 길가에 있는 돌에 대고 그것을 떨어트려서 나는 소리를 듣는다. 다시 줍는다. 나무에 대고 날리면 다른 소리가 난다. 그러다 보면 깡통들은 죄다 찌그러진다. 그러면 우리는 바닥에서 그것들을 발로 차면서 굴린다. 그중 하나가 개의 콧부리를 때리는 바람에 개가 깨갱거린다. 개들은 코가 예민하다고 한다. 뱅상 파르므는 덤불 뭉치를 향해 깡통을 차고 있는데 개가 하필이면 그 뒤에 있다. 우리는 그를 달래준다. 쓰다듬어준다. 개는 우리의 손과 얼굴과 무릎을 혀로 핥는다. 우리는 방치된 채석장에 도착한다. 채석장은 가시덤불로 덮여 있다. 그 사이로 밝은 노란색이 보이는데 그것이 암염인지 혹은 풍화되고 있는 석회암인지 알 수가 없다. 레일 역시도 가시덤불과 나무딸기에 이리저리 얽혀 있다. 레일에 녹이 잔뜩 슬어 있는 것이 보이는데 단단한 나무 끝부분으로 위를 긁으면 녹가루를 얻을 수 있다. 그다음에 짧은 반바지에 허벅지에 무릎에 손을 닦으면 몸 군데군데가 주황색으로 된다. 우리는 덤불에서 뒤집어진 광차를 발견하는데, 짐을 싣는 통은 군데군데 구멍이 나 있고 찌그러져 있고, 바퀴는 절반쯤 뽑혀 있다. 뱅상 파르므가 제기랄, 나 좀 도와줘, 라고 소리 지르며 광차를 똑바로 세우려고 한다. 우리는 그를 도와준다. 하지만 광차를 똑바로 세우기에 실패하는데 전체적으로 땅에 푹 박혀 있기 때문이다. 우리는 애를 쓴다. 땀을 흘린다. 뱅상 파르므가 말한다, 셋을 세면 모두가 동시에 미는 거야, 하나 둘 셋. 얼마 후 광차가 땅에서 움직이기 시작하더니 수직으로 선다. 뱅상 파르므는 하나 둘 셋, 하고 말하는 중이다. 셋에 우리는 너무나 힘차게 미는 바람에 광차는 반대쪽으로 뒤집히고, 우리는 서로 몸을 포갠 채 그 위로 넘어진다. 어쨌든 우리는 이제 그것을 움직일 수 있고, 심지어는 레일의 한 구간에 다시 가져다 놓는 것에도 성공했다. 우리는 그 위에 올라탄 다음 돌아가면서 차례대로 민다. 바퀴는 휘어졌고 레일도 휘어져서 서로 잘 맞지 않고 카트는 계속 뒤집히는데 안에 탄 사람은 그 안에서 깔리지 않기 위해서 서둘러 뛰어내린다. 개는 달리고 점프하고 짖고 차례대로 베로니크 르그랑 드니즈 파르므 자닌 파르므 뱅상 파르므 카트린 르그랑을 잡으려고 하면서 광차를 따라다닌다. 그렇게 얼마간 시간을 보낸 개는 지쳐서 덤불 아래의 그늘에 가서 눕는다. 혀는 여전히 주둥이 밖으로 나와 처져 있다. 앞에 누인 앞발에 코를 지그시 누를 때는 혀를 집어넣는데 바닥에 혀가 끌리는 것을 싫어하기 때문이다. 개는 그렇게 눈을 반쯤 감은 채 머물다가 가끔 혀를 축 늘어뜨리고 헐떡거릴 수 있도록 머리를 들어 올린다. 우리는 광차에 싫증이 난다. 덤불이 엉망진창으로 엉킨 곳으로 광차를 밀자 그것은 균형을 잃고 서로 얽히고설킨 잔가지에 걸려 천천히 뒤집어진다. 우리는 나무딸기와 오디를 따기 시작한다. 그리고 최대한 먹을 수 있는 만큼 먹는다. 드니즈 파르므는 양손에 오디를 쥐고 자닌 파르므의 볼에 대고 뭉개기 시작하고, 그의 턱과 머리카락까지도 오디로 더럽혀지고, 우리는 서로 오디로 공격을 시작하고, 서로 더럽히고, 얼굴까지 손이 닿지 않으면 셔츠와 팔 위로 오디를 뭉갠다. 끝에 가서는 모두 완전히 보라색이 되고 특히 볼이 그렇게 되는데 그 위로 하얀 눈동자가 보인다. 우리는 오디와 나무딸기를 너무 많이 먹은 탓에 토하고 싶다. 우리는 깡통 몇 개에는 오디를, 다른 몇 개에는 나무딸기를 담아 채우는 일에 착수한다. 어느 순간 베로니크 르그랑이 그와 카트린 르그랑 사이에 있는 깡통에 발부리를 부딪치는 바람에 안에 든 것이 쏟아지고 만다. 카트린 르그랑이 갑자기 일어나서 지금까지 고생한 게 다 뭐가 됐냐고 소리를 지르고, 깡통 안에 남아 있던 오디를 사방으로 던지고, 그다음에는 채석장을 향해 깡통을 멀리 날려 던지는데, 깡통이 돌에 부딪히는 소리가 들린다. 뱅상 파르므 자닌 파르므 드니즈 파르므가 차례대로 웃기 시작하고 서로를 쳐다보더니 카트린 르그랑을 쳐다보고 점점 더 크게 웃고, 베로니크 르그랑도 웃기 시작하고, 카트린 르그랑은 얼굴이 빨개진 채 그들을 노려보지만 그들은 웃음을 멈추지 않고, 심지어는 제자리에서 폴짝폴짝 뛰기까지 하고, 뱅상 파르므는 자기 주위로 오디가 들어 있던 깡통을 비우고 드니즈 파르므와 자닌 파르므도 자기 깡통을 비우고, 드니즈 파르므 뱅상 파르므 자닌 파르므는 빈 깡통을 팔 끝에 걸친 채 카트린 르그랑 주위에서 춤을 추기 시작하고, 그러다가 채석장으로 최대한 멀리 깡통을 던지고, 깡통이 몇 개는 그루터기에 몇 개는 돌에 부딪히는 소리가 들리고, 더는 오디도 나무딸기도 깡통도 남아 있지 않다. 우리는 관리인의 집 앞을 지나간다. 아직 포도가 익는 시기가 아니기 때문에 집은 비어 있다. 집 뒤에는 사다리를 대신해 금속 꺾쇠가 차곡차곡 쌓여 있어서 옥상에 올라갈 수 있다. 위로 올라가면 집 지면을 모두 덮고 있는 옥상이 나온다. 포도밭이 일렬로 줄지어져 언덕을 타고 내려오는 것이 보인다. 거의 검은색인 숲으로 뒤덮인 언덕이 보이고, 푸른색을 띠는 풀밭 언덕이 보이고, 아래의 평지에는 서로 따닥따닥 붙어 있는 것 같은 마을들이 보인다. 옥상에 있으면 마치 꽃이 핀 나무와 옥상정원이 있는, 유프라테스강을 향해 계단 모양으로 내려가는 겹쳐진 옥상 테라스가 있는 바빌론에 있는 것만 같다. 우리는 시멘트 위에 배를 대고 누워서 풀과 포도나무, 숲을 보고 싶고, 새, 언덕을 관찰하고 싶고, 뒤로 등을 대고 누워서 흘러가는 구름을 보고 싶고, 하늘이 어두워져서 별이 모두 보일 때까지 머물고 싶다. 카트린 르그랑이 오늘 밤에 관리인 집의 옥상에 와서 밤을 새우자고, 그러면 별을 알아보고 별자리의 이름을 배울 수 있을 것이라고 말한다. 우리는 한쪽은 숲을 따라 나 있고, 다른 쪽은 포도밭을 향해 드러나 있는 길을 걷는다. 언덕의 꼭대기에 있음에도 불구하고 포도밭 말고는 아무것도 보이지 않는다. 우리는 카트린 르그랑이 알고 있는, 포도를 마음대로 먹어도 좋다고 한 아저씨의 포도밭을 찾으려고 애쓴다. 우리는 언덕 중간에서 언덕을 가로지르며 포도밭의 열과 직각을 이루는 길로 든다. 계속 걷는다. 지나가면서 말한다, 여기 아니야, 여기도 아니야. 그러다 말한다, 여기야, 그리고 멈추는데 카트린 르그랑이 땅에 박혀 있는 커다란 흰 돌을 알아봤기 때문이다. 하지만 우리는 다시 걷는데 카트린 르그랑이 완전히 확신할 수 없다고, 아저씨의 밭 한쪽에 있는 흰 돌은 더 작거나 혹은 더 큰 것 같다고, 혹은 지금 지나가고 있는 밭에 있는 것처럼 어쩌면 돌이 두 개가 있는지도 모른다고 말하기 때문이다. 우리는 다시 구석에 있는 흰 돌 앞에서 멈추는데, 이 돌은 둥그스름하지 않고 경계석 쪽에 더 가깝다. 카트린 르그랑은 쉽게 결정을 내리지 못하고 아저씨의 포도밭을 알아봤다가 못 알아봤다가 한다. 우리는 계속 걷고, 벽돌이 쌓여 있는 것을 발견하고, 흙에 박힌 말뚝을 발견하고, 살구나무 같은 키가 작은 나무들을 발견하고, 언덕 밑의 길의 경계에서는 하얀 돌과 분쇄된 덩어리가 있는 밭마저도 발견한다. 카트린 르그랑이 아저씨의 포도밭을 지나쳐 온 것이 확실하다고 말해서 우리는 발걸음을 뒤로 돌린다. 우리는 바라보고 밭 앞마다 걸음을 멈춘다. 그러다 얼마쯤 지나자 카트린 르그랑이 말한다, 여기야 확실해, 그래서 우리는 포도를 향해 달려들고, 반절만 검붉은 커다란 포도송이를 따고, 목이 마르기 때문에 포도를 빨아먹기 시작하고, 그다음에서야 더 잘 익은 포도가 열린 곳이 있다는 것을 깨닫고, 손에 쥐고 있던 것을 옆 포도밭에

버리고, 우리는 포도나무 밑동에 앉아 포도알을 따로 분리하지 않고 포도송이째로 먹고, 가지에 열린 포도송이를 이로 물고 잡아당기면서 입술과 이로 포도알을 으깨지만, 이리저리 굴러가는 포도알 앞에서 속수무책인데, 늑대의 젖을 빨고 있는 레무스와 로물루스를 흉내 내기 위해, 마치 팔이 없는 것처럼 행동하고 있기 때문이다. 그러던 중 카트린 르그랑이 여긴 아저씨의 포도밭이 아니라고 말하고, 우리는 버팀목 사이로 지나가고, 그것들을 잇는 철삿줄 밑으로 몸을 반절쯤 굽힌 채 재빨리 앞으로 나아간다. 우리는 카트린 르그랑이 아저씨 밭이라고 알아보는 포도밭에 도착한다. 우리는 초록색과 파란색 포도를 다시 먹기 시작한다. 포도알을 손 가득 따고, 손가락을 붙인 채로 주먹을 쥐고 포도알을 으깨면서 장난을 친다. 하지만 이내 다시 한번 밭을 착각했다는 것을 깨닫는다. 우리는 옆 밭으로, 그다음 밭으로, 그리고 계속 다음 밭으로 지나가는데 카트린 르그랑이 모두 번갈아 가면서 아저씨 밭이라고 하고, 우리는 밭마다 멈추고, 포도밭을 따라갔다가 돌아오고, 몸을 반쯤 굽힌 채 포도나무 가지 아래로, 덩굴손 아래로, 철사에 걸린 채 언덕 위에서부터 평지의 경작지 주위로 난 마지막 길까지 직선의 열을 이루고 있는 휘묻이한 가지 밑으로 달리면서 언덕 전체를 가로지른다. 자닌 파르므가 갑자기 멈춰 서더니 배를 두 손으로 잡고 기다려달라며 소리를 지른다. 그가 포도나무 그루 뒤에 쭈그리고 앉아 있는 것이 보인다. 드니즈 파르므 뱅상 파르므 베로니크 르그랑 카트린 르그랑은 차례대로 포도나무 그루 뒤에 쭈그리고 앉고, 모두 설사를 하고, 평소라면 조각상 앞에 붙여두는 나뭇잎으로 엉덩이를 닦는다. 자닌 파르므가 첫 번째로 끝냈다. 우리는 그의 뒤에서 옷을 입으며 걷는다. 장이 황산염과 익지 않은 포도의 산으로 적셔진 것이 느껴지고, 마치 만지면 찢어지는 담배의 종이 같고, 배 속에 접힌 벌레가 있는 것만 같다. 얼른 집에 가고 싶다. 우리는 달리면서 언덕을 내려오고, 가끔 포도나무 뒤에 멈추고, 최대한 오랫동안 참아보려고 노력하지만, 한 명이 똥을 싸기 시작하면 나머지 아이들도 줄줄이 그를 따라 하고, 서두르고, 땅을 가로질러 고약한 냄새가 우리를 따라오고, 냄새는 심지어 우리보다 먼저 저 멀리 가 있는데, 분해 혹은 발효되고 있는 포도 냄새가 이제 자기에게서 나는 것만 같다. 건초는 안에 거둬들여졌다. 헛간은 열려 있다. 위층 다락에는 쇠스랑으로 밀어 넣은 마른 풀이 잔뜩 쌓여 있는데, 너무나도 촘촘히 쌓여 있는 탓에 누군가 다락을 진공상태로 만들어놓은 것처럼 보인다. 헛간 가운데 있던 수레들은 뒤로 밀려 있는데, 그곳에는 남은 건초가 주위 칸막이에 기대어진 채 더미로 쌓여 있어서 더는 자리가 없기 때문이다. 꽃과 마른풀 냄새가 난다. 머리를 까닥거리면서 그 자리에 가만히 있으면 이 냄새에 취하고 마는데, 콧구멍에서도 귀 안에서도 냄새가 나고, 머릿속에서도 냄새가 이리저리 활보하는 것 같고, 특히나 몸 전체를 타고 피부에서 냄새가 나고, 모공이 열려 있고, 그곳으로 풀 민들레 수레국화 개양귀비 귀리 잠두 냄새가 발산되기 시작하고, 하지만 어떤 풀의 혹은 어떤 꽃의 냄새가 제일 강한지는 알 수 없고, 더는 똑바로 생각하지 못하겠고, 그래서 우리는 위층 다락에서 달리기 시작하고, 열린 뚜껑 문을 넘나들며 여기저기로 뛴다. 헛간으로 불어오는 바람이 건초 더미에서 삐져나온 줄기를 움직이고, 가끔은 더 진한 냄새가 훅하고 끼쳐온다. 파스칼 프로망탱 피에르마리 프로망탱 베로니크 르그랑 카트린 르그랑은 건초더미 안으로 뛰어들고, 헛간을 가로지르는 들보에 머리를 찧으려고 시도한다. 가끔 착지하면서 균형을 잃으면 우리는 토끼풀 안에 벼 안에 기다란 데이지 안으로 빠져 뒹굴고 냄새를 맡고 풀잎 끝을 우물우물 씹고 뺨을 긁힌다. 피에르마리 프로망탱은 베로니크 르그랑이 떨어지는 순간에 그를 밀어서 균형을 잃게 하고, 피에르마리 프로망탱은 미리 준비해둔 자신만큼이나 커다란 건초 더미를 베로니크 르그랑의 머리 위로 던진다.

웃음소리와 억눌린 고함이 들린다. 베로니크 르그랑은 밖으로 얼굴을 내밀려고 힘껏 발버둥 친다. 그가 있는 곳에서 건초가 구불거리고, 둥그런 모양을 하고, 덩어리째로 움직이는 것이 보이고, 피에르마리 프로망탱은 그 위를 눌러서 밖으로 나오지 못하게 한다. 이윽고 베로니크 르그랑은 피에르마리 프로망탱의 얼굴에 발을 날리는 데 성공하고, 그는 손을 놓고 소리를 고래고래 지르는데, 코에 제대로 한 방을 맞았기 때문이다. 베로니크 르그랑이 건초 밑에서 얼굴이 붉어지고 숨이 찬 채로 빠져나오는데, 어디에서 건초더미가 끝이 나고 어디에서 그의 머리카락이 시작되는지 모르겠고, 몇몇 줄기는 귀에서 바로 삐죽삐죽 나와 있기까지 하다. 우리는 외양간과 헛간을 구분하는 나무 칸막이를 넘어서 다락 구석으로 가고, 우리가 있는 다락에서 평소에는 수레들을 두지만 지금은 커다란 건초더미가 대신하고 있는 헛간의 아래쪽 중앙을 바라본다. 파스칼 프로망탱이 우리가 있는 다락에서 밑에 있는 더미 위로 몸을 던지자 몸 절반이 그 안에 박히고, 위에서 보니 그는 매우 작아 보이고, 피에르마리 프로망탱이 뛰어내리고, 그리고 당연하게도 그 뒤를 이어 베로니크 르그랑과 카트린 르그랑이 뛰어내린다. 우리는 아무런 충격 없이 그 안으로 빠지고, 이 모든 냄새에 몸을 묻고, 완전히 취하고, 저 위에 제일 처음으로 도착해서 제일 처음으로 뛰어내릴 수 있도록 서둘러 사다리를 기어오르려고 한다. 우리는 쉬지 않고 뛰어내린다. 사다리 앞에서 몸을 서로 부딪친다. 사다리 계단에서는 앞에서 빨리 오르지 못하는 사람을 밀친다. 외양간에서 건초의 냄새 때문에 흥분하는 동물들의 소리가 들린다. 우리의 피부는 풀의 끝부분에 긁혀서 옷 밑에 있는 피부마저도 따끔거리고, 마치 소금을 뿌려놓은 것처럼 쓰린데, 피부가 전체적으로 얼얼하고, 다리 사이는 특히 더 아픈데 그곳은 마치 누가 할퀸 것만 같다. 그러다 갑자기 파스칼 프로망탱이 알 수 없는 이유로 떨어지는 중에 방향을 바꾸는 것이 보이고, 건초더미 옆에 떨어지는 것이 보이고, 한 손이 써레의 날에 박히는 것이 보인다. 써레는 벽에 기대어 세워져 있고, 우리가 뛰어내리면서 흩날리게 한 건초에 절반은 가려져 있고 나머지는 빛나고 있다. 파스칼 프로망탱이 손을 빼내는데, 그는 아무 말도 하지 않지만, 철에서 손을 분리하는 순간 피를 분수처럼 뿜어내는 상처가 보이고, 우리는 창백해진 파스칼 프로망탱에게 다가가 그를 둘러싼다. 비가 온다. 우리는 숲속에 우리가 만들어놓은 오두막 안에 있다. 베로니크 르그랑과 자닌 파르므는 점토 화덕에 사과를 굽고 있다. 그들은 전에 여기서 납을 녹인 적이 있었다는 것을 생각하지 않은 채 사과를 화덕 위에 올려둔다. 찌그러진 아연판 위에는 굽은 모양을 따라, 그리고 평평한 부분에 고체화된 납 방울이 보이는데, 화덕이 녹는점만큼 가열되지 않았기 때문에 굳어 있는 것이다. 그것은 움직이지 않는 수은처럼 보인다. 베로니크 르그랑과 자닌 파르므는 막대기로 사과를 찌르고 굴려가면서 굽기 정도를 관찰한다. 그중 하나가 구워지면 베로니크 르그랑 혹은 자닌 파르므는 막대기로 사과를 찔러서 빼낸다. 연두색이었던 사과는 갈색이 되고 껍질에 금이 간 부분에는 방울이 조금 져 있고, 사과 주위는 부드럽고 푹 꺼져 있지만, 중심 부분은 익지 않았다. 베로니크 르그랑이 사과 하나를 꺼낸다. 사과는 막대를 중심으로 쭈글쭈글해져 있고, 껍질에는 납이 붙어 있는데 사과가 구워지면서 나온 즙 때문에 반짝반짝 빛이 난다. 베로니크 르그랑은 식품을 저장하려고 만들어둔 모래더미 위에 사과를 올려둔다. 구워져서 식은, 우리가 먹으려고 하는 사과들에 모래가 잔뜩 묻었다. 그래서 그다음부터는 물푸레나무, 느릅나무, 너도밤나무의 잎 더미 위에 뜨거운 사과를 올려둔다. 뱅상 파르므는 책을 읽는 중이다. 카트린 르그랑도 책을 읽는 중이다. 빗줄기가 오두막 지붕의 나뭇잎 위로 떨어지는 소리가 들린다. 뱅상 파르므가 카트린 르그랑이 읽고 있던 읽기 책 위로 자기의 그림책을 올려두고 온 힘을 다해 웃기 시작한다. 카트린 르그랑은 무엇이 뱅상 파르므를 웃기는지를 보는데, 그것은 아독 선장[*]이 위스키병을 쫓아가면서 작은 새 짹 짹 짹으로 변하는 장면이다. 카트린 르그랑은 그다음을 읽으려고 하지만 뱅상 파르므는 다시 책을 가져가 팔로 감추고는 혼자서만 읽는다. 카트린 르그랑은 다시 읽던 책을 넘기다가 다음 구절에서 멈춘다, 관자놀이에 걸린 진주 줄이 살짝 벌어진 석류 같은 분홍빛 입가로 내려왔다. 가슴에는 얼룩덜룩해서 곰치의 비늘을 모방한 것처럼 보이는 휘황찬란한 보석 조합이 달려 있었다.[†] 이야기는 카르타고에서 진행된다. 우리는 라틴어 문법의 규칙을 배웠고, 그러면서 든 예시 안에 카르타고가 등장하는데, 이는 ceterum, censeo Carthaginem esse delendam 카르타고는 반드시 파괴되어야 한다이고, 이는 카토[‡]의 연설이고, 이는 동사적 명사 혹은 동사적 형용사의 규칙에 대한 것이다. 읽기 책에는 누가 선택했는지는 모르지만 잘린 글, 골라진 부분만 있을 뿐이라서 이야기의 전과 후가 궁금하고, 하지만 반대로 영영 알지 못할 것이라는 느낌이 든다. 뭐가 되었든 책에 발췌된 이 열 줄은 그렇게 흥미롭지 않다. 이러한 이유로 카트린 르그랑은 글이 자기에게 무언가를 뜻할 때까지 한 글을 골라 읽고 또 읽는데, 그렇게 하다 보면 그중에 가끔은 마음에 드는 글을 만나기도 한다. 책 전체를 읽어도 되는 날이 온다

---

* 벨기에 만화가 에르제가 그린 만화 시리즈 『땡땡의 모험』의 등장인물

† 귀스타브 플로베르, 『살람보』 인용

‡ 로마의 정치가·문인

면 그 안에서 이미 속속들이 외우고 있는 문장을 알아챌 수 있을 것이다. 관자놀이에 고정된 진주 줄이 반쯤 벌어진 석류 같은 장밋빛 입가로 내려왔다. 가슴에는 잡동사니로 곰치의 비늘을 모방한 것처럼 보이는 휘황찬란한 보석 조합이 달려 있었다. 카트린 르그랑은 뱅상 파르므에게 곰치가 뭐냐고 묻는다. 뱅상 파르므가 말한다, 나 좀 내버려둬. 그는 그림책의 끝부분을 읽는 중이고 그의 고개를 들게 하기란 쉽지 않아 보인다. 카트린 르그랑은 그의 무릎에 놓여 있던 책을 빼앗으면서 말한다, 곰치가 뭔지 알려주면 다시 돌려줄게. 뱅상 파르므는 카트린 르그랑 앞에서 폴짝 뛰고, 그의 뒤로, 옆으로 팔을 이리저리 움직이고, 카트린 르그랑이 등 뒤에 잡고 있는 책을 되찾으려고 하면서 말한다, 비늘이 있으니까 물고기지. 카트린 르그랑이 그에게 책을 돌려주면서 얼마나 큰데, 라고 묻고 뱅상 파르므는 자리에 다시 앉으러 가면서 어깨를 으쓱한다. 베로니크 르그랑이 나뭇조각으로 인형을 만들고 있다. 칼은 그가 고른 각도에서 나무를 팔 때 더 편하게 사용할 수 있도록 오른손에 들려 있다가 왼손에 들려 있다가 한다. 오두막에 비가 떨어진다고 제일 먼저 소리를 지른 사람은 그였다. 실제로 물푸레나무, 느릅나무, 너도밤나무, 심지어는 자작나무에서 따온 마르고 오그라든 지붕의 잎들 사이로 물이 흐르기 시작했다. 이제 잎들은 다 젖어서 더 작아졌기 때문에 오두막의 지붕 사이로 하늘이 보이고, 빗방울이 뾰족한 바늘 모양을 하고 눈으로 떨어지는데, 제시간에 눈을 감지 못하면 눈을 뚫고 지나갈 기세이지만, 사실 이건 그저 물일 뿐이다. 우리는 책 사과 칼 카드 등의 모든 물건을 오두막 한쪽에, 아직은 안전한 곳에 둔다. 우리는 가지를 자르기 위해 숲으로 간다. 오두막 지붕에 나뭇잎으로 새로운 겹을 깔아서 물이 들어오는 것을 막아야 한다. 우리는 두텁고 축축한 초목 안을 걷는다. 목적지는 위쪽에 있는데 땅이 기우듬하기 때문에 그루터기에 돋아난 새싹, 바닥에서 시작하는 가시가 나지 않은 온갖 종류의 가지를 잡아당기며 올라간다. 거기에 묻어 있던 물이 옷 사이로 스며들어서 팔이 젖고, 셔츠가 젖고, 종아리와 허벅지가 젖는다. 물이 사방에서부터 잎사귀 위에 나무 몸통 위에 길 위로 흐르는 소리가 들리고, 마치 귀 안에서 물 흐르는 소리가 나는 것 같고, 샘이 흐르는 여름이고, 하지만 비가 내리는 것이고, 숲은 군데군데가 회색, 갈색, 검은색이다. 우리에겐 도끼 두 자루가 있다. 우리는 전나무 가지를 자르기로 하는데, 전나무의 바늘잎은 마른 후에도 부피가 변하지 않기 때문에 지붕을 만들기 위해 우리가 할 수 있는 최고의 선택이다. 우리는 전나무의 새 가지를 자르고, 밑에 자란 가지가 있으면 그것도 자른다. 우리는 기다란 가지를 자르려고 노력하는데, 그러면 따로 덧붙인 부분 없이도 그것들을 지붕을 따라 쭉 펴놓을 수 있기 때문이다. 가지를 다 자르고 나서는 그것을 여러 더미로 모아두고, 뒤에서 각자의 더미를 끌면서 내려가는데, 바늘잎은 서로 달라붙고 가지는 엉켜서 더미가 흩어지지 않도록 한다. 하층목의 잎이 깔린 바닥에 가지들이 스치는 소리가 들린다. 자닌 파르므는 가시덤불에서 빠져나오려다가 그가 자른 가지 더미가 덤불 안에 얽매이고 만다. 우리는 각자의 가지 더미를 바닥에 내려놓고, 덤불로부터 그의 가지 더미를 빼내는 것을 도우러 간다. 덤불의 가시와 잔가지는 우리가 수평으로 잡아당기는 잔가지를 수직으로 붙들고 있다. 우리는 아저씨의 장례식에 와 있다. 문 앞에서 모두가 준비되기를 기다린다. 퇴비 더미 위에 혹은 집의 계단 위에 있는 닭들을 바라본다. 외양간에서는 소들이 움직이는 소리가 들린다. 관을 둔 방의 창문이 열려 있고 그곳에서부터 냄새가 난다. 카트린 르그랑과 베로니크 르그랑은 옆에 서 있는 여자들이 그것이 시체라고 속삭이는 것을 듣는다. 사람이 많이 있다. 일요일에 미사에 갈 때 입는 옷을 입은 남자들. 검은색 옷과 동그란 모자를 쓴 여자들, 이 모자 역시 여자들이 일요일에 쓰는 것이다. 우리는 목소리를 낮춰 말한다. 집은 교회에서 오는 길에 있고, 이러한 이유로 교회에 들른 다음에 이곳에 온 것이다. 이제 다시 두 번째로 관을 빼야 한다. 남자 네 명이 관이 떨어지지 않도록 서로 충고를 해가며 관을 이고 계단을 내려온다. 그들 뒤로 아주머니가 얼굴 앞까지 오는 커다란 베일을 쓰고 계단을 내려온다. 파스칼 프로망탱 피에르마리 프로망탱이 그와 함께 있다. 남자들이 계단 밑에 있는 들것에 관을 내려놓는다. 이제 그들은 들것을 드는데, 두 명은 앞에, 두 명은 뒤에 있고, 어깨 위에 각각 한 개의 손잡이를 짊어진다. 관 위에는 태슬이 달린 검은 천이 덮여 있다. 관 양쪽에 하얀 십자가가 대인 것이 보인다. 신부님은 검은색 법의 위에 겉옷을 입었고, 검은색 영대를 걸쳤다. 신부님이 관 뒤를 걷기 시작한다. 앞에는 미사 책을 펼친 채로 들고 있다. 그의 옆에 있는 성가대 아이는 성수가 든 양동이와 성수채를 들고 있다. 아주머니 파스칼 프로망탱 피에르마리 프로망탱 역시 뒤에서 걷기 시작하고, 가족 일원, 그다음에는 지인들 순으로 모두 대열에 합류한다. 우리는 마을의 마지막 집들 앞을 지나간다. 들판 한가운데 햇빛이 하얗게 반사되는 흙길이 나 있는데, 눈이 부셔서 눈을 뜨고 있기가 힘들다. 멀리, 거의 숲이 있는 곳에 벽으로 둘러싸인 묘지와 그 옆에 있는 예배당이 보인다. 관을 들고 가는 남자들은 천천히 걷는다. 우리는 그 뒤에서 걷는다. 길 양쪽으로는 풀이 베인 평지가 있는데, 아직도 여기저기에 쇠스랑으로 걷어가지 않은 기다란 건초가 남아 있다. 밀, 귀리, 보리의 그루터기만 남은 밭이 보인다. 아무도 말하지 않는다. 날이 덥다. 길옆으로 흐르는 개울에서는 원래 나던 샘물 소리 대신 가끔 찰랑거리는 소리만 희미하게 들릴 뿐이다. 경사지에서는 최근에 핀 꽃들이 시들고 있다. 신부님이 라틴어로 기도문을 외우고 우리는 대답한다. 긴 침묵이 이어진다. 그러다 아주머니의, 파스칼 프로망탱의, 피에르마리 프로망탱의, 그리고 모르는 사람들의 흐느낌 소리가 들린다. 신부님이 새로운 기도문을 시작하고, 우리는 대답한다, 아멘, 편히 잠드시오서(requiescat in pace, et cetera). 관을 지고 있는 사람들 머리 위에서 관이 왼쪽에서 오른쪽으로 흔들린다. 신발 밑창이 땅에서 끌리는 소리가 나고, 행렬 안의 사람들은 동물 떼처럼 제자리걸음을 한다. 뒤를 돌아보면 장례 행렬은 들판 한가운데에 겨우 검은색 자국 하나로만 보일 뿐이다. 우리는 걷는다. 가끔 관을 들고 가는 사람들이 어깨를 바꿀 수 있도록 멈추어 선다. 날이 덥다. 땀이 난다. 검은색은 더위를 흡수하는 색임이 틀림없다. 느려진 걸음걸이에 더해, 이런 더위에 제대로 발을 들어 올릴 수 없는 탓에 가끔 돌부리에 발이 걸리기도 한다. 제비는 낮게 날고 서로 만나거나 스칠 때 작은 울음소리를 낸다. 공동묘지에 도착했을 때 묘혈을 파는 인부는 아직도 구멍에서 흙을 파내며 뒤로 던지고 있다. 남자들이 들것을 내려놓는다. 줄을 이용해 관을 묘혈에 안치한다. 신부님이 기도문을 외우고, 성가대 아이의 손에 있던 성채를 들어 묘혈에 성수를 뿌리고, 아주머니에게도 성수를 뿌린다. 누군가, 한 남자가 죽은 자에게 안녕을 고하는 나팔을 부는데, 이 소리는 귀청을 찢는 듯하고 귓가에서 사라지지 않는다. 아주머니는 묘혈 주위의 흙 위에 무릎을 꿇고, 누군가 나무관 위에 삽으로 흙을 떠서 던지자 통곡하고 만다. 무릎을 꿇은 피에르마리 프로망탱의 흐느낌이 들린다. 파스칼 프로망탱은 그 둘 사이에서 몸을 웅크리고 있고 매우 작아 보인다. 앞에서 뒤에서 여자들의 울음소리가 들린다.

기부르는 쇠사슬 갑옷을 입고, 머리에는 투구를 쓰고, 옆에는 검을 차고 성안에 있다. 각진 커다란 탑의 창문에 있는 여자들은 한 명도 빠짐없이 무장했다.* 펼쳐진 공책의 종이에는 바둑판무늬로 줄이 그어져 있다. 정사각형 안에는 세로줄과 가로줄이, 그리고 정사각형의 가장자리 줄은 더 두껍게 그려져 있는데, 이 때문에 이것이 정사각형인지 알 수 있다. 정사각형의 변은 1센티미터 정도 될 것이다. 거의 한 글자만 한 크기다. 글자는 연속된 정사각형에 쓰여 있다. 몇몇 글자는 그 안에 들어맞지 않는데, 예를 들어 b가 그렇고 l이 그렇고, 특히 p는 쓸 때마다 모양이 달라져서 정확히 어떻게 써야 하는지 알 수가 없다. 니콜 마르는 카트린 르그랑 옆에 있다. 그는 공책 여백에 연필로 가고

* 12세기에 고대 피카르디어로 쓰인 기욤 도랑주에 관한 무훈시 『알리스캉Aliscans』 인용

일[*]을 그려서 알리스캉 장(章)의 시작을 표시한다. 카트린 르그랑은 쇠사슬 갑옷을 입고 투구를 쓰고 검을 든 기부르[†]를 그리면서, 그가 여자라는 것을 나타내기 위해 쇠사슬 갑옷 밑으로 치마를 빼야 하는지 고민한다. 카트린 르그랑은 다리나 발 혹은 뒤로 끌리는 천 자락이 달린 치마를 위해 여백을 남겨둔다. 카트린 르그랑은 쇠사슬 갑옷의 고리를 하나하나 그리는데, 이는 비늘처럼 보이고, 기부르는 꼬리가 없고 투구를 쓴 머리의 한쪽 눈이 다른 한쪽보다 큰 물고기가 되는 바람에 카트린 르그랑은 기부르를 지우고 오랑주 성의 방어용 요철을 그린다. 우리가 서 있을 때는 뒤편으로 평야의 사이프러스 나무들이 보인다. 아기 예수 수녀님이 마리엘 발랑에게 방금 읽은 부분을, 읽는 동안 우리가 공책에 이해하지 못한 단어와 그 뒤에 따라오는 쌍점, 어원과 뜻을 적은 부분을 요약해보라고 한다. 마리엘 발랑이 어떻게 기부르와 오랑주의 여자들이 사라센 사람들에게서 도시를 지켜냈는지 말한다. 그곳에서 여자들은 돌을 던져서 사라센인들의 머리를 깨부쉈다. 오랑주는 점령되지 않았고, 찬란한 햇빛 아래서 빛나고, 기부르는 쇠사슬 갑옷 아래서 땀을 방울방울 흘리고, 눈까지 내려온 투구를 밀어 올린다. 아기 예수 수녀님이 남쪽에 한 나라가 있었는데 프랑스 왕이 말을 타고 강력한 군대를

* 중세 건축 양식에서 보이는 괴수 모양 석재 장식, 이무깃돌

† 『알리스캉』에 등장하는 기욤의 아내

이끌고 와서 이 나라를 파괴하려고 했다고 말하고, 이것이 십자군 전쟁이라고 말하고, 그 이후로 이 나라의 문명에 버금가는 문명은 없었다고 말한다. 우리는 공책에 알비 십자군 전쟁이라고 쓴다. 첫 번째 줄에 니콜 마르와 카트린 르그랑의 오른쪽으로 마리엘 발랑과 소피 리외가 있고, 그 오른쪽으로는 로랑스 부니욜과 발레리 보르주가 있다. 우리는 검은색 블라우스를 입고 있다. 마리엘 발랑은 허리 옆에 고리가 달린 가죽 허리띠를 하고 있다. 그중 하나의 고리에 손잡이 칼이 달려 있다. 얘들아, 정신을 잃은 이 왕비를 부축해다오.‡ 이는 미사포에 싸인 채 무릎을 떨고 있는 에스더다. 아기 예수 수녀님은 에스더 이야기를 들려주면서 성인에 관한 수업을 한다. 우리는 공책에 성서, 에스더서라고 쓴다. 떨어진 자 혹은 지우개를 주우려고 몸을 굽힐 때면 마리엘 발랑의 무릎 소피 리외의 무릎 로랑스 부니욜의 무릎 발레리 보르주의 무릎이 보인다. 발레리 보르주는 머리를 항상 왼쪽 팔에 기대고 있다. 아기 예수 수녀님은 이를 지적하면서 혹시 자기 팔꿈치도 필요하지는 않냐고 묻는다. 나뭇잎이 떨어지기 시작한다. 아직도 꽤 남아 있긴 하지만 지금 보이는 이 나뭇잎은 색이 바랬고, 특히 마로니에 잎은 오그라들고 갈색이 되었다. 우리는 무리를 지어 운동장을 걷는다. 기숙생들은 자기들끼리만 얘

‡ 장 바티스트 라신, 『라신 희곡선』 「에스더」 인용

기하면서 함께 공놀이를 하는 것을 거부한다. 통학생들은 네트가 쳐 있는, 조각상이 있는 운동장에서 배구를 하기로 한다. 니콜 마르가 공을 찾으러 달려간다. 그는 로랑스 부니욜 근처를 지나가면서 데스라메 왕이 자기 수염을 걸고 맹세한다고 소리 지르고, 로랑스 부니욜은 대답으로 기보르는 끌려가서라고 말하고, 쥘리엔 퐁과 마리엘 발랑은 동시에 뛰면서 다음과 같이 계속한다, 바다에 던져지게 될 것이다. 정오에는 우리 모두 손을 잡고 말한다, 데스라메 왕이 자기 수염을 걸고 맹세한다, 기보르는 끌려가서 바다에 던져질 것이다. 우리는 다음 문장을 말할 때 웃음을 터뜨린다, 하지만 그는 맹세를 지키지 못하고, 자기와 수염을 보존하지 못할 것이다. 점심을 먹기 위해 집으로 돌아가는 시간이다. 우리는 한시 이십오분에, 종이 치기 전에 다시 시작한다. 서로의 손을 잡고 말한다, 데스라메 왕이 자기 수염을 걸고 맹세한다, 이하 동문, 이제 우리는 이 구절을 속속들이 알고 있다. 노에미 마자는 뒤쪽에 트임이 있는 회색 블라우스를 입고 있다. 징이 박힌 부츠도 신고 있다. 춤추는 멋진 소년이 징이 박힌 부츠 소리를 낸다네 노래를 부를 때 우리는 그를 생각한다. 안마리 브뤼네는 기숙생이고 소피 리외 안 제를리에 드니즈 코스 마리 데몬 발레리 보르주도 기숙생이다. 그들은 쉬는 시간에 벽 근처에 서서 계속해서 떠든다. 안 제를리에는 그동안 니트 카디건으로 어깨를 감싸며 앉았다. 우리는 양호실에 있다. 성 프랑수아 다시즈 수녀님이 나갔다. 열린 창으로 나무들, 학교의 정원과 수녀원의 정원을 가르는 높은 벽이 보인다. 수녀원 정원을 보려고 벽을 타고 오르면, 얼굴에 검은색 미사포를 쓴 수녀들은 보이지 않고, 대신 깔끔하게 난 길과 가느다란 끈이 둘린 화단 안으로 가지를 친 회양목, 카네이션, 시인의 절망,* 물망초가 보인다. 꽃 울타리 사이의 그늘진 땅에는 작고 둥그런 아카시아잎이 붙어 있다. 드니즈 코스는 양호실 침대에 누워 있다. 그의 뺨이 빨갛다. 성 프랑수아 다시즈 수녀님은 드니즈 코스에게 휴식이 필요하기 때문에 카트린 르그랑이 그에게 말을 거는 것을 금지한다. 성 프랑수아 다시즈 수녀님은 카트린 르그랑을 위해 증기 흡입 탕약을 준비했다. 카트린 르그랑은 김이 나는 그릇 위로 몸을 굽히는데 뜨겁기 때문에 너무 가까이는 가지 않는다. 성 프랑수아 다시즈 수녀님은 증기가 카트린 르그랑의 코 주위에서 머물도록 그의 검은색 양모 숄을 카트린 르그랑의 머리에서부터 그릇 위까지 덮어준다. 숄에서는 익숙한 냄새가 난다. 이 냄새는 갑자기 가슴 혹은 배의 한 부분 혹은 다리 사이에 아릿한 통증을 느끼게 한다. 카트린 르그랑은 이 느낌을 견딜 수가 없어

* 장미목 식물 휴케라를 '화가의 절망'이라 부르기도 하는데, 이를 참고하여 시인의 절망으로 쓴 듯하다.

서 검은색 양모 숄 밑으로 고개를 내빼고 드니즈 코스에게 얼굴을 찡그려 보인다. 드니즈 코스는 팔꿈치로 몸을 일으킨 채 카트린 르그랑에게 조금 더 옆에 있으라고, 가지 말라고, 성 프랑수아 다시즈 수녀님께 몸이 계속 아파서 누워 있어야 할 것 같다고 말하라고 속삭인다. 하지만 카트린 르그랑은 식은 탕약과 희미한 에테르 냄새에 더해, 지금 양호실에 가득한 바로 이 냄새 때문에 눕고 싶은 마음이 전혀 없다. 카트린 르그랑은 숄을 완전히 내팽개치고 탕약이 식기를, 그리고 성 프랑수아 다시즈 수녀님이 양호실로 다시 돌아오기를 기다린다. 우리는 생제르맹데샹에서 전쟁놀이를 한다. 우리는 뛰어서 언덕을 오른다. 아카시아 나무 아래에서 수를 센다. 그곳에 잠시 머무는데 막스 기브롤이 아직 안 왔기 때문이다. 아카시아 나무로 가장자리가 둘러싸인 테라스의 다른 편 근처에는 식료품점이 있다. 아카시아꽃 냄새가 머리를 어지럽게 한다. 나무 몸통을 발로 걷어차고 싶어진다. 앙리 아주머니가 머리를 정신없이 왼쪽 오른쪽으로 돌리면서 웃는 바보와 함께 식료품점을 나오는데, 그러던 중 바보가 그곳에 들어가는 한 아주머니의 넓적다리를 걷어찬다. 앙리 아주머니는 바보가 얌전해질 때까지 그를 잡고 흔든다. 그러자 그는 가슴 쪽으로 머리를 기대고 침을 흘린다. 크리스티안 기브롤은 카트린 르그랑에게 배에 든 아기와 함께 테라스를 가로지르는 아주머니를 가리킨다. 크리스티안 기브롤은 확성기를 만들기 위해 손을 입에 가져다 대고 힘껏 소리친다, 막스 얼른 와. 자크 라마스가 언덕을 달려 내려온 다음 다시 달려 올라가면서 막스 기브롤이 롤러스케이트를 타고 있기 때문에 여기에 오지 않을 것이라고 말한다. 우리는 세 개의 기지로 편을 나눈다. 우리는 집이 몇 채 모여 있는 곳의 뒤로 난 열린 정문 뒤 마당에 숨을 것이다. 우리는 망을 보기 시작한다. 우리의 발치에, 몸을 숙이고 앉아 있다면 그 옆으로, 거의 점토 같은 생제르맹데샹의 붉은 흙으로 만든 수류탄이 놓여 있다. 우리는 막대기 끝에 하나를 꽂아 준비하고, 주머니에는 될 수 있는 한 많이 집어넣고, 나머지는 바닥에 둔다. 적이 가까이 지나가는 것이 보이면 그의 얼굴 가운데를 향해 수류탄을 팍 던지고, 진흙은 얼굴에서 뭉개지고, 그러면 우리는 적이 다시 눈을 뜨는 동안 막대기 끝에 다른 수류탄을 꽂는다. 보통은 막스 기브롤이 있는 기지가 항상 이기는데 놀라운 일은 아니다. 모두 그 기지에 들어가고 싶어하고, 그래서 그 기지는 다른 곳보다 머릿수가 세배는 많고, 바로 이러한 이유로 그 기지가 항상 이기는 것이다. 오늘은 누가 이길지 알 수 없다. 우리는 무턱대고 싸운다. 크리스티안 기브롤은 조약돌로 수류탄을 보강한다. 우리는 조약돌을 진흙 안에 넣는데, 그럼 적이 이것을 얼굴에 맞을 때 더 아파할 것이다. 포로들은 줄에 묶인 채 생제르맹데샹 밑에 있는 주택과 평지의 경계에 있다. 그중에 몇몇은 틈 사이를 시멘트로 메꾸지 않고 납작한 돌을 쌓아 만든 담을 둘러싼 두터운 덤불에 가닿으려고 애쓴다. 가끔 감시하는 보초가 그들을 막대기로 때리기도 한다. 이 보초는 모든 포로를 감시하고, 이 장소는 두 기지의 포로를 모두 수용한다. 우리는 삼천기도를 위해 노트르담 드 라 살레트에 간다. 그곳은 시골의 어딘가에 있다. 둘씩 짝을 지어 걷는다. 마을을 쭉 가로질러야 한다. 우리는 남색 유니폼을 입고 있다. 양말은 흰색을 신었다. 우리는 체육 시간에 운동장에서 걷는 법을 배웠고, 직각에서 어떻게 돌면 되는지를 알고, 아무 일도 없었다는 것처럼 발걸음을 따라잡는다. 우리는 자동차들이 지나갈 수 있도록 대열을 함부로 이탈하지 말라는 주의를 받았고, 그래서 우리는 자동차들이 지나갈 수 있도록 비켜주는 척을 하고, 앞에 커다란 공간을 만들어서 자동차가 대열 안으로 끼어들 수 있게 한 다음, 바로 그 순간에 앞으로 뛰어들어서 자동차를 멈추게 하고, 그다음에 대열을 따라가기 위해서는 자동차를 끼고 돌아야 하는데, 모두 자동차를 끼고 도는 시간을 가지기 위해 뛰기 시작하고, 한바

탕 소동이 일어나고, 아기 예수 수녀님마저도 상황을 정리하기 위해 치마를 뒤로 날리면서 뛴다. 우리는 울타리로 둘러싸인 푹 파인 길로 들어선다. 해는 아직도 낮고 풀에는 이슬이 맺혀 있다. 햇살이 비스듬히 바닥을 비추는 곳에 이슬이 빛나는 것이 보인다. 동쪽의 이슬은 싱그러운 연초록색인데, 짧게 깎인 밭에는 데이지, 미나리아재비, 민들레꽃이 있고, 제비꽃은 시들어서 울타리 발치에서 더는 보이지 않고, 풀이 길게 자란 언덕에는 싹트기 시작한 데이지와 개양귀비가 있다. 나무에 달려 있던 꽃들은 떨어졌는데, 노랗게 시들거나 아직도 생생한 채로 축축한 바닥에 이리저리 흩어진 것이 보인다. 사과나무에 달린 분홍색 꽃은 아직도 가지에 붙어 있고, 연두색 잎이 잔뜩 나 있다. 발이 젖었다. 미사는 야외에서 열린다. 우리는 하늘을 마음껏 올려다볼 수 있다. 농장은 멀리 있기 때문에 작게 보이고, 울타리가 서로 겹치거나 밭 경계에서 다른 밭으로 평행하게 이어지는 선을 따라가면서 그려지는 복잡한 그림을 볼 수도 있다. 가장 가까운 울타리에서는 야생자두나무의 검은 가시를 볼 수 있고, 가시나무, 들장미나무, 혹은 다른 덤불은 담에서 떨어져 나간, 무너진 채 흙더미 안에서 서로 차곡차곡 쌓인 돌에서부터 시작되는 산울타리를 이루고 있다. 우리는 비가 오도록, 땅에서 곡식이 잘 자라고 열매가 맺히도록 기도를 한다. 우리는 비가 오지 않기를 기도하는데, 너무 센 비는 밭에서 자란 밀과 보리를 초토화하기 때문이다. 우리는 과일이 여물고 달아지도록 해가 뜨기를 기도한다. 우리는 밭과 과일을 마르게 하는 탈 듯한 햇볕이 없기를 기도한다. 법복 위에 겉옷을 입은 신부님이 물과 빵과 소금을 축복한다. 우리는 발꿈치를 들고 그곳을 떠나서 맨발로 풀밭을 걷고 싶다. 나 자신도 쇠사슬 갑옷을 입고, 머리에는 투구를 쓰고, 목에는 방패를 걸고, 옆에는 검을 차고, 손목에는 창을 찬 채로 너와 함께 최전선에서 싸우러 갈 것이다.* 아기 예수 수녀님은 로랑스 부니욜이 페이지를 찾기를 기다린 다음 누가 이 말을 했냐고 묻는다. 로랑스 부니욜은 에르맹가르라고 대답하고, 에르맹가르가 개 취급을 당한 아들 기욤 때문에 프랑스 궁정에서 프랑스인들을 비겁하다고 비판한 경위를 설명하고, 로랑스 부니욜은 오랑주를 구하기 위해 그를 돕는 것은 정당한 일이라고 말한다. 갑옷, 투구, 방패, 검, 창으로 무장된 채 말을 타고 있는 에르맹가르가 보이고, 우리는 어떻게 그가 말 위에 앉아 있을 수 있는지 자문하고, 등을 대고 누운 말들, 쇠 끈 안의 정강이뼈, 남자들의 거대한 해골, 사지와 함께 부러진 사방으로 무기들, 방패, 창, 검과 함께 아쟁쿠르가 어떤지 보이고, 전진하는 군대, 빽빽이

* '나 자신도'부터 한 문장은 『알리스캉』 인용

굳은 기병이 보이고, 투구가 벗겨지자 머리카락이 한꺼번에 쏟아지는데, 이는 기부르고 이는 에르맹가르고, 내 머리가 하얗게 세긴 했지만, 나의 심장은 여전히 활기차게 뛰고, 이것이 신을 기쁘게 한다면 나는 내 아이를 도울 것이다. 말 위에서 무장해 있는 나의 칼이 그들에게 닿기 시작하면, 이교도인, 사라센인, 페르시아인 중 누구도 안장에 앉아 버티지 못할 것이다.† 카트린 르그랑은 기부르의 아랍인 눈 혹은 기욤의 납작한 코를 그리는 것을 포기한다. 새로운 장은 대형 장식 대문자로 시작하는 것이 더 쉽다. 우리는 첫 번째 글자를 멋들어지게 쓰고, 그 주위를 각가지 선과 색으로 장식하는데, 멀리서 보면 채색 문자‡처럼 보이고, 그것이 마음에 든다. 아기 예수 수녀님도 그것을 마음에 들어한다. 아기 예수 수녀님이 큰소리로 좋아하는 구절을 읽을 때면 잠시 멈추고 입으로 동그라미 같은 것을 만드는데, 이는 소리가 나지 않는 오(O)이고, 그의 양쪽 눈에도 이와 같은 동그라미가 생기는데, 이는 바로 이곳에 그가 찾고 싶어했던 것이 있다는 뜻이고, 이런 식으로 무엇인가를 찬양하는 것은 그를 행복하게 만든다. 성인을 다루는 책에서 나오는 모든 이야기에 대해 그는 오(O)를 하는 습관이 있고, 그는 큰 소리로 성인에 대한 이야기를 읽으면서 몇 번이고 멈춰서 입술로 오(O)를 만들려고

† '내 머리가 하얗게'부터 두 문장은 『알리스캉』 인용

‡ 고서에서 흔히 보이는, 삽화로 장식된 책의 첫 번째 글자

성인 이야기 시간을 간절히 기다린다. 그러면 우리는 그를 주의 깊게 살펴보다가 언제 그가 그걸 할지 예측하는 연습을 하고, 결국은 우리의 예상이 적중한다. 심지어 가끔은 우리가 그에게 동그라미를 만들게 할 수도 있다. 카트린 르그랑은 바로 이런 이유로 운동장에서 혼자 있다. 니콜 마르가 지나가면서 같이 구슬 놀이를 하지 않겠냐고 묻는다. 카트린 르그랑은 거절한다. 그는 마리엘 발랑과 쥘리엔 퐁이 지붕이 달린 운동장에서 경찰과 도둑 놀이를 하며 뛰는 것을 바라본다. 노에미 마자는 배구를 하고 싶어한다. 카트린 르그랑은 마치 아무 소리도 들리지 않는 것처럼 혹은 소리가 아주 작게 들리는 것처럼 행동하면서 모든 제안을 다 거부하는데, 특히 다른 학생들이 그에게 말을 거는 장면을 아기 예수 수녀님이 봐서는 안 된다. 카트린 르그랑은 무슨 놀이든 하고 싶어서 좀이 쑤신다. 하지만 운동장을 감시하는 아기 예수 수녀님이 혼자 나무에 기대서서 땅을 바라보는 척하거나, 아기 예수 수녀님의 말을 빌리자면 몸에 달린 눈이 더는 볼 수 없는 곳까지 최대한 멀리, 허공을 바라보는 척하는 그를 발견하기 전까지는 꼼짝도 하지 않을 것이고, 아기 예수 수녀님은 치마를 뒤로 날리면서 큰 발걸음으로 운동장을 가로지를 것이고, 나무 근처에 멈춰서 카트린 르그랑에게 몸을 기울인 다음 아주 다정한 목소리로 무슨 일이니, 어디가 아프니? 라고 물을 것이고, 그럼 카트린 르그랑은 아니라고 말하기 위해 고개를 저을 것이고, 그러면 아기 예수님은 다시 여기서 뭘 하고 있냐고 물을 것이다. 카트린 르그랑은 고개를 뒤로 젖히면서 이렇게 말할 것이다, 생각하고 있어요 수녀님. 바로 이 순간에 모든 것이 잘 진행된다면 아기 예수 수녀님의 다람쥐 색깔을 한 눈에서 동그라미가 시작될 것이다. 그는 어쩌면 시간이 조금 흐른 뒤 이렇게 물을 것이다, 딸아, 무엇을 생각하고 있니. 카트린 르그랑은 어리둥절하거나 당황하거나 혹은 자기 생각 때문에 정신이 팔린 듯 보이려고 묘한 분위기를 만들 것이고, 계속해도 되는지 아기 예수 수녀님을 살펴볼 것이고, 효과가 나도록 조금 기다린 뒤에 속삭이면서 이렇게 말할 것이다, 저는 신을 생각하고 있어요, 저는……, 그리고 더는 계속하지 않기 위해 입술을 깨물 것이고, 만약 아기 예수 수녀님의 얼굴에, 눈과 입술에 두 개의 동그라미가 없다면, 그 말인즉슨 그가 서투르게 행동했다는 것이다. 아기 예수 수녀님이 카트린 르그랑을 방해하지 않기 위해서 멀어지고 나면, 누군가 아직도 그를 지켜보고 있지는 않은지 확실히 하기 위해 잠시 기다릴 것이고, 상념에서 벗어나기 위해 힘껏 노력하는 분위기를 풍기다가, 아직 뻣뻣한 발걸음으로 천천히 걸어가고, 저 멀리 바닥을 바라보다가, 몸을 터는 개처럼 몸을 한번 크게 흔들고 난 다음, 있는 힘껏 달려서 드디어 다른 아이들에게 합류해서 같이 놀 수 있을 것이다. 그랑지에 선생님이 교탁 근처에 선 채로 말한다, 자 모두 앉으세요. 그랑지에 선생님은 바로 라틴어 수업을 시작하지 않고, 이탈리아로 여행을 가는 로랑스 부니욜에게 조언을 해준다. 로랑스 부니욜은 기본적으로 로마의 폐허 콘스탄틴 개선문 폼페이의 그림 같은 것들을 봐야 할 것이고, 이에 더해 그랑지에 선생님은 이탈리아 명화와 피사넬로 마사초에 대해 이야기하고, 라파엘로 그림보다 더 아름다운 것은 없다고 말하고, 그리고 그랑지에 선생님은 라루스 사전에 쓰인 것을 큰 소리로 읽으라고 시키고, 우리는 일어나서 라파엘, 라파엘로 산티 혹은 산지오, 라파엘이라고 불림이라고 말하고, 얼마 후 그랑지에 선생님이 말한다, 앉으세요. 다시 앉는다. 우리는 문장을 마친다, 아무도 흉내 낼 수 없는 젊음과 싱그러움 그리고 정숙한 모성애로 빛나는 성모 마리아의 화가. 문장을 다 읽자 그랑지에 선생님은 손목시계를 보면서 이제 공부해야 할 시간이라고 말한다. 그래서 우리는 책을 펴고 라틴어를 공부한다. 발레리 보르주는 줄의 맨 끝쪽에서 마리엘 발랑의 주머니칼로 나무 책상에 그림을 파고 있다. 잠시 후 지루해하며 발레리 보르주가 자기 주머니칼로 그림을 파고 있는 것을 보는 데 싫증을 느낀 마리엘 발랑은 칼을 돌려받고 싶어하고, 바로 칼을 돌려주고 싶어하지 않는 발레리 보르주와 말싸움을 한다. 결국 발레리 보르주가 칼을 돌려주려고 하면서 바닥에 떨어뜨리고, 이를 본 그랑지에 선생님이 칼을 압수해서 수업 시간이 끝나고 돌려줄 것이라고 한다. 발레리 보르주는 종잇조각에 잉크로 그림을 그리기 시작한다. 마리엘 발랑은 발레리 보르주에게 화가 났다는 것을 보여주려고 같은 줄에 있는 그에게서 등을 돌리는데, 바로 이러한 이유로 마리엘 발랑이 긴 의자 위에서 삐딱이 앉아 있고, 그래서 그는 그랑지에 선생님을 보기 위해서 종종 목을 비틀어야 한다. 로랑스 부니욜은 진짜로 라틴어를 하는데, 이 말인즉슨 그랑지에 선생님이 무슨 말을 하는지 정말로 알아듣는 것처럼 그를 바라본다는 뜻이다. 그랑지에 선생님은 붉어진 두꺼운 입술을 앞으로 내밀었다가 뒤로 집어넣고 팽팽히 당긴다. 그랑지에 선생님이 입을 열 때면 그의 입천장이 보인다. 우리는 카푸아 이전의 한니발에 대해 배운다. 예를 들자면 트라시메누스 호수의 전투. 이는 시도니우스 아폴리나리스*의 시에 서술되어 있다. 그는 클레르몽페랑의 주교로, 샤를마뉴 대제보다 훨씬 전이고, 로마 교회보다 훨씬 전이고, 성 아우구스티누스, 테르툴리아누

* 제정 로마 말기의 성직자, 정치가이자 문인

스와 수에토니우스보다는 후이다. 이는 성 그레고리가 프랑크족의 역사에서 메로빙거 왕조에 관해 이야기할 때, 다시 말해 국가에 포장도로가 깔리지 않았던 때라고 말할 수 있다. 이 시기에 로마의 도로가 막 깔렸다는 것을 예측해볼 수 있다. 밤나무숲에 깔려 있고, 오베르뉴까지 이어지는 것 같은 로마의 도로가 마시프상트랄*로 지나간다. 차례대로 깔린 마모되지 않은 하얀색 포석은 표면이 평평하다. 접합부가 시멘트로 채워지지 않았기 때문에 나무 바퀴가 달린 수레는 돌에서 돌을 건너뛰고, 돌 사이를 아무리 가깝게 한다고 해도 그사이에 간격이 생기는 것은 피할 수 없고, 나무 사이에 난 길로 천천히 마차가 지나가는 것이 보이고, 깡충깡충 뛰고 규칙적인 삐걱거리는 소리를 내면서 숲으로 들어가는 것이 보이고, 나무가 나무에 닿기 때문에, 수레의 모든 무게를 감당하는 차축이 나무이기 때문에, 그 주위를 도는 바퀴 역시 나무이기 때문에, 기름을 칠하는 것은 아무 소용도 없기 때문에, 수레는 겁에 질린 새의 울음소리를 내고, 용수철이 없기 때문에 포석에 부딪히는 수레가 한 바퀴 돌 때마다 수레가 분해되고 부서질 것만 같다. 나무로 된 수레는 이러한 이유로 로마의 도로를 자주 지나가지 않았는데, 이 때문에 산속에 있던 시도니우스 아폴리나리스는 무료함을 달래기 위해 전투에 관

* 프랑스 중남부의 산악지대. 오베르뉴 지역도 마시프상트랄의 일부다.

해 쓴다. 우리는 메로빙거 왕조, 메로베치, 실리데크, 힐페리히, 클로비스와 클로테르를 적는다. 그랑지에 선생님은 갑자기 깔깔대고 웃는데 언젠가 한 학생이 트라시메누스 호수의 전투에서 로마인들이 트라시메누스 호수에 엉덩이를 담근 장면을 번역한 것이 생각났기 때문이고, 그랑지에 선생님은 웃음을 멈추고 무엇이 그렇게 웃겼는지를 얘기한다. 마르그리트마리 르모니알은 카트린 르그랑 옆에 있는데 니콜 마르가 결석했기 때문이다. 그랑지에 선생님이 줄의 반대쪽에 있는 아이들을 향해 고개를 기울이고 있는 동안, 마르그리트마리 르모니알은 벽에 대고 공놀이를 한다. 고무 스펀지로 된 작은 빨간색 공이다. 공이 벽에 다가가면 주먹으로 치는 듯한 소리가 난다. 그랑지에 선생님이 통로에서 일어나 원래 자세로 고개를 들어 올리자, 마르그리트마리 르모니알은 블라우스 주머니에 공을 숨긴다. 그랑지에 선생님이 교탁에 앉으면 우리는 연습장이나 책상 그리고 색연필 상자에만 낙서를 할 수 있는데, 마르그리트마리 르모니알은 색연필 상자에 꼬리가 달린 별 한 개를 그리고 나서 카트린 르그랑에게 이 그림이 별똥별이라고 설명을 하고, 마르그리트마리 르모니알은 상자 위 별 앞에 무엇인가를 쓰고, 별 쪽을 향해 화살표를 그리는데, 이는 방금 쓴 글자를 먼저 그려두었던 그림에 연결

한다는 뜻이다. 카트린 르그랑은 카트린 르그랑이 별똥별처럼 빛난다고(명석하다) 쓰인 것을 읽고, 마르그리트마리 르모니알이 큰 소리로 웃는 것을 보고 얼굴이 붉어진다. 그랑지에 선생님은 의자에서 내려와 색연필 상자로 다가온 다음, 마르그리트마리 르모니알을 그렇게 웃게 만든 문장을 읽는다. 그랑지에 선생님은 카트린 르그랑에게 스스로 높은 평가를 한다고 말하고, 카트린 르그랑은 색연필 상자에 그 문장을 쓴 것은 자기가 아니라고 말하며 얼굴이 더 붉어지고, 그랑지에 선생님은 웃음을 터뜨린다. 아기 예수 수녀님이 지질학 수업을 한다. 우리는 한꺼번에 가장 다양한 모습을 보여줄 수 있는 지층 단면을 자른다. 가장 먼저 범례를 정하고, 퇴적층을 표현하기 위해 선으로, 모래 지대를 가리키기 위해서는 간격을 둔 점으로, 화산 지대의 결정질암을 나타내기 위해서는 간격을 둔 작은 십자가를 그리고, 화산암과 화산이 다시 활동을 재개할 수도 있는 곳은 진한 먹물로 칠한다. 우리는 결정질암과 화산암에 무슨 차이가 있는지 이해하지 못한다. 우리는 아기 예수 수녀님에게 결정질암과 화산암의 구성과 유래가 같아 보이는데 이 둘을 구별해야 할 이유가 있는지 묻는다. 아기 예수 수녀님은 지질학에서 그것들을 다르게 보는 것은 관례적인데, 어쩌면 광석, 석영, 운모로 구성된 결정질암은 초기에 굳어졌고, 그에 반해 화산암은 여전히 자성적이고 용암과 비슷하다는 이유로 그러는 듯하다고 말한다. 아기 예수 수녀님은 흑요석을 참고하라고 말하는데, 그것은 반짝이는 검은 유리석과 비슷하지만, 단단해 보이지는 않고 자기 무게 때문에 흘러내리지 않는 액체처럼 보인다. 아기 예수 수녀님은 이 둘은 지질학적으로 다른 층의 광물이라고 말한다. 우리는 심부층과 표면층이 있는 한 지대의 대략적이고 단순화된 도식의 단면을 자른다. 우리는 화산지대를 다루는데, 이곳에서는 빛나는 흑요석과 규선염의 초록색 얼룩 때문에 덜 균일한 현무암이 보이고, 조면암의 밝은색은 현무암과 흑요석을 위해 아껴둔 아름다운 검은색 먹물을 얼룩지게 하고 망칠 위험이 있는 것처럼 보인다. 다른 지질층에서 고른 화강암은 하얀색으로 표현했는데, 이는 옥수 혹은 석영 또는 운모를 나타내기 위해서다. 방금 완성한 스케치를 보면서 아기 예수 수녀님이 화산암에 대해 말한 것이 옳았다고 생각한다. 우리는 위험하지 않은 모래지대를 지나, 기본 퇴적층을 거쳐 결정질암에 다다르고, 특히 격정의 장소인 화산에 이르는데, 그림 안에 검은색 자국으로 표시된 이곳에서는 무엇인가가 움직이고, 이곳은 가장 거대한 변화의 장소이며, 지구 활동의 중심이다. 지구의 극에서 극으로 혹은 적도의 한 점에서 다른 점을 곧게 잇는 선으로 관통하는 터널을 뚫는다면, 표면에는 검은색 구역의 성좌가 있을 것이고, 오래된 화산들이 다시 분출할 것이고, 알려지지 않은 점의 새로운 화산은 반짝거릴 것이고, 바닥을 나타내는 그림에는 검은색의 반짝이는 마그마와 방금 식은 천연 유리질 표면만 남을 것이다. 만약 우주 안에 있는 구들로 구슬 놀이를 한다면, 지구를 위해서는 마노를 고를 것이고, 이것이 가장 아름다운 것이라고 말할 것이고, 뭐로 돼 있는데요, 알아 맞혀보세요, 오닉스로 돼 있어요. 창문으로 하늘에 요동치며 지나가는 구름을 바라본다. 아무것도 보이지 않기 때문에 곧 불을 켜야 할 것이다. 처음 치는 천둥소리를 듣기 위해, 밤나무 몸통 사이로 치는 번개를 보기 위해, 나무 중 하나 위로 벼락이 떨어지는 것을, 번개가 오그라든 다음 작은 불덩어리가 돼서 테니스공처럼 바닥 위에서 튀어 오르는 것을 기다리기 위해 정원에 가고 싶다. 볼 위로 첫 빗방울이 떨어지는데 찻잔처럼 널따랗다. 아기 예수 수녀님이 조용히 하라고 한다. 그는 똑바로 앉아서 학생들을 차례대로 응시한다. 아무도 알아채지 못한다. 마리엘 발랑은 왼쪽 창유리에서 윙윙거리는 파리를 잡으려고 한다. 아기 예수 수녀님이 말한다, 마리엘 발랑, 자리에 앉으세요, 그리고 나무 자를 나무 책상에 내려친다. 마리엘 발랑이 자리에 앉는다. 파리는 유리를 따라 이리저리 부딪히며 왔다 갔다 한다. 안 제롤리에는 큰 소리로 드니즈 코스와 함께 떠든다. 노에미 마자는 수학 숙제를 베낀다. 교실 뒤쪽의 아이들은 선원 놀이를 하면서 옆질을 하고 뒷질을 하네*를 부르고, 서로 어깨를 밀치는 바람에 결국 마리조세 브루는 통로에 앉은 채로 떨어진다. 자리에 앉아서 교실의 질서를 바로잡으려고 했던 아기 예수 수녀님은 소리를 지르기 시작하며 이렇게 말한다, 학생들, 정숙하세요, 그리고 마리조세 브루는 일요일에 교실에 남아 자습을 하게 될 거예요, 규율 과목에 0점을 주겠어요. 학생들이 드디어 조용해지자 아기 예수 수녀님이 마르그리트마리 르모니알의 엄마가 돌아가셨다고, 그를 위해 기도하자고 말하는데, 니콜 마르는 갑자기 푸 하고 웃음을 터뜨리고, 아기 예수 수녀님은 그를 바라보고, 그는 웃음을 멈출 수가 없어서 손수건을 얼굴 앞에서 두 손으로 잡고 그 안에 대고 웃는다. 아기 예수 수녀님이 말한다, 나가세요, 그리고 니콜 마르는 손수건을 입에 댄 채 나간다. 아기 예수 수녀님이 두 명이 장례식장에 참석할 것이라고 말하자 모두 손을 드는데 수업을 한 번 빼먹을 수 있기 때문이고, 아기 예수 수녀님은 마리엘 발랑과 로랑스 부니욜이 가게 될 것이라고, 이제 모두 공책을 펴 받아쓰기를 할 준비를 하라고 말한다. 마르그리트

* 프랑스의 뱃노래 「Y'a du tangage」

마리 르모니알은 검은색 외투를 옷걸이에 걸고, 그 자리에 있던 블라우스를 검은색 원피스 위로 걸친다. 그가 검은색 양말을 신은 것이 보인다. 카트린 르그랑은 니콜 마르에게 자리를 바꿔달라고 부탁하는데 마르그리트마리 르모니알에게 자기 옆에 앉으라고 할 것이기 때문이다. 마르그리트마리 르모니알은 카트린 르그랑 옆에 앉는다. 그의 검정 머리카락이 어깨까지 내려온다. 얼굴의 피부는 평소보다 더 하얗게 보이는데 입고 있는 모든 옷이 검은색이기 때문이다. 카트린 르그랑은 그에게 뭐라고 말해야 할지 모른다. 줄의 끝에 앉아 있는 발레리 보르주가 무엇인가 쓰기 위해 팔로 자기를 가리는 것이 보인다. 아기 예수 수녀님은 발레리 보르주에게 무엇을 하고 있냐고 묻는다. 발레리 보르주는 대답하지 않고, 뭐가 쓰여 있는지 감추려고 이제는 공책에 두 팔을 올려놓는다. 아기 예수 수녀님이 공책을 가져오라고 하자 그는 고개를 젓다가 책상 위에 놓인 두 팔 위에 머리를 댄다. 로랑스 부니욜이 몸을 일으켜 말한다, 수녀님 이건 시예요. 하지만 발레리 보르주는 팔 위에 머리를 더 세게 대면서, 공책을 온 힘을 다해 누르고 있는 것이 보인다. 만약 공책을 빼으려고 당긴다면 찢어지고 말 것이다. 아기 예수 수녀님은 발레리 보르주에게 부드러운 목소리로 공책을 가져오라고 말한다. 발레리 보르주가 아기 예수 수녀님이 말한 것을 들었는지는 알 수가 없다. 어쨌든 그는 벽 쪽으로 고개를 돌리고 있고 그 상태로 아무도 쳐다보지 않는다. 머리카락이 어깨까지 내려와 있고 팔을 부분적으로 감싼다. 누군가 머리카락을 뒤로 당긴다면 그는 고개를 들어서 우리가 있는 쪽을 바라보게 될 것이다. 카트린 르그랑은 일어나서 이렇게 말한다, 내 앞에는 이미 시골이 펼쳐져 있네,* 그러자 발레리 보르주가 머리를 들고 카트린 르그랑이 있는 곳을 바라보고, 그렇게 카트린 르그랑은 그를 똑바로 바라보면서 이렇게 말한다, 낮이 바다에서 가져온 사프란 색깔로 물든 시골이.† 로랑스 부니욜은 발레리 보르주의 어깨 너머로 글자를 읽다가 일어나며 말한다, 공책에 쓰인 게 바로 이거예요. 아기 예수 수녀님은 차례대로 카트린 르그랑과 발레리 보르주를 바라본다. 그러다 발레리 보르주에게 말한다, 매우 아름다운 구절이군요, 발레리 보르주, 하지만 직접 쓴 건 아니네요. 발레리 보르주는 공책을 안고 일어나서 교실을 달려 나간다. 마르그리트마리 르모니알은 카트린 르그랑을 팔꿈치로 치면서 묻는다, 이게 뭐야. 카트린 르그랑은 대답하지 않는다. 마르그리트마리 르모니알은 계속 묻는다, 도대체 뭐야, 말해주면 선물 줄게, 그리고 그는 머리 위로 받혀진 책상 뚜껑 뒤에서 책과 공책을 이리저리 옮기고, 뒤

* 프랑스 시인 프랑수아 드 말레르브의 시 「성 베드로의 눈물」의 구절

† 같은 글

죽박죽인 물건 안으로 손을 집어넣으면서 카트린 르그랑에게 줄 만한 물건을 찾는다. 아기 예수 수녀님은 나무 자로 앞을 때린다. 마르그리트마리 르모니알은 책상 뚜껑을 닫는 동시에 머리를 들어 올린다. 아기 예수 수녀님은 이렇게 말하는 중이다, 책상 뒤에서 뭘 하고 있었나요. 마르그리트마리 르모니알은 카트린 르그랑에게 줄 만한 것을 아무것도 찾지 못했지만, 팔꿈치로 카트린 르그랑의 팔 혹은 팔꿈치 혹은 팔 안쪽을 계속 때리고, 카트린 르그랑은 매번 몸을 피하면서 이렇게 말해야 한다, 나 좀 가만히 내버려둬. 아기 예수 수녀님이 노에미 마자에게 기욤 도랑주의 무훈시에 대해 질문한다. 아기 예수 수녀님은 전 수업 시간에 함께 읽었던 에르맹가르 부분을 읽고 설명해보라고 한다. 하지만 우리는 이번에는 노에미 마자와 나 자신도 쇠사슬 갑옷을 입고, 머리에는 투구를 쓰고, 목에는 방패를 걸고, 옆에는 검을 차고, 손목에는 창을 찬 채로 너와 함께 최전선에서 싸우러 갈 것이다, 내 머리가 하얗게 세긴 했지만, 나의 심장은 여전히 활기차게 뛰고, 이것이 신을 기쁘게 한다면 나는 내 아이를 도울 것이다 구절을 동시에 읽고 싶은 마음이 없고, 이번에는 속속들이 다 알고 있기 때문이고, 에르맹가르에게서 더 새로이 배울 것이 있는지는 모르겠다. 우리가 집중할 수 있으려면 이제 다른 것을 배워야 할 것이다. 우리는 여기저기서 속삭이고 몸을 비틀고 책상 뚜껑을 열었다 덮었다 하면서 아기 예수 수녀님을 이해시키려고 한다. 하지만 소용이 없다. 아기 예수 수녀님은 자로 앞을 치고, 수업을 멈추고 교실 안의 학생들을 둘러보고, 소란이 가라앉도록 의자에 꼿꼿하게 앉아 기다리는데, 수업은 우리가 움직이지 않을 때보다 백배는 더 길게 느껴진다. 아마 학년말까지 기욤 도랑주에 대해 배우는 것 같다. 카트린 르그랑은 읽기 책을 넘겨보고, 모음집에서 읽은 적이 있는 크레티앵 드트루아, 마리 드프랑스*를 차례대로 넘기고, 아직 읽지 않은 샤를 도를레앙† 의 시에서 멈춘다. 두 개의 시가 있다. 카트린 르그랑은 이 시를 여러 번 읽은 다음 두 번째 시의 두 행을 따로 공책에 베껴 쓴다. 나는 생각에 잠긴 채, 마음속으로 에스파냐와 프랑스에 성을 짓네.‡ 이렇게 하면 카트린 르그랑은 원할 때 이를 참조할 수 있을 것이고, 혼자일 때는 큰 소리로 읽을 수도 있을 것이다. 발레리 보르주는 자리로 돌아오지 않았다. 그 대신 그는 아카시아 길을 걷고 있거나 혹은 성 니콜라 수녀님과 함께 채소밭에서 구즈베리, 블랙커런트, 붉은 까치밥나무 열매를 따고 있다. 발레리 보르주는 햇빛이 씨가 있는 과육 사이로 투명하게 통과하는 것을 바라본다. 그중에 가장 밝은 것은 앙주산 포도주의 색을 띠고

* 둘 다 12세기 프랑스 시인

† 15세기 프랑스 시인

‡ 샤를 도를레앙의 시구. 에스파냐에 성을 짓는다는 프랑스어 표현은 이룰 수 없는 헛된 꿈을 꾼다는 뜻이 있다.

있는데, 모두 반투명하다. 발레리 보르주가 먹는 것들은 혀 위에서 매우 따뜻하게 느껴지고, 성 니콜라 수녀님은 앞치마를 움푹하게 접어 그 안에 열매를 넣고, 웃으며 발레리 보르주를 바라본다. 아기 예수 수녀님은 마리엘 발랑에게 방금 무슨 말을 했는지 물어본다. 마리엘 발랑은 앉아 있던 의자에서 벌떡 일어나 겁에 질린 눈으로 주위를 살펴본다. 쥐 죽은 듯이 고요하다. 아기 예수 수녀님이 말한다, 말해보세요. 그러고 아무 대답이 없자 아기 예수 수녀님은 마리엘 발랑에게 auferrant auberc elme brant et cetera*의 뜻이 무엇이냐고 묻는다. 대리석 계단을 올라가면 곳곳에 출입 금지라고 쓰여 있는데, 표지판 밑에는 그곳으로 가지 못하도록 살문이 쳐 있다. 우리는 묵상을 한다. 말하는 것은 금지다. 우리는 정원 끝으로 보이는 수녀원에 와 있다. 그곳에는 항상 출입 금지 구역 뒤이기 때문에 우리가 모르는 수녀님들이 있다. 아카시아 길을 따라 공원을 가로지르면 수녀님들의 정원이 보이지만 그곳에 갈 수는 없다. 돌로 된 벽감에는 정원의 땅속에서 발견된 갈로로만 시대의 조각이 있다. 벽감 근처로 조심스럽게 다가가면 조각상이 팔을 크게 벌린 채 서 있는 여자라는 것을 볼 수 있다. 다리는 움직이고 있다. 종아리와 허벅지는 몸의 나머지 부분보다 크게 표현돼 있는데, 매우 길고, 이

* 기마 쇠사슬 갑옷 투구 검 기타등등에 해당하는 고대 피카르디어

러한 이유로 이 여자가 기념비적인 특징을 가지고 있는 것으로 보이고, 여자가 작아지면서 위로 가고 머리는 별들 사이로 사라질 것이라는 인상을 준다. 하지만 이것은 갈로로만 시대의 묘지에서 나온 매우 작은 조각상에 불과하다. 우리는 나무가 흔들리는 것이 보이는 커다란 창문, 책상과 접이식 의자가 있는 교실에 있다. 바닥은 우리가 있었던 수녀원의 곳곳이 그렇듯이 대리석으로 돼 있다. 쓰고 싶은 것을 마음대로 쓸 수 있는 공책이 우리 앞에 놓여 있다. 아기 예수 수녀님은 공책을 검사하지 않을 것이다. 우리는 의자에 앉아 있다. 시끄럽게 하지 않는다면 교실을 왔다 갔다 할 수도 있다. 이 시간 동안에는 수작업을 할 수 있는데, 천을 깁거나 그림을 그리거나 칼로 나무 조각을 만들 수도 있다. 속삭이면서 작은 소리로 말한다는 점을 빼면 마치 긴 자유시간 같다. 누군가에게 이야기하고 싶으면 그렇게 할 수 있고, 말하려는 것을 공책에 적을 수도 있고, 공책에 답장을 기다릴 수도 있다. 아무도 우리를 감시하지 않는데 아기 예수 수녀님이 이렇게 말했기 때문이다, 여러분을 믿겠어요 그럴 자격이 있기를 바랍니다. 우리는 그렇게 하고, 큰 소리로 이야기하지 않고, 교실을 이리저리 뛰어다니지 않고, 가구를 움직이지 않고, 우리는 우리끼리만 있는 것이 좋고, 누군가 복도를 지나가면서 귀를 기울인다고 해도 아무 소리도 듣지 못할 것이다. 우리는 독서를 할 수도 있다. 타자기로 친 종이에 파스칼의 글이 있다. 그것을 읽는다. 그것은 이렇게 시작한다, 인간은 높고 완전한 존엄을 가지고 자연 전체를 바라보고,[*] 이 글의 제목은 인간의 불균형인데 원장 수녀님이 글을 나눠주면서 말한다, 따로 설명이 없을 거예요, 집중해서 읽으세요, 자주 읽고 이 글을 읽으면서 떠오르는 생각을 공책에 적으세요, 여러분에게 좋은 연습문제가 될 거예요. 수녀님은 또한 성 프랑수아 다시즈의 삶, 성 카트린 드 시엔의 삶, 성 테레즈 아빌라의 삶, 성 아망의 삶, 성 에스테프의 삶, 성 에니미의 삶 그리고 다른 성인에 대한 삶에 대한 글도 가지고 있는데, 우리는 그것을 읽지 않는다. 카트린 르그랑은 공책을 펴고 첫 장에 나는 생각에 잠긴 채 마음속으로라고 쓴다. 그 아래로는 그림을 그린다. 그는 오포포낙스를 그리려고 하지만 별 성과가 없고, 그래서 카트린 르그랑은 단어로 스케치 선을 덮어 대신하려고 한다. 그는 두 번째 장의 윗부분 가운데에 대문자로 오 포 포 낙 스 라고 적은 다음 쌍점을 찍고, 늘어날 수 있음이라고 적는다. 그것을 묘사할 수는 없는데 형태가 매번 달라지기 때문이다. 계(界)로 말하자면, 동물계도 아니고, 식물계도 아니고, 광물도 아닌데, 다시 말하자면 규정되지 않았다. 성격, 불안정함, 오포포낙

* 블레즈 파스칼, 『팡세』 「인간의 불균형」 인용

스를 자주 가까이하는 것은 권장되지 않는다. 카트린 르그랑은 다음 줄로 가서 다시 대문자로 오포포낙스 출현에 대한 짧은 이야기라고 쓰고, 다음 줄로 가서 대문자로 예시라고 쓴 다음 쌍점을 찍고, 그다음에 우리는 열린 책상 뚜껑 뒤에 있다고 쓴다. 아기 예수 수녀님 혹은 그랑지에 선생님 혹은 성 율리오 수녀님 혹은 성 히폴리토 수녀님이 자로 몇 번이나 앞을 내려치면서 책상 뚜껑을 닫으라고 주의를 시킨다. 책상 뚜껑을 닫아야 한다. 하지만 그게 말대로 되지 않는다. 무엇인가가 방해하고 있다. 뚜껑을 어느 정도까지는 내릴 수 있지만, 그다음에는 더는 닫히지 않고, 뭐가 문제인지 살펴봐도 아무것도 발견할 수 없고, 다시 닫아보려 하지만 뚜껑은 완전히 닫히지 않는다. 이것이 바로 오포포낙스다. 아기 예수 수녀님 혹은 그랑지에 선생님 혹은 성 율리오 수녀님 혹은 성 히폴리토 수녀님은 일부러 그러는 줄 알고 화를 낸다. 책상을 억지로 닫으려고 하는 것은 소용이 없다. 뚜껑을 닫기 위해서는 그저 책 한 권 혹은 여러 권을 사이에 끼워두고 아무 일 없다는 듯이 행동해야 할 것인데, 나머지 책상과 같은 높이는 아닐지라도 그렇게 많이 표가 나지는 않을 것이다. 우리는 자기 방의 책상 앞에 앉아 있거나 기숙사 침실에서 잠이 들려고 하고 있다. 욕실 혹은 탈의실의 세면대에서 물방울이 떨어지는 소리가 거슬린다. 일어나서 수도꼭지를 잠그러 간다. 다행이다. 멈춘다. 하지만 얼마 지나지 않아 다시 물이 떨어지고, 이번에는 물방울이 사람을 돌게 만드는 느린 속도로 떨어지는데, 물방울이 흐르고, 맺혔다가 떨어지면, 그 뒤로 다른 물방울이 이어서 곧장 떨어지고, 그래서 두 번의 뚝뚝 소리가 난다. 이는 오포포낙스와 관련돼 있다. 그리고 우리가 어둠 속에 누워 있을 때, 얼굴 위로 무엇인가 지나가는 것을 느낄 때, 아니나 다를까 그가 나타난다. 혹은 혼자 있는 방에서 우연히 몸을 돌리면 어두운 형체가 살짝 보이는데, 그는 미끄러지듯이 움직이다가 결국 사라진다. 그것도 아니면 우리가 거울을 볼 때면 그는 안개처럼 얼굴을 감싼다. 이에 굴복하지 않고 아무것도 보이지 않는 것처럼 거울을 뚫어지게 쳐다보면 그는 떠난다. 카트린 르그랑은 공책을 덮는데 니콜 마르가 와서 그의 어깨 너머로 무엇을 쓰고 있는지를 보려고 하기 때문이다. 카트린 르그랑은 우리가 있는 교실 앞 복도의 다른 편에 있는 예배당으로 간다. 예배당의 문만 보면 방금 나온 교실과 같은 곳으로 들어가는 것 같지만, 실제로는 분홍색 황갈색 옅은 보라색 스테인드글라스가 빛을 은은하게 통과시키고, 내벽이 빛나고, 돌 하나로 된 제단 위에 금이 빛나는 공간으로 들어가게 된다. 아룸 장미 아마릴리스가 바닥에 놓인 화병 안에 있다. 로랑스 부니욜은 성가대 창살 울타리 앞에서 무릎을 꿇고 있다. 맨 뒷줄의 긴 의자에는 안 제를리에와 마리 데몬이 서로 그림을 보여주고 있다. 인간에게는 일을 도와줄 수 있는 동물들이 필요하다. 카트린 르그랑은 속으로 또한 배를 채우기 위해서도, 라고 생각한다. 예를 들어 염소 양 소 돼지. 책에 이렇게 쓰여 있다. 지리 수업 시간이다. 우리는 공책에 농업과 축업이라는 제목을 쓴다. 아저씨는 일을 돕게 하려고 작은 암소들에게 수레를 매두었는데, 암소들은 이를 달가워하지 않는 눈치다. 암소들은 소굴레를 흔들고, 수레의 가로장을 흔들고, 물구덩이가 가득한 길을 날뛰고, 아저씨는 그동안 암소들을 진정시키려고 소리를 지르지만, 그 소리는 전혀 진정시키지 못하고, 암소들은 수레를 이리저리 흔들며 최대한 빨리 달리는데, 어느 순간 그중 한 마리가 속도를 줄이고 등을 움직이고, 꼬리로 배의 양쪽을 때리고, 멈추고, 그동안 다른 암소는 달리는 것을 멈추지 않았기 때문에 계속 자기 쪽으로 잡아당기지만, 결국에는 멈출 수밖에 없는데, 다른 암소뿐만이 아니라 아저씨와 수레 역시 끌어당겨야 하기 때문이다. 그러자 비탈에 있는 암소가 풀을 뜯기 시작하고, 그동안 다른 암소는 울고, 아저씨는 암소를 부르고, 화를 내고, 애원하고, 하지만 암소를 아끼기 때문에 때리지는 않으면서 고삐를 잡아당긴다. 헛간에서 머리를 아래로 향한 채 매달려 있는 돼지도 있지만, 이곳은 아저씨의 헛간이 아니고, 돼지는 뒷발이 묶여 있고, 그 역시도 이를 달가워하는 눈치가 아니고, 그는 경동맥이 잘리는 동안, 대야에 피가 흐르는 동안 소리를 지르고, 이는 한동안 계속되고, 그는 계속 소리를 지르고, 목구멍에서 끌어모을 수 있는 소리는 다 지르고, 그 목소리는 쉰 목소리로 변하고, 허파가 터지고, 하지만 이는 일을 더 쉽게 만들기 때문에 좋은 일이고, 돼지를 잡은 남자는 기뻐하고, 이는 마지막 핏방울까지 떨어트리게 하고, 돼지는 계속 소리를 지르고, 돼지는, 피가 하나도 남지 않았을 때 살이 맛이 좋고, 덜 퍽퍽하다. 책 안에 관련 장의 첫 번째 페이지에서 보이는 사진에는 들판이 있고, 멀리로는 산이 있는데, 설명문을 읽으니 이곳이 그리스라는 것을 알 수 있다. 두 번째 페이지에는 또 들판이 있지만 멀리로는 산이 보이지 않고, 그 안에는 점점 작아지는 하얀 암소들이 있고, 원경으로는 빨간 지붕과 검정 지붕으로 된 농장 옆에 암소들이 점으로 찍혀 있다. 그 밑에는 이렇게 쓰여 있다, 샤롤*의 초원. 세 번째 페이지는 사진으로 꽉 차 있다. 이는 공중에서 바라본 광경일 것인데, 아주 높은 산에 있지 않은 한 이런 풍경을 보는 일은 불가능하기 때문이다. 근경으로는 나무가 가득하고, 그 뒤로

* 소고기로 유명한 프랑스 중부 지역

는 요철 모양으로 세워진 벽이 사선으로 페이지를 가로지르는데, 꼭 중국의 만리장성 같다. 벽 가운데는 길이 지나가도록 뚫려 있는데 그 길은 다른 쪽으로 계속되어서 여러 개의 별채가 있는 커다란 저택까지 이어진다. 멀리 다수의 주택이 보이지만 너무 작게 보이는 나머지 눈을 찡그려봐도 그 집들에 창문이 나 있는지 알 수가 없다. 이 집들 뒤로 가늘게 이어진 하얀색 띠 역시 집이라는 것을 알 수 있지만, 정밀하지 못한 카메라 때문이 아니라면, 너무 멀리서 찍히는 바람에 혹은 너무 빨리 찍히는 바람에 혹은 동시에 이 두 가지 이유로, 이 집들은 코발트 언덕의 발치에 펼쳐진 하얀색 반죽처럼 보인다. 아기 예수 수녀님은 유목민의 삶에 관해 얘기하며 풀라니족, 투아레그족, 성경의 히브리인의 예를 든다. 그들은 낙타와 함께 움직이는데, 낙타의 발은 뾰족한 돌과 가시 때문에 상하기 마련이라 저녁에는 치료를 해줘야 하고, 굳은살을 벗겨내야 한다. 이번 장의 중간에 있는 사진에서는 커다란 양들을 뒤따르는 목동들을 볼 수 있다. 터키인이다. 그들에게는 낙타가 없는데, 필요가 없기 때문이다. 그들은 풀이 잔뜩 난 평지에 서 있고, 양을 먹이기 위해 멀리까지 갈 필요가 없고, 이 양들은 운이 좋고, 그중 몇몇은 주둥이로 돌을 밀고 내고 그 뒤에서 찾은 나뭇조각을 먹는데, 마른 잔가지, 어쩌면 황칠나무 혹은 노간지나무일 것이다. 아기 예수 수녀님은 이동 목축과 대규모 목축에 대해 말한다. 마르그리트마리 르모니알은 압지를 뭉쳐서 작은 공을 몇 개 만들고, 그것들을 마루에 난 동그란 구멍에 넣고, 자를 사용해서 밑으로 꾹꾹 누르고, 구멍을 채우고, 다시 새로운 공을 넣을 수 있도록 차곡차곡 쌓고, 그 안에 많은 공을 넣으면서, 주일 설교 때 가는 교실 밑에 있는 기도실의 천장에 구멍을 내기 위해서라고 카트린 르그랑에게 설명한다. 카트린 르그랑은 지우개로 채워 넣으라고, 그러면 무게가 더 나갈 것이라고 말하면서 자기 지우개를 건네는데, 의도한 바는 아니었지만 지우개를 떨어뜨리고, 지우개가 교실 바닥을 굴러가는 소리가 난다. 카트린 르그랑이 아기 예수 수녀님이 알아채지 못하게 주워 오겠다고 말한 다음 긴 의자 밑으로 미끄러져서 바닥에 무릎을 대고 책상 밑을 네발로 기어서 다리와 무릎이 보이는 쥘리엔 퐁과 마리 데몬 사이를 지나고, 역시나 다리와 무릎이 보이는 니콜 마르와 안 제를리에 사이를 지나 슬금슬금 움직인다. 아기 예수 수녀님이 말한다, 카트린 르그랑이 어디로 갔지, 카트린 르그랑은 큰 소리로 웃기 시작하는 니콜 마르와 안 제를리에 사이에서 머리카락이 눈까지 내려온 채로 고개를 들어 올리는데, 아기 예수 수녀님이 묻는다, 거기서 뭐 하고 있죠, 그러자 마르그리트마리 르모니알이 일어나서 말한다, 카트린 르그랑은 지우개를 찾고 있어요, 수녀님. 네시 삼십분에 있는 자유시간이다. 마리조세 브루 안마리 브뤼네 쥘리엔 퐁은 구슬놀이를 한다. 지난 자유시간에 운동장에서 가장 평평한 곳에 정성 들여 파놓은 구멍들이 그대로 있다. 매우 동그랗다. 구멍들 사이의 거리는 그저 우연이 아니라 명확한 규칙을 따르고 있는데, 하나의 구멍에서 다른 구멍으로 이어지는 직선으로 구성된 코스는 서로 비례하게 그려졌다. 예를 들어 첫 번째 구멍과 두 번째 구멍 사이의 거리는 두 번째와 세 번째 구멍 사이의 반절 거리이고, 방향을 나타내는 선은 서로 각을 이루고, 그래서 바닥에는 서로 뒤섞인 기하학적인 표식이 그려져 있고, 끝에서 끝으로 이어진 삼각형, 사각형, 오각형, 육각형, 그리고 이름을 모르는 다각형들이 있다. 바닥에 구슬을 굴려서 적의 구슬을 맞히면 구멍 중 하나인 도시 하나를 빼앗을 수 있는데, 도시가 점령되었다는 것을 표시하기 위해서 막대기로 구멍 주위에 원을 그린다. 구슬을 적의 구멍 안에 굴려 넣어서 몰래 도시를 점령하는 방법도 있지만 이건 더 어렵고, 한 번에 그렇게 하기는 쉽지 않거나 불가능한데, 그 시간 동안 적이 술책을 파악하고 방어할 수 있기 때문이다. 드니즈 코스와 카트린 르그랑은 옆에 붙어 걸으면서 말한다. 드니즈 코스는 카트린 르그랑에게 기숙사에 성 실베스트르 수녀님이 자러 가기 전에 그의 실내화로 성 실베스트르 수녀님의 철제 침대를 때리는 유령이 있다고 말한다. 드니즈 코스는 유령이 그 짓을 밤새 한다고, 처음으로 그에게 이 일에 대해서 말한 것은 발레리 보르주였다고 말하고, 드니즈 코스는 발레리 보르주가 이 일에 대해 말한 이후로 항상 귀를 기울이기 때문에, 이제는 그 소리를 잘 들을 수 있는데, 이것이 사실이라는 증거는 유령이 규칙적인 소리를 내지 않는다는 것이라고 말하고, 드니즈 코스는 그를 잡아야 한다고 생각하지만, 발레리 보르주가 동의하지 않는다고 말한다. 카트린 르그랑은 드니즈 코스에게 소피 리외가 자면서 이를 가는 것이 사실이냐고 묻는다. 드니즈 코스는 그가 있는 침대에서는 그 소리를 들을 수 없지만, 소피 리외 옆에 침대가 있는 안마리 브뤼네는 그의 이 가는 소리가 들리고, 심지어는 잠을 방해하기까지 한다고 말하는데, 소피 리외는 이를 가는 것뿐만이 아니라 이를 세게 부딪혀 소리를 내기도 하고, 바로 안마리 브뤼네가 잠이 들려고 하는 순간에 그 소리를 내는 바람에 겁을 먹게 된다고 말한다. 드니즈 코스는 카트린 르그랑에게 안마리 브뤼네가 자주 소피 리외에게 소리 내는 것을 멈춰달라고 부탁하지만, 소피 리외는 자기도 어쩔 수 없다고, 일부러 그러는 것이 아닐뿐더러 심지어 자기는 알아채지도 못한다고 말한다. 드니즈 코스는 카트린 르그랑 옆에서 아무 말 없이 걷는다. 그러다 그는 카트린 르그랑에게 아무에게도 말하지 않겠다고 약속하면 이야기를 하나 들려주겠다고 말한다. 카트린 르그랑은 아무에게도 말하지 않겠다고 약속한다. 드니즈 코스는 아무도 그들을 들을 수 없는 곳으로 그를 데려간다. 조각상이 있는 운동장을 넘어선 곳이다. 돼지감자꽃이 카트린 르그랑과 드니즈 코스의 키만큼 자라 있다. 줄기를 손가락으로 만져보면 수많은 잔가시 때문에 까칠까칠한데, 줄기에는 하얀색 얼룩이 있고 보풀이 일어 있다. 드니즈 코스는 꽃잎을 한 장 떼어내 손안에 대고 만지작거리면서 말한다, 그거 알아? 발레리 보르주가 시를 쓰는 거. 카트린 르그랑은 아무 대답도 하지 않는다. 우리는 아무 말 없이 잠시 머문다. 카트린 르그랑이 묻는다, 읽어봤어? 드니즈 코스가 말한다, 아니 안 보여줘, 그런데 너 내가 말했다고 하면 안 된다, 알았지? 절대 말하면 안 돼. 안마리 브뤼네가 운동장을 가로질러 자유시간의 끝을 알리는 종을 치러 가는 것이 보인다. 우리는 두 운동장을 가로질러서 층계 쪽으로 천천히 올라가는데, 그곳에서 줄을 서서 교실로 가기 때문이다. 우리는 예배당에 있다. 정원 안쪽으로 난 수녀원의 수녀님들이 모두 성직자석에 혹은 파이프 오르간 앞에 있는 성 안티오키아의 이냐시오 수녀님 주위에 모여 있다. 정원 안의 수녀님들, 학교의 수녀님들, 그리고 원장 수녀님 모두 얼굴 앞에 미사포를 내렸다. 실루엣을 살펴봐도 그들을 알아볼 수 없고, 목소리도 누구 것인지 모르겠는데, 목소리는 한동안 높고 가늘었다가 다시 낮아진다. 단선율 성가가 들린다. Suscipat te Christus qui vocavit te 하느님이 부른 자여, 하느님이 맞이하네. 성가대 창살 울타리 앞에는 나무 받침대 위에 놓인 관이 있고, 그 위로는 장례식 검은색 천이 둘려 양쪽으로 늘어뜨려져 있는데, 천은 오른쪽과 왼쪽에 두 개의 하얀색 십자가가 대칭으로 보이도록 관에 맞게 조절되어 있다. 네 모서리에는 장식끈이 매달려 있다. 그 안에는 수녀원에 살던, 우리가 모르는 수녀님의 시체가 놓여 있다. 우리는 장례 미사에 참석한다. 신부님은 흰 제복 위에 검은색 샤쥐블*을 걸치고 목 주위로는 스톨†을 둘렀다. 성 바르나베 수녀님은 미사를 거들기 위해 성가대 안에서 무릎을 꿇고 있고, 무엇을 하는지 봐야 하기 때문에 얼굴 앞에 미사포를 내리지 않았다. 우리는 et introibo ad altare Dei 하느님의 제단 앞으로, 그리고 나의 기쁨인 하느님께 가겠다고 말하지 않는데 왜냐면 이는 장례 미사이기 때문이다. 신부님은 제단의 발치에서 무릎을 꿇고 말한다, confiteor Deo omnipotenti 전능하신 하느님께 고백합니다. 부엌을 담당하는 성 토마스 아퀴나스 수녀님이 미사에

* 미사 때 착용하는 성직자 예복

† 샤쥐블 위에 드리우는 예복 숄

참석해 있다. 정원을 관리하는 성 니콜라 수녀님 역시 이곳에 있다. 미사곡은 천천히 불리는 바람에 우리가 보통 하는 짧은 기도는 여러 번 노래로 반복되고, 노래에 의해 길어진다. 보통 미사는 삼십분이 걸린다. 이번 미사는 한 시간 반이 걸리는 것 같다. 그래서 학생들은 평소와는 다르게 미사 전에 아침을 먹을 수 있었다. 원장 수녀님은 우리가 빈속에 향냄새를 맡고 기절하지는 않을까 걱정했던 것이다. 우리는 신부님이 팔을 벌리고 합치고 제단으로 올라가 돌에 입을 맞추는 것을 봤다. 그는 입당송을 읽으려고 제단의 오른쪽에 섰다. 주여 자비를 베푸소서(Kyrie eleison) 노래가 들렸다. 세 번의 Kyrie eleison, 세 번의 Kyrie eleison, 다시 세 번의 Kyrie eleison. 관 안에 있는 죽은 자 때문에 영광송은 부르지 않는다. 신부님은 제단의 돌에 다시 입을 맞추고, 몸을 돌려 제단에 등을 대고 서서, 팔을 벌리고, 다시 모으면서 앞의 사람들을 바라본다. 그는 라틴어로 기도를 하고 우리는 아멘이라고 하고, 그리고 그는 말한다, 영원히 살아 계시며 다스리시나이다(per omnia saecula saeculorum). 성 세례자 요한 수녀님이 프랑스어로 편지를 읽는데, 이는 성 바오로가 테살로니키 신자들에게 보낸 서간이다, 형제 여러분, 죽은 이들의 문제를 여러분도 알기를 바랍니다. 그리하여 희망을 품지 못하는 다른 사람들처럼 슬퍼하지 말라는 것입니다.‡

‡ 바오로가 테살로니키 신자들에게 보낸 첫째 서간 중, 한국 천주교 주교회의 성서위원회 번역

그리고 여러 성가가 들린다, 그들에게 영원한 안식을 주소서(requiem aeternam dona eis), 디에스 이레(dies irae, 진노의 날). 디에스 이레는 미사경본에 두 페이지에 걸쳐 적혀 있다. 이 성가를 듣는 것은 처음이다. 성 세례자 요한 수녀님이 다시 한번 일어나 복음서를 읽는다. 성 세례자 요한 수녀님이 말한다, 요한복음에 따르면, 마르타가 예수그리스도에게 말한다, 주님께서 여기에 계셨다면 제 오빠가 죽지 않았을 것입니다. 신경(信經)은 부르지 않는다. 신부님이 팔을 벌리면서 다시 몸을 돌리고, 봉헌송이 들린다. 신부님은 손을 닦았고, 다른 기도가 들리고, 지금은 죽은 자에도 불구하고 미사 의식의 일부인 삼성창이 들리고, 우리는 말한다, 높은 데서 호산나(hosanna in excelsis). 신부님은 우리가 노래를 끝내기를 기다린 다음에 빵과 포도주를 차례대로 허공에 들어 올리면서 그에 관한 기도를 라틴어로 하고, 그동안 성 바르나베 수녀님은 우리가 고개를 숙이도록 종을 울린다. 카트린 르그랑은 그 앞에서 무릎을 꿇고 있는 발레리 보르주를 바라보고, 양쪽 뺨을 따라 앞으로 쏠린 머리카락 때문에 그의 뒷덜미가 보이고, 머리카락은 거의 일직선으로 타진 가운데 가르마에 의해 뿌리부터 끝까지 갈라져 있다. 카트린 르그랑은 발레리 보르주가 앞으로 고개를 숙이고 있어서 머리카락 역시 앞으로 쏠렸다는 것을 알아챘다. 발레리 보르주의 맨살이 드러난 목을 보는 것은 처음이고, 우리는 긴 머리를 좋아하지 않는다고, 긴 머리는 옷 위에서 깔끔하게 보이지 않는다고, 긴 머리는 머리카락이 그것의 무게 때문에 앞으로 쏠려서 발레리 보르주의 기다란 금빛 목덜미를 보여줄 때만 좋다는 것을 깨닫는다. 그의 뒷덜미를 금빛으로 보이게 하는 것은 잔머리와 솜털 때문인데, 사실 발레리 보르주의 머리카락은 금발이 아니고 오히려 황갈색에 더 가깝다. 발레리 보르주가 머리를 들었을 때, 머리카락은 그것을 앞으로 쏠리게 하는 동작 때문에 여전히 갈라진 채 오른쪽과 왼쪽 가슴팍에 머물러 있다. 카트린 르그랑은 발레리 보르주가 미사 경전의 페이지에 대고 주머니에 있던 동전을 꺼내 부조를 뜨기 시작하는 것을 바라본다. 그는 동전 하나를 미사 경전의 오른쪽 페이지에 올려두고 그 위로 왼쪽 페이지를 접어 동전에 최대한 밀착시킨 다음, 동전의 윤곽선이 나타날 때까지 엄지손가락으로 꾹꾹 누르는 동시에 종이에 동전을 따라 구멍이 나지는 않도록 조심한다. 그렇게 한 다음에는 동전 위에 생긴 원을 유지하면서, 그 위로 끝이 둥그런 연필을 살살 긋는다. 그 결과로 그의 미사 경전의 미사 전문 한가운데 빨간 글자 조금 아래에는 메달의 윤곽이 있다. 그는 새로운 동전을, 또 다른 동전을 그리고, 더는 새로운 동전이 없어지자 같은 동전으로 다시 시작하는데, 미사 경전의 종이는 이제 완전히 동전 자국으로 덮여 있다. 발레리 보르주는 앞면 뒷면 놀이를 하는 것처럼 동전의 한쪽만을 고르지 않는데, 동전 앞면 위에 종이를 대고 얼굴이나 초상을 다 뜨고 나면, 동전을 뒤집어 뒷면의 윤곽을 뜬다. 부조가 거의 평평한 동전들은 일단 엄지손가락에 연필심을 칠한 다음, 손가락으로 동전 위를 조심스럽게 문질러서 겹쳐 있는 미사 경전의 페이지에 윤곽이 나타나도록 한다. 이러던 와중 미사는 이제 영성체로 접어들었고, 얼굴 앞에 미사포를 내린 원장 수녀님 천주의 성 요한 수녀님 십자가를 진 성 바오로 수녀님 성 알렉산드르 수녀님 성 세례자 요한 수녀님이 중앙 통로로 지나간다. 발레리 보르주는 장례미사의 서문경과 하느님의 어린 양[agnus Dei] 중간에 아무도 연필로 그린 동전 그림을 보지 못하도록 서두르며 미사 경전을 닫는다. 바닥에 동전들이 굴러가는 소리가 들리지만, 수녀님 중 아무도 우리가 있는 쪽으로 고개를 돌리지 않고, 만약 그렇게 할지라도 미사포 때문에 아무것도 보지 못할 것이다. 수녀님들은 일렬로 줄을 서서 영성체 테이블로 간다. 성 세례자 요한 수녀님 다음에 성 보나펜추라 수녀님 성 아폴리네르 수녀님 성 히폴리토 수녀님 성 니콜라 수녀님 성 그레고리 수녀님 아기 예수 수녀님 성 율리오 수녀님 성 프랑수아 다시즈 수녀님 성 토마스 아퀴나스 수녀님 성 실베스테르 수녀님 성 안티오키아의 이냐시오 수녀님이 지나간다. 수녀님들이 긴 의자 옆을 지나갈 때 목소리와 실루엣을 통해 누가 누구인지 알아볼 수 있다. 수녀님들은 가느다란 단음으로 주님, 합당치 않사오나(domine, non sum dignus)라고 말한다. 파이프오르간 소리가 나지 않는데, 성 안티오키아의 이냐시오 수녀님이 미사포를 쓰고 중앙 통로에 있기 때문이다. 수녀님들은 성가대 앞에 나란히 무릎을 꿇고 있는데, 신부님이 면병을 들고 주 예수그리스도의 성체(corpus domini nostri, et cetera)라고 말하면서 한명 한명에게 다가갈 때마다, 수녀님은 얼굴에서 미사포를 걷어 두 손으로 잡아서 신부님이 면병을 입에 넣을 수 있도록 한다. 학생들은 영성체를 하지 않는다. 이제 우리가 모르는 정원 안쪽에 있는 수녀원의 수녀님들이 중앙 통로를 차례대로 지나간다. 발레리 보르주는 발로 자기 의자 밑까지 동전들을 모아서 몸을 굽혀 줍는 데 성공한다. 발레리 보르주는 머리카락을 넘기려고 왼쪽 뒤로 고갯짓을 한번 하지만, 머리카락은 다시 그의 얼굴 앞으로 쏟아지고, 그는 손과 팔을 동시에 머리카락 밑으로 넣어서 외투의 옷깃에 들어가지 못하게 한다. 학생들은 이제 중앙 통로에 앞뒤로 서 있다. 우리는 관까지 가서 자기 차례가 되면 성가대의 계단에 서 있는 성 바르나베 수녀님이 성수통 안에서 잡고 있던 성수채를 들고 관 위에 대고 십자가

표시를 하고, 그동안 파이프오르간이 다시 연주되고, 그동
libera me domine de morte aeterna
안 주여 영원한 죽음에서 저를 구원하소서 노랫소리가 들
requiem aeternam dona eis domine et lux perpetua luceat eis
리고, 그동안 주여 그들에게 영원한 안식을 주소서. 영원한 빛을 비추소서의 구절이 반복되고, 그동안 우리는 관으로부터 등을 돌리고 출구로 향하고, 그동안 통로를 향해 줄을 선 학생들이 보인다. 성 그레고리 수녀님이 공작 수업을 한다. 마리조세 브루 로랑스 부니욜 쥘리엔 퐁은 지갑을 만들고 있다. 덮개가 될 납작해진 가죽띠 위로 가죽과 같은 색의 비단이 대어져 있는데, 가죽띠의 가장자리로 천 조각을 감쌀 수 있도록 천 조각의 면적은 더 작다. 그다음에 우리는 그것을 꿰매기 시작하고, 그런 식으로 가죽에 안을 대고, 그다음으로는 모두 비단으로 되어 있고 가장자리에만 가죽이 둘린 점점 좁아지는 두 개의 띠가 첫 번째 띠에 달릴 것이고, 다른 띠보다 작은 네 번째 띠가 마지막으로 추가될 것인데, 이는 천으로 안감이 대진 가죽으로, 지갑의 내부가 될 것이고, 지갑이 열리면 마지막 띠의 가죽 면이 보일 것이다. 마리엘 발랑 소피 리외 니콜 마르 마르그리트마리 르모니알 드니즈 코스는 장정을 만든다. 니콜 마르는 작업하고 있는 책등의 윗부분에 바느질로 머리띠를 고정한다. 마리엘 발랑은 가죽칼로 가죽을 작게 자르기 시작했는데, 성 그레고리 수녀님은 가죽칼을 혹시 잘못

사용했다가는 깊은 상처가 날 수도 있고 심지어는 손가락을 자를 수도 있기 때문에 마리엘 발랑 옆에 서서 그를 감시한다. 성 그레고리 수녀님은 앞으로 손을 뻗은 채 마리엘 발랑에게서 가죽칼을 빼앗으려는 듯이 손을 가까이하지만, 마리엘 발랑이 가죽에 구멍을 냈을 때 칼을 잘못 잡고 있다는 것을 알려줄 때를 빼고는 개입하지 않는다. 마르그리트마리 르모니알은 거의 다 끝냈는데, 책은 프레스기에 들어갔다가 나왔고, 그는 이제 면지를 붙이려고 하는 중이다. 마르그리트마리 르모니알의 책의 등은 매끈한데 성 그레고리 수녀님이 현재로서는 돋음띠*를 장식하는 것을 원하지 않기 때문이고, 성 그레고리 수녀님은 현재로서는 동정† 역시도 원하지 않기 때문에, 마르그리트마리 르모니알의 책은 가죽으로 잔뜩 덮여 있고, 따라서 성 그레고리 수녀님은 드니즈 코스가 가죽이 모자라는 바람에 표지를 그대로 둘 수밖에 없었던 것을 예외적으로 받아들여야 할 것이다. 발레리 보르주는 끝이 울퉁불퉁 튀어나온 자갈을 달걀 모양으로 만들려고 다듬고 있다. 그는 자갈 하나를 다른 자갈에 세게 문지르는데, 돌에서 입자가 떨어질 때, 입자가 움직임 속으로 빨려 들어가서, 굴러떨어지고, 두 돌 사이에 끼이면, 매우 거슬리는 마찰음이, 심지어는 이를 가는듯한 소리가 난다. 카트린 르그랑은 식물표본

* 양장본 책등에 가로로 도드라지게 만든 선

† 책등과 앞표지 일부에만 가죽을 대는 것

을 만들기로 한다. 그는 한시 반의 자유시간 때 꺾은 꽃들로 시작할 것이다. 꽃이 건조되었을 때 그것을 잘 보존할 수 있는 반투명 종이가 없는 대신, 일단은 그림 연습장에 종이테이프로 꽃을 붙인다. 종류가 많지는 않다. 금작화, 장미 두 송이, 백합 한 송이. 꽃을 납작하게 만들기 위해 그 위에 지도책과 사전을 올려두어야 한다. 하지만 꽃을 바라보고 있으면 그것을 뭉개고 싶은 마음은 차마 들지 않는다. 카트린 르그랑은 꽃 밑에 설명문을 적어도 되냐고 성 그레고리 수녀님께 묻는다. 성 그레고리 수녀님이 말한다, 아무것도 안 하는 것보다는 좋은 생각이네요. 그래서 카트린 르그랑은 발레리 보르주에게 책상에 있는 편암 덩어리에서 운모를 한 조각 떼어달라고 부탁한다. 발레리 보르주는 그에게 돌을 건네면서 직접 하라고 말한다. 카트린 르그랑은 마리엘 발랑의 주머니칼로 작업에 착수한다. 처음에 떼어낸 조각들은 가루가 된다. 카트린 르그랑은 소량의 운모를 감싸고 있는 석영 조각 사이에 칼끝을 집어넣으면서 더 깊숙이 판다. 카트린 르그랑은 칼을 지렛대처럼 사용해서 운모로만 된 작은 겹을 얻는 데 성공한다. 카트린 르그랑을 지켜보던 마리엘 발랑은 불평하기 시작하는데 칼날의 한 부분에 이가 빠져버렸기 때문이다. 카트린 르그랑은 금작화 옆에다가 운모 조각을 종이테이프로 붙인다.

그 밑에 잉크로 쓴다, 너, 눈에 띄지 않는 금작화여, 향기로운 잡목림에서 와서 이 벌거벗은 들판을 장식하는구나.* 운모 조각은 마지막 행을 나타내기 위해서 넣은 것이다. 이는 카트린 르그랑이 아침에 번역해서 이제는 무슨 뜻인지 알고 있는 시의 구절이다. 그는 같은 공책에서 성 히폴리토 수녀님이 연습문제로 준 구절을 찾아내서, 두 장미 밑의 빈 곳에 적기 시작한다, 바다와 하늘이 싱그럽고 강한 장미의 무리를 대리석 테라스로 끌어당긴다.† 카트린 르그랑은 이를 꽤 그럴싸하다고 생각하는데, 글씨체가 예쁘지 않다는 것과 글자를 반듯이 쓰지 못한다는 것만 빼면 완벽할 것이었다. 어쨌든 이제는 백합을 위한 인용문을 찾아야 한다. 카트린 르그랑은 니콜 마르가 아버지에게 배워서 가끔 암송하고는 하는 시를 기억해낸다. 그래서 카트린 르그랑은 니콜 마르 옆으로 가 앉지만, 니콜 마르는 기분이 좋지 않은데, 작업하고 있는 머리띠에 진척이 없는 데다 붉은색과 초록색 비단이 엉켜버렸기 때문이다. 카트린 르그랑은 같은 소리를 네 번이나 반복하고 결국 니콜 마르는 그에게 지옥에나 가버리라고 말한다. 카트린 르그랑이 다시 자리에 앉았을 때, 그는 니콜 마르가 그를 골탕 먹이려고 큰 소리로 노래를 부르는 것을 듣고, 별들이 잠들어 있는 고요하고 어두운 물결 위로 창백한 오필리아가 커다

* 이탈리아 시인 자코모 레오파르디의 시 「금작화」의 구절. 원서에는 이탈리아어 원문으로 표기되어 있다.

† 아르튀르 랭보의 시 「꽃들」의 구절

란 백합처럼 떠다니네,* 그래서 그는 기억하는 동안에 들리는 단어를 적으려고 서둘지만, 백합처럼 떠다니네 다음에는 뭐가 오는지 듣지 못한다. 카트린 르그랑은 그림 연습장의 백합 밑에 시의 구절을 베낀다. 카트린 르그랑은 그림 연습장의 첫 페이지에 검은색 잉크로 다시 큰 글씨를 쓴다, 나는 생각에 잠긴 채 마음속으로 에스파냐와 프랑스에 성을 짓네. 로랑스 부니욜과 안마리 브뤼네가 부탁받은 대로 카트린 르그랑의 식물표본을 발레리 보르주에게 전해준다. 발레리 보르주는 공책을 받기 위해 책상에 돌을 내려두는데, 이 때문에 자갈이 서로 부딪히는 소리가 더는 들리지 않는다. 발레리 보르주는 손에 들고 있는 공책에서 카트린 르그랑이 쓴 것을 읽고 있다. 글씨가 크게 써 있기 때문에 카트린 르그랑이 있는 자리에서도 단어를 거의 읽을 수 있다. 발레리 보르주는 카트린 르그랑이 공책을 가지라고, 그를 위해 만든 것이라고 말하기도 전에 공책을 닫은 다음, 안마리 브뤼네와 로랑스 부니욜에게 다시 돌려준다. 성 율리오 수녀님이 면회실의 전기 설비를 수리하기 위해 데려갔던 노에미 마자가 교실로 들어온다. 네시 삼십분에 있는 자유시간이다. 드니즈 코스가 버터와 잼이 발린 샌드위치 조각 몇 개를 들고 계단을 내려온 다음 지붕이 덮인 운동장에 있는 카트린 르그랑 쪽으로 향

* 아르튀르 랭보의 시 「오필리아」의 구절

한다. 카트린 르그랑은 드니즈 코스가 달리고, 운동장 두 개를 나누는 담 위로 뛰어오르고, 측백나무 울타리 앞에 조각상이 있는 안쪽으로 향하는 것을 보이지 않는 척한다. 마리 데몬과 안 제를리에는 조각상 뒤에 앉아서 샌드위치를 먹는다. 턱이 벌려지는 것에 비해 너무 두껍게 잘린 빵 조각 너머로 그들이 하품을 한다. 발레리 보르주는 여기에 없다. 카트린 르그랑은 마리 데몬과 안 제를리에에게 발레리 보르주를 보지 못했냐고 묻는다. 마리 데몬과 안 제를리에가 못 봤다고 대답하고, 그 대신에 베로니크 르그랑이 공놀이를 하면서 넘어지는 것을, 그리고 자유시간을 감독하던 아기 예수 수녀님이 양호실로 그를 데려가는 것은 봤다고 말한다. 카트린 르그랑은 운동장을 가로질러 뛰어서 양호실로 간다. 수녀 전용 방 앞을 지나가는데 문은 열려 있고, 수녀님들이 테이블 앞에서 나란히 앉아 있는 것이 보인다. 카트린 르그랑은 계단을 뛰어 올라가고 문을 두드리자 들어오라는 대답이 들리고 들어가자 의자에 앉아 있는 베로니크 르그랑과 그 앞에 몸을 굽히고 있는 성 프랑수아 다시즈 수녀님과 바닥에 놓인 물 대야가 보인다. 베로니크 르그랑의 무릎에는 커다란 구멍이 나 있고, 성 프랑수아 다시즈 수녀님은 솜 조각으로 상처를 닦는 중이지만 솜은 흐르는 피 때문에 금방 빨갛게 젖고 만다. 아기 예수 수녀님은 열린 창문 근처에 서서 상처를 바라보며 고개를 젓고 말한다, 저런 불쌍하기도 하지, 많이 아프겠구나, 하지만 베로니크 르그랑은 미소를 짓고 카트린 르그랑은 그에게 볼 키스를 하기 위해 몸을 굽힌다. 아기 예수 수녀님이 카트린 르그랑에게 말한다, 그럼 학생이 잘 돌봐주도록 하세요, 그리고 그는 나간다. 양호실 침대에는 아무도 누워 있지 않다. 하얀색 담요는 단정히 정돈되어 있어서 카트린 르그랑은 그 위에 차마 앉을 엄두를 못 낸다. 성 프랑수아 다시즈 수녀님은 일어나면서 말한다, 이제 조금 아플 거예요 하지만 필요한 일이에요, 의자를 꽉 잡으세요, 그리고는 깨끗한 솜에 구십 도의 알코올을 붓고 베로니크 르그랑의 무릎에 가져다 댄다. 베로니크 르그랑은 의자를 잡는 대신 무릎을 닦아내는 성 프랑수아 다시즈 수녀님을 보려고 몸을 기울인다. 그다음에 머큐로크롬을 바른 다음에 가제 붕대로 여러 번 감은 다음 무릎 뒤에서 묶는다. 성 프랑수아 다시즈 수녀님은 베로니크 르그랑을 일으켜 세우고 그의 머리 뒤로 손을 가져다 댄 다음 문 쪽으로 밀면서 괜찮은지 물어보고, 이렇게 말한다, 오늘 저녁에 다시 소독해야 할 거예요. 카트린 르그랑과 베로니크 르그랑은 양호실 문을 닫는다. 카트린 르그랑이 베로니크 르그랑의 손을 잡는다. 베로니크 르그랑은 붕대를 보려고 계속 몸을 숙이고, 아파서 구부릴 수 없는 무릎 때문에 바닥에 완전히 발을 내딛지 못하고, 그래서 다리를 앞으로 빼면서 절룩거린다. 카트린 르그랑이 자유시간 동안 자기와 함께 있고 싶냐고 묻지만 베로니크 르그랑은 자기 반 아이들과 함께 놀고 싶다고 말한다. 그래서 카트린 르그랑은 잡고 있던 그의 손을 놓는다. 그러고 잠시 후, 카트린 르그랑은 소피 리외를 마주치고 그에게 혹시 발레리 보르주를 보지 않았냐고 묻는다. 그는 발레리 보르주가 아카시아 길을 산책하는 것을 본 것 같다고, 미쳤다고, 생활 규범 과목에서 빵점을 받을 것이라고 대답한다. 지붕이 덮인 운동장에서 카트린 르그랑을 기다렸던 드니즈 코스는 카트린 르그랑이 마당을 떠나 출입이 금지된 공원 길로 가는 것을 바라보는데, 그와 동행하기에는 너무 늦었고 현재로서는 그를 뒤따라갈 엄두가 나지 않는다. 카트린 르그랑은 언덕을 차례대로 지나간다. 발레리 보르주는 거기 없다. 채소밭 쪽으로 가니 나무 정자 밑바닥에 누워 있는 발레리 보르주가 보인다. 그는 카트린 르그랑이 모르는 소설을 읽는 중이다. 그는 팔에 기대며 반쯤 일어나 뭘 해야 할지 갈피를 잡지 못하는 카트린 르그랑을 바라본다. 카트린 르그랑은 발레리 보르주에게 미소를 짓고 책을 다시 읽기 시작하는 그의 옆에 앉는다. 발레리 보르주의 검은색 블라우스는 주름이 졌고 나뭇조각 잔가지 지푸라기 먼지가 가득 묻어 있다. 고개를 올려다보니 기어오르는 장미 잎 사이로 하얀색 혹은 붉은색 꽃 사이로 하늘이 보인다. 카트린 르그랑이 장미 한 송이를 꺾어서 별생각 없이 만지작거리고 있자 발레리 보르주가 읽던 책을 잠시 멈추고 말한다, 뭐 해, 그러자 카트린 르그랑은 발레리 보르주의 얼굴에 장미를 던지는데, 꽃잎 두세 장이 손가락에 남아 붙어 있다. 발레리 보르주는 고개를 흔들고 웃음을 터뜨리고 등을 대고 누워서 눈높이 맞춰 두 손으로 든 책을 계속 읽는다. 카트린 르그랑은 땅에 나뭇조각으로 쓴다, 모두 읽을 수 있도록 각 글자의 선을 정성 들여 파고, 그런 식으로 모든 단어를 쓴다, 기분 좋은 휴식 충만한 고요 밤 내내 나의 꿈을 계속하게 해주오.* 발레리 보르주는 그 옆에 앉아 있다가 이제는 땅에 적힌 것을 큰 소리로 읽고, 그의 귀 뒤로 머리카락이 고정된 것이 보이고, 그가 이 시를 지은 사람은 네가 아니라고 말하는 것이 들리고, 그가 교실 책상에서 카트린 르그랑의 필체로 쓰인 이 구절을 찾았다고 말하는 것은 들리지 않는다.

* 프랑스 시인 루이즈 라베의 시 「소네트 9번」의 구절

도시는 주교의 죽음으로 인해서 상중이다. 우리는 길을 걷는다. 사람들은 주교구가 있는 시내 중심가에 있다. 성벽에 몸을 기대면 돌 틈에 피어 있는 비단향꽃무가 보인다. 줄기를 꺾는 데 성공한다. 줄기는 뭉개지면서 손가락에 노란색 액체를 남긴다. 어떤 사람들은 이것을 무사마귀를 치료하기 위해 사용하기도 한다. 우리는 장례식에 갈 것이다. 예배 행진을 할 것이다. 우리처럼 남색 교복을 입은 다른 학교의 여학생들도 있을 것이다. 그날은 수업이 없을 것이다. 그 전날에도 영구 안치소를 만들어놓은, 시체가 놓인 커다란 예배당에 기도하러 갈 것이다. 예배당이 가득 찼기 때문에 문 앞에서 기다려야 한다. 안에 있는 사람들이 속삭이는 소리가 들리고, 이는 탄식이 섞인 웅성거림처럼 들린다. 우는 사람들은 보이지 않는다. 옆으로 난 홀과 우리가 들어가는 홀은 마치 벌집 같다. 그 안으로 들어가는 사람들이 있고, 그 안을 돌아다니는 사람들이 있다. 우리는 검은색 천으로 덮인 영구대 받침의 위쪽으로 밀리는데, 이는 마치 어디서든 보이는 위쪽의 설교단에 접근할 수 있도록 측면 계단이 있고 그곳으로부터 저부조 주위로 몰려든 신앙심 두터운 군중들이 내려다보이는 메로빙거 왕조의 제단을 닮았다. 하지만 이 영구대 받침에는 그저 검은색 천만 덮여 있을 뿐이다. 붉은색의 어슴푸레한 빛 안에서는 숨을 쉬기가 어렵다. 병목 화병 안에, 양쪽 손잡이가 달린 단지 안에, 반구형 잔에, 넓은 화분에 담긴 채 사방에 놓인 꽃 때문이다. 꽃송이, 종 모양 꽃, 나팔 모양 꽃, 암술이 큰 꽃, 서로 포개진 꽃잎 때문에 풍성해 보이는 꽃들이 있다. 이 꽃들은 검붉은 색이 섞인 초록색의 널따란 잎을 가진 칸나, 디기탈리스, 로벨리아, 꼭두서니, 맨드라미, 모든 종 모양 꽃, 하나 혹은 포도 모양으로 주렁주렁 달린, 키가 큰, 보통인, 작은 꽃들, 꽃잎이 벌써 떨어지기 시작하는 작약, 시들거나 혹은 피기 시작하는 장미, 키가 큰 달리아, 글라디올러스, 뻣뻣하고 뾰족한, 몇몇은 붉은색 백합의 모양을 한 튤립, 주황색을 띤 붉은색의 데이지와 그것의 더 커다란 버전인 과꽃일 것이고, 반구형 잔에 줄기 없이 담긴 이 꽃들은 꺾인 봉선화 혹은 아네모네일 것이다. 촛대에 켜진 불이 오고 가는 사람들의 움직임 때문에 흔들린다. 우리는 예식이 있는지 알 수가 없다. 우리는 영구대 쪽에서 검은색 제복을 입고 서로에게 몸을 기울이고 있는 두 명의 신부님이 무슨 이야기를 하는지 알 수 없다. 우리는 천주의 성 요한 수녀님을 따라 천천히 걷는다. 수녀님은 평소대로라면 수녀복 주머니 안에 있는 나무 구슬 묵주를 손에 들고 있다. 양초의 밀랍이 뜨거워지고, 액체가 되고, 냄새가 난다. 눈을 감으면 눈꺼풀 뒤로 붉은색이 보인다. 사람들과 영구대 사이에 붉은색 막이 있고, 안개가 올라갔다가 내려오고, 군데군데 분산되고, 사람들의 움직임에 따라 사라졌다가 다시 생긴다. 우리는 손은 성무 일과서 위로 포개져 있고 머리는 어깨 쪽으로 기울어진 한 신도의 가슴에서부터 혹은 들장미 혹은 개양귀비로 된 커다란 꽃다발을 품고 있는, 검은색 옷을 입은 시골 여자의 가슴에서부터 긴 라틴어 문장으로 된 조가(弔歌)가 시작되기를, 모두의 입에서 그것이 불리고, 말해지고, 우는 것처럼 노래해지기를 기다린다. 끝이 바닥에 닿지 않은 벽걸이 천 아래로 햇볕 한줄기가 지나 카펫 위로 떨어진다. 예배당에서 영구대를 건드리지는 않으면서 그 주위를 돈 다음, 사람들에게 밀려서 천천히 밖으로 나왔을 때, 우리는 햇빛 아래에서 눈을 깜빡이고, 돌계단에서 조금 거리를 둔 채 사람들이 빠져나가길 기다리고, 그동안 우물을, 붉은색 돌과 우물 테두리 돌을, 마당의 포석과 담장의 보라색 클레마티스 수풀을 바라본다. 우리는 구내식당에서 커피를 마셨다. 하얀색 테이블 위에 커피잔을 내려두었다. 금속 스푼이 커피잔에, 테이블의 대리석 혹은 바닥의 돌에 부딪히는 소리가 난다. 우리는 목을 가다듬기 위해 뜨거운 커피를 마셨다. 테이블 근처에 서 있는 성 율리오 수녀님과 화물용 승강기에서 직접 쟁반을 가지고 오는 아기 예수 수녀님이 보인다. 열린 문 사이로 원장 수녀님이 성 안티오키아의 이냐시오 수녀님과 이야기하면서 지나가는 소리가 들린다. 우리는 길에 두 명씩 짝을 지어 길게 줄을 서 있다. 우리는 움직이지 않는다. 아기 예수 수녀님 천주의 요한 수녀님 성 율리오 수녀님 원장 수녀님 성 안티오키아의 이냐시오 수녀님 성 그레고리 수녀님이 도랑을 따라서 왔다 갔다 한다. 수녀님들이 움직이자 커다란 망토가 앞에서 뒤로 펄럭인다. 광장의 건너편에 있는 성당은 정문도, 삼각 면도 없이 노출된 커다란 외벽이 있고, 위에서 삼분의 일 정도 되는 높이에 원화창만 뚫려 있는데 여기서는 매우 작게 보인다. 우리는 광장을 가로질러 성당을 따라간 다음, 측면 벽에 조각된 작은 갈로로만의 우상 조각 앞을 지나간다. 우리는 같은 방향으로 걷는 사람들 때문에 앞으로 나아갈 수가 없다. 우리는 몇 걸음 걸은 다음에 멈춘다. 옆으로 난 성당의 정문은 현재 열려 있다. 성당의 돌은 붉은 사암으로 되어 있는데, 고개를 들어 올리면 돌이 위까지 쌓여서 한 덩어리를 이루고 있는 것이 보인다. 성당은 성채의 모습을 하고 있다. 문에 이르기 한참 전부터 라틴어로 노래하는 목소리가 들린다. 우리는 걸음을 질질 끈다. 우리는 그 자리에 멈춰 있다. 우리는 천천히 들어간다. 성당의 차가운 공기와 이곳저곳에 흩어진 목소리에 압도된다. 목소리는 성가대에서 시작해 여기저기서 반복되고, 가로 회랑에서 겹쳐지고, 중앙 홀에서 길어지다가, 커다란 기둥에 부딪혀 메아리가 되어 울린다. 성가대 맞은편의 광장을 향해 세워진 벽은 목소리를 반향시키는데, 마치 하나의 목소리처럼 터져 나오는 성가대의 노래는 바로 분해되었다가, 공기구멍 혹은 메아리에 흡수된 후, 성당 곳곳에서 노래를 반복하고 증식시킨다. 성당의 음향효과는 썩 좋지 않다. 목소리가 흩어지지 않고 들려지기 위해 애쓰는 것처럼 보인다. 성당은 앞으로 나아가려고 하는 사람들로 가득하다. 셔츠를 입은 남자 농부들과 밀짚모자를 쓰고 검은색 옷을 입은 여자 농부들이 있다. 마을의 상인들, 학생들 그리고 다른 곳에서 온, 미사를 돕는 성가대에 소속되지 않은, 인파에 섞인 성직자들도 있다. 축제 날에 광장에서 나는 것 같은 냄새가 난다. 아기 예수 수녀님이 주교가 미사를 진행한다고 말한다. 우리는 서로 몸을 밀착한 채 서 있는 사람들로 가득한 주보랑周步廊을 왼편에 두고 지나간다. 원래 놓여 있던 의자는 치워졌다. 어떤 사람들은 성가대를 보기 위해 고해실의 계단 위로 올라가고, 어떤 사람들은 기둥의 받침대 위에서 균형을 잡으려고 애를 쓰지만, 기둥을 껴안고 버티기에는 둘레가 너무 큰 탓에 다시 밑으로 떨어진다. 우리는 측랑 안으로 가지만 거대한 기둥 몸 때문에 아무것도 보이지 않는다. 원통형 기둥은 반기둥만큼이나 부피가 크다. 우리는 측면으로 난 소예배당에서 멈춘다. 제단 위에는 두 개의 밧줄로 고정된 저부조의 한 부분이 있다. 서로 만나는 두 개의 곡선으로 된 후광에 싸인 인물이다. 그는 반원 위쪽에 앉아 있는 것처럼 보이는데, 다리는 나머지 반원 앞을 지나가고, 발은 발판 비슷한 것 위에 놓여 있고, 팔 하나는 팔꿈치가 굽혀진 채 거의 직각을 이루고, 엄지와 검지 역시 접혀 있고, 다른 팔로는 허벅지에 세워진 책을 들고 있는데, 책의 단면을 잡은 손과 책의 평평한 부분으로 삐져나온 손가락이 보인다. 머리는 사선을 따라 잘려 있는데, 턱수염과 입 그리고 한쪽 눈의 시작점만 보인다. 옷의 주름은 어깨 위로 져서, 옷감이 달라붙은 것 같은 가슴팍에서 둥그렇게 말리고, 배 위에서는 불룩한 모양을 이룬다. 옷자락의 주름 몇 개가 맨발 위에 거의 직각으로 떨어져 있다. 바닥에는 성당 벽을 따라 머리에 주교관을 쓰고, 그 옆에 받침대 위에는 홀장(笏杖)을 올려둔, 누워 있는 주교의 조각이 있다. 우리는 성가대 안의 제의를 입은 신부들을, 부제들과 주교를 상상한다. 주교가 이따금 설교단에 자리를 잡으러 가면, 부제가 그에게 홀장과 주교관을 건네고 그는 그것을 머리에 쓴다. 나머지 부제들은 제단 앞에서 왔다 갔다 하는데, 몇몇은 향합을, 몇몇은 향로를 들었고, 주수병(酒水甁)과 수건을 든 부제들도 있고, 제단 기도문표의 자리를 바꾸는 부제들도 있는데, 그중 한 명은 제단 앞에서 성수기를 들고 있다. 성가대의 아이들은 없는 것 같다. 아기 예수 수녀님이 주제단 앞을 오가는 행렬을 보려고 여러 번 고개를 들어보지만, 무엇인가를 보는 데 성공했는지는 알 수 없고, 그는 피곤해져서인지 결국 들었던 발꿈치를 내린다. 마리조세 브루와 소피 리외는 목소리를 낮춰 이야기하는 중이다. 카트린 르그랑은 니콜 마르 옆에 있다. 카트린 르그랑과 니콜 마르는 아무 말도 하지 않는다. 니콜 마르는 기둥머리를 보려고 고개를 뒤로 젖힌다. 카트린 르그랑은 바닥의 돌과 기둥의 밑동을 보고, 코니스보다 높은 곳으로는 시선을 두지 않는데, 머리를 뒤로 젖히고 아치, 곡선, 첨두홍예 혹은 원화창을 바라보면 어지러워지기 때문이다. 사람들이 아기 예수 수녀님 마리조세 브루 소피 리외 카트린 르그랑 니콜 마르의 앞뒤로 몰려드는 바람에 우리는 다른 기숙생들과 떨어져 있다. 우리는 바로 합류하려고 하지 않고, 자리에서 미사가 계속되기를 기다린다. 라틴어 문구를 따라 듣기에는 너무 멀리 있다. 날카로운 종소리가 멀리서 나는 것처럼 가끔 들리지만, 얼마나 떨어져 있는지는 알 수 없다. 거양성체 때는 앞의 몇 줄이 고개를 숙이기 시작했고, 이 몸짓이 성당 끝과 구석의 소예배당에 서 있는 사람들에게까지 가닿았으며, 결국 모두가 몸을 숙일 때까지 계속되었다. 어느 순간, 군중의 웅성거림이, 성당 안에서 타고 있던 촛불을 휘게 만드는 바람이 느껴지고, 사람들이 서서히 움직이기 시작했다는 것이 느껴진다. 한 방향을 향해 움직이는 것은 불가능하고, 그저 군중의 움직임에 몸을 맡겨야 하는데, 이 때문에 예상할 수 있는 것처럼 정문이 뚫려 있지 않은 성당 벽 쪽을 향해 걷는다는 인상을 받기보다는, 그곳에서부터 우리가 있는 곳이 보이는, 다시 말해 폐쇄된 두 번째 내진(內陣)의 경계를 짓고, 중앙홀의 면적에 겹쳐지는 첫 번째 반원 후진의 바로 맞은편에 반원 후진이 붙어 있는, 성당의 내부로 향하는 것 같은 느낌이 든다. 내부의 반원은 성당의 외부 건축에 영향을 미치지 않는데, 후진 뒤에 난 벽은 밖에서 보면 마치 요새의 장식 없는 벽, 바닥과 수직으로 만나는 평평한 면적처럼 보이기 때문이다. 우리는 직각으로 돌아 중앙홀로 가고, 빛이 기둥 위에 비치고, 밝은 회색 기둥은 담금질한 강철처럼 빛나고, 우리는 걷고, 성당의 장소마다 다르게 들리는, 가끔은 작게, 가끔은 크게 들리는 파이프오르간 소리를 듣는다. 카트린 르그랑은 뒤로 몸을 돌리면서 발레리 보르주의 머리카락을 발견하지만, 안마리 브뤼네가 움직이는 바람에 바로 가려지고, 발레리 보르주의 입 역시 앞에서 걷는 안마리 브뤼네의 어깨에 바로 가려진다. 카트린 르그랑은 그곳에서 조금 떨어진 구석에서 안마리 브뤼네와 발레리 보르주와 마리 데몬이 지나가는 것을 기다리려고 하지만, 누군가 그의 등을 떠밀고, 그를 앞을 향해 밀고, 앞으로 가게 하고, 아기 예수 수녀님이 손짓으로 앞을 보고 계속 걸으라고 하고, 그렇게 카트린 르그랑은 안마리 브뤼네와 발레리 보르주를 눈앞에서 놓친다. 베로니크 르그랑은 무대에서 우리가 알 수 없는 지침을 따라 이리저리 움직이고, 앞에서 뒤로 왔다 갔다 하고, 곡선 혹은 원의 접선이 되는 사선을 그리고 있다. 그의 얼굴에 미소는 보이지 않는다. 왼손에는 활을 들고 춤을 춘다. 머리에는 초승달이 장식되어 있는데, 꼭지가 위로 향해 있고, 각광과 스포트라이트가 비쳐서 금속광택이 난다. 우리는 베로니크 르그랑이 아르테미스의 시녀 중 한 명이 아닐까 생각하지만, 얼마 지나지 않아 그가 앞으로 나아가고 한쪽 발을 성급하게 땅으로 내딛는, 아르테미스 자신인 것이 분명해 보인다. 우리는 무대 위에서 그만을 바라본다. 그를 둘러싼 다른 소녀들의 움직임은 완전히 그에게 달려 있으며 그를 위한 장식처럼 보이는데, 그는 절도 있는 손동작으로 주변의 동요를 멈추고, 허리를 꼿꼿이 세운 채 힘껏 활을 당긴다. 얼굴에 미소는 보이지 않는다. 우리는 고함을 지르기를, 그가 폴짝 뛰고, 몸을 앞으로 내밀기 위해서 다리와 어깨와 목을 크게 움직이고, 보이지 않는 장소로 잽싸게 뛰어가고, 머리카락이 풀어진 채 어깨 근처에서 휘날리며 달리는 그의 볼을 때릴 것을 기대한다. 하지만 베로니크 르그랑은 소리를 지르지 않고 음악의 다양한 박자에 몸을 맡긴다. 그는 무대 오른쪽에서 다시 등장해 발을 모은 채 멈추고, 무대 중앙으로 껑충 뛴 다음 뻣뻣하게 서서, 그를 둘러싼 소녀들이 고개를 숙이는 동안 움직이지 않고 그저 그렇게 하는 것을 바라본다. 원장 수녀님의 생일 파티다. 우리는 주일 설교실의 기다란 의자에 앉아 있다. 우리는 낮은 목소리로 얘기하거나 속삭이면서 문 앞에서 보초를 서는 학생이 원장 수녀님이 왔다고 알리기를 기다린다. 무대의 커튼은 내려져 있다. 무대 뒤에서 소리가 들린다. 가끔은 오른쪽에서, 하지만 그것보다 자주 왼쪽 무대 뒤에서 소리가 나는데, 그쪽으로 무대에 출입할 수 있기 때문이다. 누군가 가구 혹은 사각대 혹은 다른 무거운 장식을 끄는 듯하다. 무대에 이어진 나무 계단을 오르내리는 소리가 들린다. 잠시 후 커튼이 겹쳐진 중앙 부분에, 몸을 가리기 위해 두 커튼 자락을 아래로 감싼 사람이 등장했다가, 바로 사라지는 것이 보인다. 통로 오른쪽의 세 번째 긴 의자 옆에 마리엘 발랑 니콜 마르 마르그리트마리 르모니알 발레리 보르주 로랑스 부니욜 카트린 르그랑이 있다. 카트린 르그랑은 통로에 서서 앞에 있는 아이들이 의자에 자리를 잡기를 기다리고 있다. 그는 발레리 보르주 옆에 앉게 될 것인데, 통로를 지나갈 수 있도록 줄을 설 때 발레리 보르주가 그의 앞에 있었기 때문이다. 카트린 르그랑은 통로에 서서 기다리지만, 마리엘 발랑과 니콜 마르 사이에 먼저 자리를 잡은 로랑스 부니욜이 일어나더니 다른 아이들을 모두 지나 발레리 보르주와 카트린 르그랑 사이에 끼어들고, 결국 카트린 르그랑은 로랑스 부니욜 옆에 앉는데, 발레리 보르주가 그에게 미소를 지으며 얘기를 시작한다. 문 앞에서 보초를 서는 학생은 장난을 치며 쉴 새 없이 문을 열었다 닫았다 하고 성 알렉산드르 수녀님이 다가와서 조용히 있으라고 말할 때까지 계속한다. 몸을 돌리면 설주를 따라 꼿꼿이 몸을 세운 채 한 손으로 문을 잡고 있는 그가 보인다. 잠시 후, 그 학생이 소리를 지른다, 지금 오고 계세요, 그러자 성 알렉산드르 수녀님 아기 예수 수녀님 성 안티오키아의 이냐시오 수녀님 성 히폴리토 수녀님 성 아폴리네르 수녀님은 손으로 신호를 보내고, 마뉴 선생님은 피아노를 치기 시작한다. 원장 수녀님은 빠른 걸음으로 설교실로 들어오고, 묵주의 구슬들이 계속 부딪히며 소리를 내고, 올라간 치마 밑으로 신발 밑창이 번갈아가며 사라지는 것과 뒤로 당겨지는 베일과 보폭이 작고 빠른 걸음에 의해 움직이는 의복 전체가 보인다. 몸을 움직이지 않고 걷는 것처럼 보이는 원장 수녀님은 열 번째 줄 의자 근처를 지나면서 걸음을 더 빨리하지만, 들리는 행진곡의 박자에 발걸음을 맞추지는 않으려고 하는데, 마뉴 선생님이 피아노로 점점 세게 치고 있는 이 곡은 결혼행진곡 중 하나이기 때문이다. 무대 중앙에 뻣뻣하게 서 있는 베로니크 르그랑은 몸 전체를 모으고 좁게 서 있다. 그는 가만히 있기 위해 애를 쓰는 것처럼 보이고, 우리는 그가 다시 달리기를 시작하기를 기다린다. 그의 머리 주위로 고정된 머리카락의 금발이 강철빛을 띠고 있는 것과 원장 수녀님이 누군가 첫 번째 긴 의자와 간격을 두고 제일 첫 줄에 마련해둔 빨간색 소파에 앉아 미소를 짓는 것이 보인다. 학생들이 베로니크 주변에서 달리다가, 다시 그에게 다가왔다가, 다리를 쭉 뻗으면서 점점 빨리 달리고, 그들은 무대를 질주의 공간으로 만들고, 마치 말의 갈기가 들어 올려진 것처럼 보이고, 우리는 베로니크 르그랑의 목소리가 더해진 고함이 들리기를 기대하는데, 이는 그가 무대 끝에서 끝을 한걸음에 뛰어서 학생들에게 합류했기 때문이고, 아르테미스와 시녀들이 나무 사이로 사라지고, 각자 몸을 들어 올리는데, 베로니크 르그랑은 춤의 동작을 하면서 다른 소녀들보다 몸을 더 높이 들어 올린 것이 보이고, 다른 이들 위로 그의 머리와 어깨가 보이고, 그는 나무들 사이에서 보이는 마지막 인물이 되고, 베로니크 르그랑은 아르테미스의 시녀들에 의해 들려 간다. 우리는 오늘도 누가 우는 노래를 듣는다. 원장 수녀님은 옆 의자에 앉은 아기 예수 수녀님 쪽으로 몸을 기울인다. 그의 귀에 대고 무슨 말을 하는 것이 보인다. 커튼이 올라간 다음에는, 속속들이 알고 있는 장면이 몇 번째 반복된다. 금발의 곱슬머리를 한 기사가 무릎을 꿇고 있는 것이 보이는데, 이는 윗학년 학생인 도미니크 뷔르스다. 그는 무릎을 꿇고 앉아 사랑의 시를 노래한다. 이 모든 미덕을 가진 다정한 사람이여, 당신으로 하여금 저는 모든 모욕을 견디는 법을 알게 될 것입니다, 당신을 위해선 어떤 미친 짓이라도 할 수 있어요. 무릎을 덮는 드레스를 입고 낮은 의자에 앉아 노래를 듣는 이는 프로방스의 베아트리체일 것이다. 음유시인이 관객들에게 다른 시간대임을 이해시키려고 무대를 나갔다가 다시 입장하는 것이 보이고, 세 번째로 입장했을 때 그는 사랑의 시를 노래하지 않고, 누군지 알 수 없는 검은색 머리를 가진 부인 앞에서 바닥에 털썩 쓰러지고, 그에게 애원하고, 손에 키스하지만, 부인은 손을 휙 뺀 다음 바닥에 드레스를 끌면서 재빨리 무대를 떠나고, 바닥에서 팔 사이에 얼굴을 파묻고 우는 기사가 보인다. 두 인물이 다시 함께 모였을 때, 도미니크 뷔르스는 다시 노래하기 시작하고, 그의 벌린 입술 사이로 치아가 보이고, 머리카락이 흔들리는 것이 보인다. 우리는 그가 어쩌면 프로방스의 베아트리체일지도 모르는 백작 부인에게 안녕을 고하는 것임을 이해하는데, 백작 부인은 검지에 끼고 있던 반지를 빼서 도미니크 뷔르스에게 건네고, 도미니크 뷔르스는 펼친 두 손안에 반지를 받는다. 도미니크 뷔르스는 다시 한번 등장하는데 그를 바로 알아볼 수는 없고, 어깨띠 아래에서 무엇인가 빛나는 것을 봤을 때에야 그라는 것을 깨닫는데, 그는 이제 수도복을 입고 있기 때문이다. 우리는 그가 왜 프로방스의 베아트리체일지도 모르는 부인이 준 반지를 빼야만 하는지, 왜 수도원의 기도를 따라야 하는지를 알게 된다. 그가 조금 전 부인에게 자신을 기억해 달라며 불렀던 노래가 들린다. 천주의 성 요한 수녀님이 마리조세 브루에게 라틴어 재귀동사의 사용법에 대한 규칙을 설명해보라고, 먼저 예시를 들고 그 라틴어 문장 다음에 규칙을 설명해보라고 한다. 마리조세 브루는 칠판 앞에 서서 분필을 만지작거리고, 이따금 교실 쪽으로 몸을 돌린 다음, 아직 아무것도 쓰여 있지 않은 칠판 앞으로 다시 고개를 돌린다. 긴 의자에 앉아 있는 우리는 지루하고, 수족관의 내부 같은 벽 때문에 마치 물고기가 된 것 같고, 우리는 서 있을 때나 앉아 있을 때 벽에 대고 미끄러지고, 초록색은 빛을 더 두텁게 만들어서 거의 반투명해지고, 눈은 그 사이로 미끄러지고, 물고기가 된 우리는 지금 점점 더 커지고 있고, 물고기는 긴 의자를 차례대로 집어삼키고, 나아가서 다른 것들도, 학생들과 심지어는 천주의 성 요한 수녀님마저도 삼킬 준비가 되어 있다. 물고기가 교실만큼 커지면 그는 몸통을 튕길 것이고, 꼬리는 천장을 칠 것이고, 비늘은 창문에 달라붙을 것이며, 학교가 뒤흔들리는 소리가 날 것이다. 교실에는 아무도 없는 것 같고, 주위에 아무도 없고, 우리는 초록색에 유리 여기저기에 몸을 부딪쳐보지만, 그 사이로 지나가는 것은 불가능하고 그래서 계속 가만히 있어야 하는데, 그럼 어느 순간, 여기 보세요, 뭐 하고 있지요, 정신이 다른 데 가 있군요, 라는 말이 들리고, 이유는 모르지만, 천주의 성 요한 수녀님이 You are dreaming(꿈을 꾸고 있군요)이라고 말하고, 모두 이 말에 웃음을 터뜨리고, 우리는 치아 위에서 벌려진 입들을 볼 수 있다. 꼼짝없이 몇 시간을, 그동안 우리가 무엇을 하고 있는지조차 알 수 없는 시간에는 무엇을 해야 할까. 무엇을 할 수 있을까. 그동안 구름은 창문 뒤로 지나가고, 바람이 불지 않을 때에도, 움직이는 것처럼 보이지 않을 때에도, 구름은 긴 의자에 꼼짝없이 앉아 있는 우리보다 더 빨리 지나가는데, 아까 봤던 자리에 있는, 고정된 것처럼 보이는 구름은 아까 봤던 것과 같은 구름이 아니기 때문이다. 그렇다면 때마침 라틴어 수업을 하고 있으니 우리는 도미니크 뷔르스가 책을 손가락으로 따라가며 완전히 외울 수 있도록 카트린 르그랑에게 읽게 한 구절인 마라투스의 가혹함이 나를 괴롭게 하네(quam Marathus lento me torquet amore)[*]에 붙일 만한 멜로디를 머릿속에서 생각해보려고 한다. 우리는 앞을 보고 있지만, 마음은 다른 곳에 가 있는 발레리 보르주를 바라본다. 작은 소리로 발레리 보르주에게 어디에 있냐고 묻지만, 그는 듣지 못하고, 그래서 우리는 그를 대신해 대답하려고 한다, 그는 영원한 밤의 어둠 속에 있다고 말한다, 검은색의 흰색의 회색의, 보이지 않기 때문에 아무래도 상관없을 색의 야생마에 배를 대고 누워 있다고 말한다, 풀어진 그의 머리카락이 바람에 날린다고 말한다, 우리는 땀에 젖은 채 손가락은 갈퀴 속에 파묻고 맨무릎을

[*] 로마의 서정시인 티불루스의 애가

드러낸 그를 바라보고, 입을 벌리고 이를 살짝 드러낸 채 어디인지 모르는 곳을 향해 가는 발레리 보르주를 바라본다. 그는 정말 별의 움직임에 이끌려 다른 곳에 있는 것 같다, 그는 표류한다, 그가 멀어지는 것이 보인다, 그 주위로 반짝이는 얼음 조각들이 돌고 있는 것이 보이고, 그는 은하계로 여행한다. 발레리 보르주가 있는 곳을 이렇게 빤히 쳐다보는 것에 싫증이 나면, 우리는 천주의 성 요한 수녀님이 재귀동사를 is ea id로 바꾸는 경우를 설명하는 것을 듣고, 라틴어 수업의 진도가 나가지 않았고, 발레리 보르주는 여전히 같은 자세로 앞을 보고 있고, 우리는 여전히 무엇을 해야 할지 모르겠고, 그저 머릿속에서 울리는 나를 괴롭게 하네, 가사의 멜로디에 맞추어 손가락으로 책상을 때리는 것 말고는 할 것이 없고, 우리는 마음이 괴롭다고 말하지만, 모르는 일이다. 네시 반의 자유시간이다. 지붕 덮인 운동장에서 베로니크 르그랑이 니콜 제를리에와 이름을 모르는 다른 소녀들과 함께 뛰어 지나가는 것이 보인다. 우리는 니콜 마르와 함께 있다. 우리는 기숙생들이 구내식당에서 나오기를 기다린다. 열린 문 사이로 계단에 있는 아기 예수 수녀님 성 히폴리토 수녀님 성 율리오 수녀님이 서로 다른 방향으로 홀 안에 걸어 들어가는 것이 보인다. 소피 리외 안마리 브뤼네 드니즈 코스가 두 손에 들고 있는 샌드위치 더미의 균형을 흐트러뜨리지 않으려고 노력하면서 계단을 내려오는 것이 보이는데, 걷는 동시에 샌드위치 더미의 가장 위에 있는 빵을 먹는 중이라서, 입을 앞으로 내밀고, 머리를 몸보다 앞으로 내밀고, 빵조각 파테 조각 햄 조각 치즈 조각을 떨어트리거나 혹은 손가락 사이로 잼을 흘리고, 이따가 다 먹고 난 후에는 잼이 묻은 손가락을 핥을 것이다. 살짝 열린 주머니 사이로 사과와 오렌지가 보인다. 소피 리외 안마리 브뤼네 드니즈 코스가 작은 담장까지 가서 허벅지 위에 지금 먹고 있는 것을 제외한 샌드위치를 올려놓으려고 앉는 것이 보인다. 우리는 니콜 마르와 함께 조각상 뒤로 간다. 나무 막대기로 땅 위에 그림을 그린다. 동그랗지 않은 원 정사각형 직사각형을 그리는데, 자기 이름이나 다른 사람의 이름을 바닥에 쓰고 싶지는 않다. 사람 혹은 얼굴 혹은 집을 그릴 줄 모르기 때문에 우리는 원을 또 삼각형을 또 정사각형을 또 직사각형을 또 계속 그리고, 도형들은 서로 겹쳐지고, 바닥에서 흙먼지가 일고, 우리의 손은 더럽고, 먼지가 일거나 손에 묻는 것을 막기 위해 바닥에 침을 뱉기 시작하고, 바닥을 진흙으로 만들기 위해서는 많은 침이 필요한데 우리의 침만으로는 충분하지 않고, 침을 뱉은 곳은 살짝 티가 날 뿐이고, 줄 세공이 된 듯한 윤곽과 가장자리의 침 거품 때문에 다른 곳보다 조금 더 짙은 색을 띨 뿐이다. 니콜 마르가 측백나무 뒤로 지나가는 것이 보이고, 잎이 구겨지고 가지가 부러지는 소리가 들리고, 무엇을 하는지 보려고 일어나보니, 그가 달리아 위를 날아다니는 나비를 잡으려고 하는 것이 보인다. 팔을 앞으로 내민 채 손수건을 앞에 들고 있다. 손수건은 많이 구겨져 있지만, 동시에 더러워서 빳빳한데, 어쩌면 니콜 마르는 이것으로 신발을 닦았을 수도 있다. 잠시 후, 니콜 마르가 나비와 함께 돌아와 바닥에 앉는다. 그의 베이지색 양모 양말은 위까지 올려지지 않고 발목 주위에서 뭉쳐 있다. 니콜 마르가 손을 오므리며 가둬둔 나비와 함께 앉아 있다. 그는 손을 살짝 벌려서 나비를 잡고 밖으로 꺼내는 데 성공한다. 한 손으로는 나비의 몸을 잡고, 다른 손으로는 무릎 위에 한쪽 날개를 올려놓고, 이 날개를 부드럽게 문지르고, 날개에서 색이 사라질 때까지 계속하고, 점들이 먼저 사라지는데 마치 누군가 날개 위에 가루를 묻혀놓았던 것 같고, 그다음에는 배경에 있던 색이 사라지고, 나중에는 나비의 날개가 빛을 통과시키는 것이 보이고, 그것은 잎맥이 있는, 반투명한 나뭇잎처럼 보인다. 나비는 두 날개를 흔들다가, 나중에는 한 날개만, 그러다 이제는 전혀 움직이지 않는데, 어쩌면 니콜 마르가 의도치 않게 머리를 살짝 건드렸을 수도 있고, 어쨌든 그는 지금 다른 한쪽 날개를 문지르고 있는데, 이제 나비는 보잘것없어졌다. 그래서 니콜 마르는 한쪽 날개를, 그리고 다른 한쪽 날개를 떼어내고, 나비의 몸통은 바닥에 떨어지고, 니콜 마르는 마로니에 잎의 잎맥 사이에 있는 층을 손가락 끝으로 벗겨내면 잎의 골자를 얻을 수 있는 것처럼 날개의 겹을 벗기려고 시도하지만 성공하지 못하는데, 나비 날개의 막은 작은 조각으로 부서지며 가루가 되기 때문이다. 니콜 마르는 일어나면서 손가락에 붙어 있는 나비 조각들을 털어내려고 하고, 바닥에 떨어진 몸통을 찾아서 땅 안에 파묻힐 때까지 계속 발로 짓밟는다. 마리 데몬 안마리 브뤼네 드니즈 코스 안 제를리에 쥘리엔 퐁 발레리 보르주가 같이 있는 것이 보인다. 니콜 마르와 카트린 르그랑은 마리 데몬 안마리 브뤼네 드니즈 코스 안 제를리에 쥘리엔 퐁 발레리 보르주가 있는 곳으로 가기 위해 운동장을 가로지른다. 그들이 발레리 보르주에게 저번 자유시간에 시작했던 이야기의 나머지를 들려달라고 하는 것이 들린다. 발레리 보르주는 안마리 브뤼네의 허리띠 끝을 가지고 장난을 친다. 발레리 보르주가 말한다, 싫어, 별로 할 기분이 아닌걸. 안마리 브뤼네가 그에게 무슨 말인가를 하기 위해서 한쪽으로 잡아당긴다. 마리 데몬 드니즈 코스 안 제를리에 쥘리엔 퐁은 이야기의 앞부분을 기억해내려고 한다. 니콜 마르가 그들 옆에 있는 돌로 된 벤치 위에 폴짝 뛰었다가 내려왔다가 뛰었다가 내려온다. 안마리 브뤼네가 발레리 보르주보다 키가 큰 것이 보인다. 둘은 나란히 옆에 서서 이리저리 왔다 갔다 한다. 발레리 보르주는 말하지 않는다. 안마리 브뤼네는 이런저런 몸짓을 하며 말을 하다가, 블라우스의 주머니 안에 손을 넣고 주먹으로 잡아당기고, 그 자리에서 빙글빙글 돌면서 신발 굽으로 바닥에 구멍을 파고, 주먹 쥔 손을 주머니 안에 점점 더 깊숙이 집어넣는다. 카트린 르그랑은 네트 근처에서 공을 때리기 위해서 몸을 길게 피고 있는 노에미 마자가 있는 운동장의 안쪽으로 간다. 그는 매번 아무 힘도 들이지 않고 몸을 일으켜 세워 스매시를 날리는데, 네트 건너편에 있는 수잔 프랑과 나탈리 드뢰는 이를 절대 받아칠 수 없고, 그들은 공을 겨우 건드린 후 배를 대고 땅에 넘어지고, 공은 방향을 잃고 아무 데로나 향하지만, 노에미 마자 쪽으로는 가지 않는다. 저는 우주의 주인인 것처럼 제 자신의 주인입니다. 저는 주인이고, 주인이 되고 싶습니다. 오 시간이여, 오 기억이여.* 둘리에 선생님은 고개를 뒤로 젖히고, 왼팔은 옆으로 멀리 펴고, 오른손으로는 교탁 위에 있는 책을 집어 들었다가 다시 내려둔다. 이제는 손을 나란히 옆에 둔다. 프랑스어 수업 시간이다. 둘리에 선생님

* 피에르 코르네유의 희곡 『시나』의 구절

은 숭고미에 대해 말하는데, 그는 코르네유와 성 뱅상 드 폴을 경애한다. 둘리에 선생님은 감정(passion)의 절제라는 특정한 수양(修養)이 무엇인지 설명한다. 니콜 마르는 카트린 르그랑 옆에 있다. 그는 땋은 머리카락을 잡아당기고 있는데, 묶고 있던 고무줄을 풀고, 머리카락을 꼬면서 땋은 머리카락의 끝부분을 푼 다음, 블라우스 단추에 걸어두었던 고무줄 중 하나로 가슴팍에서 머리를 묶는다. 둘리에 선생님이 자로 책상 위를 세게 내리친다. 니콜 마르는 일어나면서 소리를 지른다. 둘리에 선생님은 그에게 자리에 앉아서 설명하는 것을 잘 들으라고 말한다. 선생님은 수난(passion)이라는 단어가 그 기원이 설명하듯 인물의 약점 혹은 감내해야 하는 것만을 의미하지는 않는다고 말한다. 선생님은 단어가 가지고 있는 첫 번째 뜻인 희생과 고통을 얘기하면서 예수 그리스도의 수난(passion du Christ), 잔 다르크의 수난(passion de Jeanne d'Arc)을 예로 들지만, 이는 매우 복합적으로 된다고 설명하고, 이 수난이 극까지 가면 능동적으로 될 수도 있는데, 예를 들어 배움의 열정(passion), 의무에 대한 열정 등이 그렇고, 이를 봤을 때 감내한 것은 의지와 이성을 뛰어넘는 결정적인 힘이 된다. 코르네유의 인물들은 이처럼 의무에 대한 열정이 있다. 니콜 마르가 카트린 르그랑의 옆에서 크게 기침을 하기 시작한다. 잠시 후 니콜 마르는 참지 못하고 그가 잘 흉내 내는 트럼펫 소리를 내는데, 선명한 트럼펫 소리가 서너 번쯤 들리는 동시에 누군가 웃음을 터뜨리는 소리가 들리고, 니콜 마르가 책상 뚜껑 뒤에서 키득거리는 것과 둘리에 선생님이 일어나는 것이 보이고, 교단에서 신발 굽이 또각거리는 소리가 들리고, 그는 니콜 마르 옆으로 와서 몸을 잡고 흔들고, 교실에서 나가라고 하는데, 교탁으로 돌아가 다시 앉았을 때까지도 얼굴이 상기되어 있다. 둘리에 선생님은 오귀스트에 대해 다시 설명하기 시작하고, 시나여, 친구가 되자, 내가 그대에게 권유하마, 라고 그가 말한 것은 다른 음모를 피하기 위한 정치적인 이유 때문이 아니고, 오귀스트가 시나를 용서한 것은 편의적인 행동이 아니고, 둘리에 선생님은 오귀스트가 시나를 용서한 것은 그가 관용을 의무라고 생각했기 때문이라고 말하고, 이에 더해 그는 막심의 죄를 사하기에 이르고, 기타 등등(tutti quanti). 내가 쟁취하게 될 승리를 영원히 보존해다오.* 니콜 마르와 둘리에 선생님이 앉아 있는 긴 의자 하나만 빼면 다른 의자들은 비어 있다. 둘리에 선생님은 니콜 마르 뒤로 의자 등받이에 팔을 올려놓고 있다. 프랑스어 복습 시간이다. 점심을 먹은 직후라서 둘리에 선생님은 위에서 입으로 올라오는 트림을 최대한 참으려고 하는데, 위가 있는 곳을 손으로 만지고, 문지르고, 목까지 쓰다듬지만, 가끔 가스가 빠져나와 입술 사이로 터져 나오고, 이는 한동안 계

* 같은 글

속되고, 누가 봐도 둘리에 선생님이 소화가 잘 안 된다는 것을 알 수 있다. 얼마 후, 니콜 마르가 그에게 묻는다, 왜 자꾸 트림하고 그러세요. 그러자 둘리에 선생님이 니콜 마르를 긴 의자에서 끌어내 바닥에 팽개친 다음 굽이 있는 신발로 배를 여러 번 걷어차는 소리가 교실에 울려 퍼진다. 우리는 작은 언덕을 내려와 도로를 지나 다리 쪽으로 간다. 들판 주위에 깔린 납작한 돌 위에 자란 덤불 사이로 뱀이 지나다닌다. 돌은 뜨겁다. 다리 아치의 로마네스크적인 이미지가 물 위에 가만히 반사된다. 다리를 건널 때 그것이 보인다. 물의 층이 표면의 움직임 없이 밑에 보이지 않는 운동에 의해 끌려들어가는 것이 보인다. 다리를 건너갈 때 이를 알아챌 수 있는데, 이제는 멀어진 한 지점을 지나갈 때 물 위로 던졌던 나뭇잎이 빙글빙글 돌다가, 방앗간의 바퀴가 물을 빨아들이는 곳에 있는 단절 구간까지 흘러간 것이 보이기 때문이다. 도로는 우리가 지금 있는 다리의 연속선상에 있고, 하천을 따라 이어지는 다른 도로가 수직으로 이어진다. 우리는 다리를 떠나 하천을 따라간다. 트럭 혹은 트랙터 같은 자동차가 일으킨 도로의 먼지가 울타리 위에 쌓여 있다. 걷는 동안 포플러나무 잎이 쉼 없이 흔들리는 소리가 난다. 고개를 위로 들면 나무 사이가 반짝거리는데, 마치 강낭콩과 완두콩 버팀목에 새를 쫓으려고 달아둔 은

박지 같다. 뱀과 도마뱀이 사라지는 것이 보인다. 하천에는 다리 바로 다음에 모래 해변이 있는 작은 만이 있다. 우리는 그곳으로 간다. 베로니크 르그랑과 카트린 르그랑은 살짝 올라간 가장자리와 두 손을 모은 크기의 면적을 한, 직접 만든 체를 가지고 있고, 이렇게 생긴 체는 우리가 사용하려는 목적에 걸맞다. 우리는 사금 채취자 놀이를 한다. 우리는 체를 최대한 물 안에 깊이 담근다. 체가 바닥에 닿지 않으면 다시 건져냈을 때 비어 있기 때문에, 체 가장자리로 모래를 긁어낼 수 있도록 팔을 뻗을 수 있는 만큼 최대한 멀리 체를 집어넣는다. 우리는 모래에 섞인 사금을 찾아낸다. 베로니크 르그랑은 물에서 체를 건져내는데, 체 안에 든 것은 개흙으로 덮여 있어서, 안에 든 것이 씻기도록 체를 물 안에 둔 채 몸을 구부리며 걷는다. 베로니크 르그랑은 사금을 꺼내기 위해 몸을 웅크린다. 하천의 사금은 모래층 아래에 깔려 있거나 낙수를 따라 댐 앞에 있는 물웅덩이까지 떠내려가 있다. 그것을 물에서 분리만 하면 된다. 그렇게 하고 나면 손수건을 이리저리 구겨진 자국을 없애려고 힘껏 잡아당긴 다음에 그 안에 사금을 모아둔다. 사금은 두꺼운 모래 안에 반짝이는 운모 조각에 섞여 있는데, 운모 조각은 황갈색 빛이 나지만 대부분 투명하다. 카트린 르그랑이 하천가에 커다란 도가니를 만들자고 한다. 카트린 르그랑이 막대기로 도가니가 덮을 면적의 경계를 그린다. 베로니크 르그랑은 자기 체를 흔들고 있고, 모래가 섞인 물이 빠져나와 다리 위로 흐르고, 허벅지 위에 마른 모래 알갱이 자국이 보이는데 조금 전에 가득 찬 체가 베로니크 르그랑에게로 쏟아졌기 때문이다. 지금 그는 그에게서 조금 간격을 둔 채로 체를 흔든다. 다리를 타고 물이 튄다. 채금은 하천가에서만 이루어져서는 안 되기 때문에 베로니크 르그랑은 양말과 신발을 벗고 하천 안으로 들어가서 마치 하천을 가로지르려는 것처럼 앞으로 곧장 걸어간다. 베로니크 르그랑은 오른손으로 공중에 체를 들고 있으면서 물 안에 그것을 넣을 때를 기다린다. 그가 구멍에 발이 들어가 균형을 잃었거나 혹은 돌에 발가락을 부딪혔을 때 소리를 지르는 것이 들린다. 베로니크 르그랑은 물과 기슭을 왔다 갔다 하며 모래와 사금을 분리한다. 베로니크 르그랑은 수면에 사금이 보이면 손톱으로 그것을 잡고, 사금이 더 있으면 체를 흔들어서 다른 사금이 표면 위로 드러나도록 하고, 손수건은 그것들을 담기에 모자라고, 심지어 사금은 그 안에서 잘게 부서지고, 베로니크 르그랑은 납작한 돌을 옮겨와 끝을 서로 붙여놓고, 그렇게 땅에 바로 놓인 테이블을 만들어 그 위에 사금을 붓는다. 그가 물 안에 있는 동안 테이블 위로 바람 한 줄기가 불어와 사금을 쓸어간다.

카트린 르그랑은 모래 위에 기본적인 도식을 그리고, 다양한 모양을 만들며 도가니의 개수를 늘려간다. 삼각형 모양의 꼭대기는 모두 같은 높이일 것이고, 그곳에 액체 금이 흐르는 원뿔의 산이 있을 것이다. 납작한 돌 근처로 돌아온 베로니크 르그랑이 금황색 혹은 우윳빛 사금이 사라진 것에 실망한다. 베로니크 르그랑은 몸을 굽히고 돌 주위에서 그것을 찾아보려고 하지만, 바람은 무게 없는 입자들을 멀리 날려 보냈고 이제는 흔적조차 남지 않았다. 베로니크 르그랑은 같은 구역에서 함께 자라서 밑동 쪽에는 바람이 들지 않는 평평한 곳을 형성하는 나무 무리를 찾아낸다. 그가 사금을 올려놓으려고 몸을 굽히자 옷의 가장자리가 젖은 것이 보인다. 하천에서 나는 것과 같은 가장 순수한 금은 도가니가 필요 없다고들 말한다. 하천의 금은 가공할 필요가 없고, 만약 이것으로 건물을 짓는다면 거대한 체가, 거대한 까불리기 기계가 필요할 테고, 그러면 베로니크 르그랑과 카트린 르그랑은 기계의 깔때기 모양의 커다란 투입구에 금이 포함된 모래를 삽으로 퍼서 던질 것이다. 네시 반의 자유시간이다. 로랑스 부니욜 쥘리엔 퐁 마리엘 발랑 노에미 마자 마르그리트마리 르모니알 니콜 마르는 지붕이 덮인 운동장에서 공놀이를 한다. 드니즈 코스는 샌드위치 더미를 들고 카트린 르그랑 옆에서 걷는다. 조각상이 있는 마당에서 안마리 브뤼네 발레리 보르주 소피 리외 마리 데몬 마리조세 브루가 간식을 먹고 있는 것이 보인다. 안마리 브뤼네가 발레리 보르주 옆에 앉아 있다. 안마리 브뤼네가 오렌지 하나를 까서 과육에 붙어 있는 하얀색 껍질을 벗긴 다음 그것을 조각내는 것이 보이고, 오렌지를 한 조각씩 가르는 것이 보이고, 그중 하나를 발레리 보르주의 벌린 입 안으로 넣는 것이 보인다. 그러고 나서 발레리 보르주가 안마리 브뤼네의 검지를 집어 드는 것이 보이고, 그의 손가락을 빠는 것이 보이고, 손가락을 그의 혀 위에 올려서 과육 혹은 오렌지즙의 자국을 없애려고 하는 것이 보인다. 소피 리외는 껍질이 벗겨진 측백나무 가지를 이용해 방금 실수로 땅에 굴러가게 해서 베어진 부분이 검게 된 사과를 긁어낸다. 안마리 브뤼네 발레리 보르주 소피 리외 마리 데몬 마리조세 브루가 간식을 다 먹었다. 소피 리외가 등에 업은 마리 데몬이 웃는 소리가 들리고, 잠시 후 소피 리외가 그를 벤치 위에 내려두자 서 있는 그가 보인다. 발레리 보르주 곁에 소피 리외 마리조세 브루가 있고, 그에게서 제일 가까운 곳에는 안마리 브뤼네가 있고, 마리 데몬은 그 바로 뒤에 있다. 발레리 보르주는 이야기를 하고 있다. 머리카락은 머리 뒤로 묶여 내려와 있다. 아무도 그가 말하고 있을 때 말하지 않는다. 마리 데몬은 벤치에서 반쯤 내려와서,

오른쪽 다리는 구부러진 채로, 벤치 가장자리에 둔 발바닥에 몸을 기대고 있고, 마리 데몬의 하얀색 볼에는 두 개의 보라색 자국이 있는데, 이는 마치 눈꺼풀이 없는 눈처럼 보인다. 발레리 보르주는 말하면서 이런저런 몸짓을 한다. 그가 뭐라고 하는지는 들리지 않는다. 드니즈 코스가 샌드위치를 다 먹었다. 그가 호두를 밟으면서 껍질을 까느라고 우리는 걸음을 멈춘다. 발레리 보르주는 목 주위에 꼼꼼하게 둘리고, 검은색 블라우스 깃 사이로 빠져나온 빨간색 모슬린 목도리를 풀고 있다. 카트린 르그랑은 운동장 혹은 이곳저곳을 왔다 갔다 하면서 발레리 보르주를 계속 바라보는데, 걷고 있을 때도 혹은 드니즈 코스가 한 말에 그래 혹은 아니라고 고갯짓을 하면서 대답을 할 때조차도 그렇다. 발레리 보르주는 말하면서 고개를 뒤로 젖히는데, 맨살이 드러난 목이 휘어지는 것이 보이고, 갑상샘이 있는 곳이 불룩 튀어나온 것이 보인다. 발레리 보르주는 어떤 음절을 발음할 때 입술을 벌리는데, 그럼 그의 이와 분홍빛 잇몸이 보인다. 이제 그가 눈꺼풀을 내리깔고 아무 말도 하지 않는 것이 보인다. 안마리 브뤼네가 웃기 시작한다. 카트린 르그랑은 그가 발레리 보르주의 손을 잡고, 잡은 두 손으로 흔드는 것이 보인다. 발레리 보르주가 다시 이야기를 시작한다. 그는 앞을 바라보고 있는데, 절반은 정원의 흙을, 절반은 아무것도 보지 않고 있다. 발레리 보르주는 카트린 르그랑을 쳐다보지 않는다. 그래서 카트린 르그랑은 발레리 보르주가 있는 무리로 다가가고, 드니즈 코스도 따라온다. 발레리 보르주가 말하는 것이 들린다, 미상과 르리위르가 떠나기 전에 굴뚝에 밀어 넣은 시체가 불을 가로지르며 방 가운데에 떨어지고 말아. 그의 볼에서는 검고 나쁜 냄새가 나. 오르피르와 레니는 소리를 지르는 동시에 자리에서 벌떡 일어나고, 창백해지고, 몸을 피하고자 방을 가로질러 달려. 발레리 보르주는 드니즈 코스와 카트린 르그랑이 합류해서 그를 둘러싼 무리가 커진 것을 알아채지 못한다. 카트린 르그랑은 신발로 바닥에 구멍을 파고, 블라우스 주머니에 손을 집어넣고, 카트린 르그랑은 그중 한 손으로 손수건을 잡고 만지작거리기 시작하고, 주머니에서 꺼냈다가, 찢어질 때까지 사방으로 잡아당긴다. 발레리 보르주는 하고 있던 얘기를 계속하고, 방으로 다시 돌아온 오르피르와 레니는 시체를 다시 찾지 못하고, 그들과 함께 있던 사람들은 방과 굴뚝을 살펴보지만, 헛수고일 뿐이라고 얘기한다. 카트린 르그랑이 드니즈 코스에게 베로니크 르그랑을 찾으러 갈 것이라고 말하지만 그는 움직이지 않는다. 카트린 르그랑은 그를 바라보지 않는 발레리 보르주를 바라본다. 자유시간은 이렇게 지나간다, 안마리 브뤼네 소피 리외 마리 데몬 마리조세 브루가 발레리 보르주 곁에서 이야기를 듣고, 역시 곁에 있는 카트린 르그랑은 드니즈 코스에게 몇 번이나 베로니크 르그랑을 찾으러 갈 것이라고 하지만 그 자리에서 움직이지 않고, 그러다 결국 카트린 르그랑은 무리를 떠나 운동장을 가로질러 지붕 덮인 운동장에 있는 베로니크 르그랑에게 다가가고, 몸을 살짝 돌리자 안마리 브뤼네가 발레리 보르주의 손을 놓은 다음 종을 울리기 위해 운동장을 가로질러 가는 것이 보인다. 나는 오포포낙스다. 당신처럼 항상 그를 건드려서는 안 된다. 만약 아침에 머리를 빗기가 힘들다면, 놀랄 필요는 없다. 그는 도처에 있다. 그는 당신의 머리카락 안에 있다. 당신이 잠을 자려고 할 때는 베개 밑에 있다. 오늘 밤, 그는 당신의 온몸을 간지럽게 해서 잠들지 못하게 할 것이다. 아침이 창 뒤에서 밝아오고, 내일 아침이 되면 당신은 창문틀에 앉아 있는 오포포낙스를 볼 수 있을 것이다. 당신은 그에게 편지를 써서 그것을 교실 피아노 뒤에 두면 된다. 나는 오포포낙스다. 발레리 보르주가 방금 그의 책상에서 발견한 종이를 여러 방향으로 돌려본다. 동그라미와 뾰족한 각으로 된 글씨는 이상해서 겨우 알아볼 수 있다. 편지가 주홍색으로 써진 것이 보인다. 카일뤼스 선생님은 발레리 보르주 쪽을 쳐다본다. 왼쪽 열에서 두 책상 멀리 떨어져 앉은 카트린 르그랑이 발레리 보르주를 쳐다본다. 카트린 르그랑은 발레리 보르주가 손에 들고 있고, 교실 곳곳에서 보이는 빨간색 글씨로 덮인 종이를 본다. 어쩌면 발레리 보르주는 일어날 것이고, 어쩌면 발레리 보르주는 카일뤼스 선생님께 책상에서 찾은 편지를 가져다줄 것이다. 카일뤼스 선생님은 머리카락을 땋아 뒤로 감아올렸다. 카일뤼스 선생님은 금속 재질로 둘러싸인 안경을 쓰고 있다. 카일뤼스 선생님이 수업을 할 때는 교실에 아무 소리도 들리지 않는다. 모두 그를 무서워하는데, 이유는 모르고, 그가 소리 지르는 것은 한 번도 들은 적이 없지만, 소피 리외 안 제를리에 마리 데몬과 다른 아이들은 카일뤼스 선생님이 아주 고약한 사람이라고 말한다. 카트린 르그랑은 붉은색으로 가득한 종이를 손에 들고 있는 발레리 보르주를 바라본다. 그는 그것을 버리거나 뭐가 되었든 조치를 취해야 할 것인데, 카일뤼스 선생님이 의자에서 움직이고, 카일뤼스 선생님이 계속 발레리 보르주를 주시하기 때문이다. 카트린 르그랑은 카일뤼스 선생님의 안경알이 빛을 반사하며 그의 눈을 선명하게 관찰하지 못하게 함에도, 카일뤼스 선생님이 발레리 보르주를 감시하고 있다는 것을 안다. 어쩌면 발레리 보르주는 일어나서 카일뤼스 선생님에게 책상에서 발견한 종이를 가져다 보여줄 것이다. 발레리 보르주가 고개를 든다. 발레리 보르주는 서둘러 손안에 든 종이를 집어 든 교재 안에 집어넣고, 그의 뒤 긴 의자에 포개져 있는 책가방에 다시 넣는다. 발레리 보르주는 지난 주일 설교에서 원장 수녀님이 개인적인 서신 교환은 정학의 이유가 될 수 있다고 했음에도 불구하고 받은 편지를 간직한다. 카일뤼스 선생님은 다른 방향으로 고개를 돌린다. 카트린 르그랑은 발레리 보르주 열에서 오른쪽으로 두 책상 멀리 앉은 도미니크 뷔르스를 바라본다. 도미니크 뷔르스는 펼쳐진 가피오*에 올려진 왼쪽 팔에 몸을 기대고 있다. 도미니크 뷔르스는 연습장에 글씨를 쓰고 있다. 글씨 쓰는 것을 멈추면 머리카락이 잠시 흔들린다. 곱슬머리는 짧아서 뒷덜미를 드러내고, 앞에서 보면 그는 망루의 안티노우스†의 모습을 하고 있고, 우리는 얼굴 곳곳에 꿀 빛 같은 것이 나는 그를 바라본다. 발레리 보르주가 그의 뒤에 있는 책가방에서 무엇인가 찾고 있는 것이 보인다. 오포포낙스가 적힌 종이다. 그는 그것을 뒤집었다가 다시 앞으로 뒤집어 읽기 시작한다. 카일뤼스 선생님이 발레리 보르주를 쳐다본다. 하지만 교탁의 높이를 고려하더라도 그가 발레리 보르주가 읽고 있는 종이를 발견하는 것은 불가능하다. 가장자리는 책 단면에 끼워져 있고, 그 위로는 프랑스어 사전과 가피오가 있다. 카일뤼스 선생님이 의자 위에서 움직인다. 그가 일어나려고 하는 것이 보

* 라틴어 사전

† 고대 로마 황제 하드리아누스의 총애를 받은 그리스인 청년

이는데, 그의 한쪽 다리가 뻣뻣하기 때문에 시간이 좀 걸리고, 그가 일어나서 교단 계단을 내려오는 것이 보인다. 발레리 보르주는 고개를 든다. 발레리 보르주가 카일뤼스 선생님이 중앙 통로를 그가 최대한 빨리 걸을 수 있는 속도로 걸어오는 것을 본다. 발레리 보르주는 뒤에 있는 책가방에 서둘러 종이를 넣으려고 하고, 책상 위에 서둘러 연습장을 펼치려고 한다. 카일뤼스 선생님은 발레리 보르주 쪽으로 걸어온다. 카일뤼스 선생님은 발레리 보르주에게 읽고 있던 종이를 달라고 명령한다. 카일뤼스 선생님은 발레리 보르주 옆에 멈춰서 그를 쳐다보기 시작하고, 책상과 책을 살펴보고, 발레리 보르주를 바라본다. 발레리 보르주는 뚜껑이 벗겨진 볼펜을 손에 들고 기다린다. 카일뤼스 선생님은 한동안 발레리 보르주를 바라본다. 카일뤼스 선생님은 교탁 쪽으로 돌아가는데, 그가 중앙 통로를 힘겹게 걷는 것이 보인다. 카트린 르그랑은 갑자기 배가 아파서, 나가도 되는지 허락을 받으려고 일어난다. 교재에서 찾은 시 구절을 외우며 높게 자란 풀밭을 걷는다, 자연은 경건한 침묵 속에서 너를 기다리고, 풀은 네 발치에서 저녁 구름을 일으킨다.* 햇볕이 볏과 풀 머리를 비스듬히 비추고, 햇살이 그사이를 지나가고, 풀은 아래서부터 비치고, 황토색 그림자 혹은 풀대 사이, 머리 사이, 가끔은 그것을 감싸고 있는 잎집 사이

* 알프레드 드 비니의 시 「목자의 집」의 구절

에 있는 공간이 보인다. 바닥 가까이에 빛이 넓게 드리워 있다. 풀과 꽃은 마치 물이 차오르고 있는 것처럼 축축하다. 냄새가 난다. 카트린 르그랑은 이렇게 마지막 빛에 비쳐 보이는 풀의 이름을 모른다. 대부분의 풀은 잡초다. 그들 중에는 기다란 모양을 가진 것들이 있고, 머리를 구성하는 부분은 뾰아진 모양을 하고 있고, 그것을 이로 깨물어보면 단단하다. 어떤 것들은 귀리처럼 서로 간격이 벌어져 있지만, 열매를 감싸고 있는 잎집은 더 작고 더 벌려져 있고 더 수가 많다. 솜털이 난 것 같은 암술을 가진 것들도 보인다. 다른 암술은 분홍색이다. 단순한 풀도 있다. 납작한 풀들도 있고, 산형화서(繖形花序)도 있다. 그곳에서 달리면 풀들이 맨다리를 때린다. 카트린 르그랑은 입술에서 피가 나는데, 뛰면서 보지도 않고 뽑은 풀 때문이고, 가장자리는 날카롭고, 풀 양쪽에는 다른 초록색보다 밝은색의 솜털이 나 있는데, 너무나도 작은 나머지 그것을 보기 위해서는 풀을 눈 가까이에 가져다 대야 한다. 카트린 르그랑은 자기 이름을 있는 힘껏 크게 소리친다. 카트린 르그랑이 들리고, 목소리가 울려 퍼지고, 언덕에서도 그것을 들을 수 있고, 사람들은 일어날 것이고, 서서 전진할 것이고, 언덕에 있는 군대는 행진을 시작할 것이고, 곳곳에서 들리는 고함 쪽으로 향할 것이다. 카트린 르그랑은 음절을 길게 발음하고 억양을 붙이고 같은 이름을 여러 번 시작하면서 다른 아이들의 이름을, 마르그리트마리 르모니알 안마리 브뤼네 소피 리외를 부르기 시작한다. 카트린 르그랑은 자기 반에 있는 학생들의 이름을 부르기 시작한다. 카트린 르그랑은 자기 반에 있는 학생들의 이름을 여러 번 외치지만, 발레리 보르주의 이름은 부르지 않는다. 언덕 위에 있는 사람들은 다시 잠자리에 들었다. 카트린 르그랑은 풀잎이 다리를 때리지 않도록 그 위로 폴짝폴짝 뛰면서 달리기 시작한다. 누군가 카트린 르그랑에게 만약 제자리에서 점프해서 공중에 잠시 떠 있을 수 있다면, 지구는 그동안 그 밑에서 자전할 것이고, 그러면 그는 같은 자리에 착지하지 않을 것이라고 말한 적이 있다. 이는 여행할 수 있는 방법의 하나다. 카트린 르그랑은 최대한 높이 뛰고, 공중에서 주먹을 쥐고 최대한 버틴다. 이 높이에서는 마치 걸리버나 골리앗이 된 것 같지만, 우리는 같은 자리에 착지하게 되는데, 어쩌면 지구는 충분히 빨리 자전하지 않는지도 모른다. 카트린 르그랑은 뛰지 않고 걷는다. 개양귀비는 각기 다른 모습을 하고 있는데, 몇몇은 아직도 햇볕 안에 있어서 주위로 붉은색 빛을 반사하고, 데이지는 머리를 같은 방향으로 향하지 않고, 몇몇은 서로 다른 사선을 따라가며 휘어 있고, 몇몇은 곧게 뻗어 있는데, 들판은 데이지 때문에 하얀색이다. 카트린 르그랑이 도착한 들판 끝은 풀이 베어져 있다. 오늘 베어진 풀은 초록색 더미를 이루고 있는데, 그 사이로 아직 시들지 않은 꽃이 보인다. 더 멀리에는 말린 풀 더미가 있다. 건초 더미에 머리를 올린 채 바닥에 눕는다. 뺨이 풀 끝에 쓸리고, 낫으로 잘린 날카로운 줄기에 찔린다. 머리는 건조한 곳에 닿아 있지만, 몸통과 팔다리는 축축한 바닥 위에 기대어져 있다. 개가 짖는 소리가 들린다. 아무 소리도 들리지 않는다. 풀은 움직이지 않는다. 공기는 아직도 뜨겁다. 해가 사라지고 있는 수평선 근처만 빼면 하늘에는 구름 한 점 없다. 카트린 르그랑은 건초 냄새에 취하고, 건초더미 이곳저곳으로 몸을 굴리고, 그 안에 머리를 박고 코를 킁킁댄다. 집이 한 채도 보이지 않는다. 암소들 암송아지들 황송아지들은 들판에 있지 않고, 외양간에 있다. 소 울음소리가 들리지 않는다. 모든 것이 멈춰 있다. 풀을 비추고 있던 빛이 사라진다. 들판의 군데군데에 아직도 빛이 머물러 있어서 그 주위가 어둡게 보인다. 카트린 르그랑은 일어나서 엄청나게 크고 가까이 보이는 해 방향으로 달리기 시작한다. 카트린 르그랑은 들판을 들리고, 심장이 뛰는 것을 느끼면서 달리고, 심장은 가슴에서 너무나도 세게 뛰는 바람에 그 소리가 들리고 갈비뼈에 부딪히는 것을 느낄 수 있을 정도이고, 카트린 르그랑은 해 쪽을 향해 달리고, 심장은 몸의 이곳저곳에 부딪히고, 관자놀이에, 눈앞에 맥이 뛰는 것이 느껴지고, 마치 안개 속에 있는 것 같고, 해 역시 박동하기 시작하고, 해 앞으로 지나가는 밀려오고 빨려 들어가는 피의 수축이 보이고, 해가 수평선에서, 사방으로, 카트린 르그랑의 몸을 통해 심장보다 더 세게 뛰는 것을 들을 수 있고, 그 소리는 너무 큰 나머지 머릿속에서 터져버리고, 심장과 해가 터져버리고, 카트린 르그랑은 풀 속에 얼굴을 박고 넘어지게 된다. 카트린 르그랑이 몸을 뒤로 돌리자 하늘에 더는 해는 보이지 않고, 풀 혹은 땀이 옷을 적시고, 바람이 한 점 불고, 나무가 바람에 흔들리는 것이 보이고, 짧게 베어진 풀밭에 바람이 느껴지고, 바람 소리가 들린다. 기숙사 침실의 중앙 통로에는 아무도 없고, 침대마다 솜이불은 둥그스름해져 있고, 모든 침대와 솜이불은 하얀색이다. 아랍 묘지에 와 있는 것 같다. 마루의 목재는 넓적하고, 중앙 통로에서 굽어 있고, 목재와 침대가 평행하게 놓인 것이 보이고, 벽의 군데군데가 창문 때문에 움푹 들어간 것이 보인다. 신발 밑창 아래에서 마루가 삐걱거린다. 천장에는 불이 켜진 전등이 달려 있다. 침실 끝에 있는 기숙사 사감의 관리실을 가리는 하얀색 천 뒤로, 희미한 전등 빛이 새어 나오는 것이 보인다. 우리는 탈의실로 들어간다. 도미니크 뷔르스가 낮은 창틀 위에 앉아 있다. 도미니크 뷔르스는 책을 읽으면서 파란색 골루아즈 담배를 피우고 있다. 카트린 르그랑은 탈의실 한가운데에 서 있다. 벽장은 닫혀 있고, 열쇠 구멍에는 열쇠가 꽂혀 있지 않다. 카트린 르그랑은 이 벽장이 누구 것인지 모른다. 옷걸이는 두 개만 빼면 비어 있는데, 그중 하나에는 검은색 블라우스가, 다른 하나에는 더러워 보이는 하얀색 샤워가운이 걸려 있다. 창밖으로 움직이지 않는 마로니에 한 그루가 보인다. 세면대가 벽에 붙어 있는 샤워실로 가려면 탈의실을 통해야 한다. 천장에서 떨어지는 빛 때문에 도자기 재질이 빛난다. 춥다. 시간이 늦었다. 다른 날 이 시간이면 불은 꺼져 있고 옷걸이는 가득 차 있다. 성 알렉산드르 수녀님이 오늘 밤에 기숙사를 감시할 것이다. 우리에게는 열한시까지 자유시간이 있다. 도미니크 뷔르스는 카트린 르그랑에게 담배 하나를 건넨다. 카트린 르그랑은 그 옆에 앉아 도미니크 뷔르스가 읽고 있는 책의 제목을 바라보는데, 카트린 르그랑이 한 번도 들어본 적 없는 책이다. 베로니크 르그랑과 카트린 르그랑은 옆에 나란히 놓인 침대를 배정받을 것이다. 침대에 누워 있을 때, 다른 침대에 있는 사람의 손을 잡을 수 있다. 베로니크 르그랑은 기숙사에 없다. 그는 교실에서 성 세례 요한 수녀님 옆에 남겨져 그림을 그리고 있다. 우리는 탈의실을 떠나 샤워실에서 이를 닦는다. 카트린 르그랑은 아침에 기숙생이 세수를 하는, 서로 나란히 배치된 세면대 앞에 있다. 벽은 북향이라 해가 들지 않는다. 열린 문으로 보이는 기숙사 침실은 크고, 저 끝에서 걷는 사람은 작아 보인다. 쉬잔 프라가 계단을 통해 기숙사에 도착하고, 그가 도미니크 뷔르스를 멀리서 부르는 소리가 들리고, 징이 박힌 구두 밑에서 마룻바닥이 삐걱거리는 소리가 난다. 쉬잔 프라는 카트린 르그랑과 함께 샤워실에 있고, 그는 얼굴을 씻기 시작하는데, 머리카락을 비틀어 꼬는 것이 보이고, 까맣고 젖은 머리카락이 목을 따라 그리고 뺨에 붙어 있다. 그는 바닥과 옆 세면대에 물을 튀긴다. 그의 뒤로 지나가던 카트린 르그랑은 몸이 젖는다. 우리는 도미니크 뷔르스 옆에 가서 앉기 위해 샤워실을 떠났는데, 쉬잔 프라가 누가 수건 좀 가져다 달라고, 자기 수건을 가져오는 것을 잊었다고 소리를 지른다. 탈의실 벽과 침실 벽은 높고, 아무 장식 없이 에나멜 도료로 칠해져 있다. 도미니크 뷔르스는 카트린 르그랑에게 신엘로이즈*를 빌려주려고 하는데, 그는 옷장에서 발뒤꿈치로 서서, 쌓여 있는 옷을 뒤지고, 스웨터를 끄집어낸 다음 찾고 있던 책을 발견한다. 쉬잔 프라가 계속 소리를 지르는 바람에 도미니크 뷔르스는 그에게 수건을 가져다주러 간다. 카트린 르그랑은 팔에 신엘로이즈를 끼고 침실을 이리저리 거닌다. 발레리 보르주의 침대는 안마리 브뤼네

* 장 자크 루소의 소설

침대 옆에 있고, 카트린 르그랑은 발레리 보르주 침대의 다른 쪽을 보는데, 그쪽에는 아무도 없다. 머리맡에 있는 작은 탁자 서랍에는 발레리 보르주가 사용하는 향수가 가득 뿌려진 손수건이 있다. 카트린 르그랑은 발레리 보르주의 접힌 손수건을 집어 든 다음 블라우스 주머니에 넣는다. 향기는 감미롭지만, 맛은 너무 쓰다. 카트린 르그랑은 침실을 이리저리 거닌다. 기분 좋거나 불쾌한 생각이 동시에 든다. 벽에서 튀어나온 부분 앞을 지나갈 때면 항상 발레리 보르주의 침대와 안마리 브뤼네의 침대가 나란히 붙은 것이 보인다. 베로니크 르그랑이 계단과 이어진 문을 통해 침실로 들어오는데, 성 세례 요한 수녀님이 그를 따라와 등을 떠밀고, 베로니크 르그랑이 들어오자 문을 닫는다. 카트린 르그랑은 그와 함께 걸으며 샤워실을 가리키고, 베로니크 르그랑이 이를 닦는 동안 세면대에 걸터앉는다. 조금 있으면 침실은 어두워질 것이다. 우리는 성 알렉산드르 수녀님이 오늘 밤을 보내게 될 관리실의 하얀색 천 밑으로 전구의 빛이 새어 나오는 것을 한동안 보게 될 것이다. 어쩌면 도미니크 뷔르스의 이불 밑으로 혹은 쉬잔 프라의 이불 밑으로 도미니크 뷔르스나 쉬잔 프라가 천장에 동그란 전등 빛을 비추지 않도록 조심할 동안에, 손전등이 책의 문장을 따라 왔다 갔다 하는 것을 볼지도 모른다. 침실에 있는 모든 사람이 잠들 것이기에, 혹은 정원에서부터 어떠한 빛도 비치지 않을 것이기에, 아무것도 보이지 않게 될 것이다. 어두워질 것이다. 새벽이 돼서야 창문틀에 앉아 있는 오포포낙스의 형태를 보게 될 것이다. 나는 오포포낙스다. 발레리 보르주, 너는 그를 우습게 생각하지. 어쩌면 겁이 나서 너에게 보내는 편지에 답장을 안 하는 걸지도 모르지. 오늘도 마찬가지야, 그의 힘이 얼마나 센지 두고 봐, 그를 거스르면 어떤 값을 치러야 하는지. 나는 오포포낙스다. 발레리 보르주는 책상 뒤에서 이제는 잘 알고 있는 글씨로 써진 오포포낙스 종이를 읽는다. 카트린 르그랑은 공책에 무엇인가를 쓰기에 바쁜 안마리 브뤼네가 아무것도 눈치채지 못한 것을 확인하고, 멀리서 발레리 보르주가 읽고 있는 종이를 바라본다. 발레리 보르주는 책상 뚜껑 뒤에서 머리를 쭉 내밀고, 교실에서 나는 웅성거림을 듣는다. 몇몇 학생이 일어난다. 마리엘 발랑은 무슨 일이냐고 묻는 발레리 보르주에게 창문을 보여준다. 발레리 보르주는 불길을, 그리고 다른 불길이 건물에 인접한 벽 오른쪽에서 나와 창문을 가로질러 가는 것을 보고, 발레리 보르주는 책상 뚜껑을 닫는다. 창문에 가까이 있는 학생들은 일어난 채로 무슨 일이 일어나고 있는지 보려고 앞으로 향했다가, 불꽃이 다시 일면 뒷걸음을 친다. 둘리에 선생님은 교실을 조용히 만드는 데 성공하고, 학생들에게 모두 자기 자리에 앉아 떠들지 말라고 명령한다. 둘리에 선생님은 이렇게 흥분할 필요가 없는 일이라고, 불길은 근처 대장간에서 나는 것이라고, 조금 있으면 멈출 것이라고, 이는 융해된 금속을 건드리면 생기는 현상 때문이라고 설명한다. 하지만 불길은 계속 규칙적으로 나타나고, 점점 길어져서 이제는 창문의 면적을 거의 덮을 정도다. 현재로서는 불이 대장간에서 나온 것인지 아니면 우리가 있는 건물에서 나는지 알 도리가 없다. 둘리에 선생님은 이제 교실을 조용하게 만들지 못한다. 책상 뚜껑은 열려 있다. 몇몇 학생은 긴 의자에 서 있고, 몇몇 학생은 문 근처에 서 있다. 창문 앞을 지나가는 불이 내는 화르르 소리가 들린다. 둘리에 선생님은 교실에서 학생들을 운동장으로 내보낸다. 우리는 복도를 지나 계단으로 내려간다. 천주의 성 요한 수녀님은 학생들에게 불이 멈췄으니 라틴어 수업을 시작해도 된다고 말한다. 천주의 성 요한 수녀님은 학생들이 겁에 질려서 중단된 이유로 라틴어 수업을 십분 까먹었다고 말하고, 천주의 성 요한 수녀님은 요란법석 떨 것 없다고, 가마 아니면 과열된 주조기 때문이라고 말한다. 나는 오포포낙스다. 이 경고가 당신에게 충분할지도 모르겠다. 당신과 반 전체의 운명은 그에게 달려 있었다. 이제 편지에 응답하라. 나는 오포포낙스다. 발레리 보르주가 새 오포포낙스 종이를 읽는다. 카트린 르그랑은 그가 앉은 자리에서 붉은색 글씨를 바라본다. 발레리 보르주 옆에 앉은 안마리 브뤼네는 뭔지 보려고 몸을 기울이지만, 발레리 보르주는 종이를 예전 편지들을 모아둔 곳에 정리한다. 발레리 보르주는 그가 앉은 긴 의자에서 차분히 앉아 있지 못하고, 가끔 뒤를 보려고 몸을 돌린다. 카트린 르그랑은 천주의 성 요한 수녀님을 보고 있다. 우리는 quod에 의해 삽입된 보어절을 배우고 있다. 천주의 성 요한 수녀님은 접속사 quod가 사실을 의미한다고 설명한다. 그것이 이끄는 절은 존재하는 사실을 표현하고, 이와 같은 이유로 동사를 직설법으로 써야 한다. 우리는 공책에 천주의 성 요한 수녀님이 칠판에 쓰는 예문을 적는다,
praetereo quod se pulchrum cogitat
나는 그가 자신을 아름답다고 생각한다는 사실을 지나친다. 발레리 보르주는 안마리 브뤼네가 라틴어 문장 전에 무엇을 썼는지를 보려고 그의 오른쪽 팔 너머로 몸을 기울인다. 안마리 브뤼네가 그의 귀에 무슨 말을 속삭인다. 발레리 보르주는 고개를 흔들며 아니라고 대답한다. 그러자 안마리 브뤼네는 그에게서 등을 돌리며 공책에 쓴 것을 보지 못하게 가리고, 발레리 보르주는 안마리 브뤼네의 팔꿈치 밑으로 공책을 잡아당기려고 한다. 안마리 브뤼네는 의도하지 않았지만 큰 소리를 내며 저항한다. 천주의 성 요한 수녀님은 그들이 있는 쪽을 바라본

다. 안마리 브뤼네는 천주의 성 요한 수녀님이 발레리 보르주에게 나가라고 명령하자 얼굴이 빨개진다. 안마리 브뤼네가 일어나서 말한다, 수녀님 제 잘못이에요. 원장 수녀님이 교실에 들어온다. 성 율리오 수녀님이 일어난다. 다들 긴 의자 옆에서 일어나는 동안 원장 수녀님이 중앙 통로를 걸어간다. 책상 뚜껑이 닫히는 소리가 들린다. 니콜 마르는 책을 한 권 떨어뜨린다. 긴 의자 옆 바닥에 놓인 책가방 안에 그의 발이 걸려 있는 것이 보인다. 원장 수녀님이 무엇인가 성 율리오 수녀님에게 말하자 그는 고개를 끄덕이고, 원장 수녀님은 학생들에게 몸을 돌리고 안 제를리에 마리 데몬 안마리 브뤼네에게 면회실로 오라고 말한다. 원장 수녀님이 말한다, 다들 앉으세요. 안 제를리에 마리 데몬 안마리 브뤼네는 짐을 챙기기 시작한다. 원장 수녀님과 성 율리오 수녀님이 이야기를 나누는 중인데, 무슨 말을 하는지는 들리지 않는다. 원장 수녀님이 떠나려고 하자 다들 일어나는데, 원장 수녀님이 앉아 있으세요, 라고 말하고 그래서 다들 다시 앉는다. 마리조세 브루는 대체로 동작이 굼뜬데, 우리가 이미 앉아 있을 때 일어나는 바람에 성 율리오 수녀님이 그에게 다시 앉으라고 말한다. 마리엘 발랑은 원장 수녀님 대신에 문을 열고 그가 나가자 다시 문을 닫는다. 운동장에 오가는 사람들이 있다. 우리가 알지 못하는 학생들의 모부인데, 여자들은 검은색 옷을 입었고 남자들은 모자를 썼다. 안 제를리에 마리 데몬 안마리 브뤼네는 교실을 떠난다. 성 율리오 수녀님이 마리조세 브루에게 안마리 브뤼네를 대신해서 종을 울리라고 말한다. 그가 종을 잘 못 치는 것이 티가 나는데, 추는 여러 번 종을 긁다가 마지막에 가서야 결국 선명한 소리를 낸다. 운동장을 떠나는 학생들이 보이고, 떠나면서 블라우스를 벗는 것이 보인다. 열린 중앙문으로 푸아스* 냄새가 풍겨온다. 마을 축제가 있는데, 이리저리 움직이는 사람들로 길은 발 디딜 곳이 없다. 암소 무리, 수소 무리가 지나가는 것이 보이는데, 모두 같은 붉은색을 띠고 있고, 수레가 달린 것이 보이고, 남자들이 가축을 앞으로 나아가게 하려고 소리를 지르는 것이 들리고, 어떤 사람들은 밀짚모자를 쓰고 있고, 어떤 사람들은 버드나무로 엮은 직사각형 바구니를 들고 있고, 어떤 사람들은 주름이 있는 블라우스를 입고 있는데 이들은 마필과 가축 매매상이고, 그들은 무리를 지어 다니고, 보랏빛 뺨과 울퉁불퉁한 지팡이를 통해 그들인 것을 알아볼 수 있다. 푸아스를 만들 때 들어가는 재료인 오렌지 꽃향기가 마을에 퍼진다. 빵집에서는 밤새 푸아스를 구웠고, 이 냄새는 이제 가축 냄새에 섞인다. 움직이면서 나는 소리가 학교 운동장까지 들려온다. 염소 울음소리, 소 울음소리, 발이 묶인 채 옆

* 가운데가 뚫리고 위에 설탕이 뿌려진 커다란 빵

으로 누운 닭이 우는 소리. 학생들은 운동장을 서성거리고, 정문 근처에서 무리를 지어 있고, 면회실과 운동장 사이로 왔다 갔다 하는 사람들이 보이고, 발레리 보르주 소피 리외 쉬잔 프라 마리조세 브루는 축제가 열리고 있으니 모두에게 휴가를 줘야 한다고 큰 소리로 말한다. 드니즈 코스는 불공평하다고, 모부님이 데리러 온 몇몇 학생만 휴가를 가는 것은 옳지 않다고 말한다. 무리는 점점 커지고, 기숙생이 모이고 거기에 곧 통학생이 합류한다. 큰소리로 항의하는 것이 들리고, 열기가 모두를 장악하고, 학생들이 여기에서 저기 무리로 왔다 갔다 하고, 결국은 일렬 행렬을 만들더니, 노래하기 시작한다, 아 여기서는 지루해 죽겠네, 아 여기서는 지루해 죽겠네, 아 여기서는 지루해 죽겠네, 여기는 지루해, 여기는 지루해, 여기는 지루해. 학생들은 서로 서로 어깨동무를 하고 노래를 부른다. 우리는 모두 동의하고, 파업하는 데 아무도 이견이 없고, 취하는 없을 것이라고 결정하기 위해 잠시 멈춘다. 우리는 운동장을 걸으면서 소리를 지르고, 군중이 내는 소리를 내고, 박자에 맞춘다, 우리는 파업 중, 휴가를 달라. 우리는 그렇게 면회실 앞에 도착한다. 모두 모여서 소리를 지르고 원장 수녀님을 부르는데, 얼마 후 그가 나타나서 두 손으로 난간을 잡는다. 조용해진다. 우리는 서로 쳐다본다. 누군가 말하기를 기다린다. 원장 수녀님이 학교 곳곳에서 들리는 이 소란의 원인이 무엇인지 누가 설명해달라고 한다. 하지만 아무도 말하지 않다가 속삭이는 소리가 들리더니 아까 소리를 지르면서 말하던 파업, 휴가, 축제라는 단어들이 분명히 들리고, 이후 동시에 모든 목소리가 커진다. 원장 수녀님은 움직이지 않고 소란이 잠잠해지길 기다린다. 그가 말할 수 있을 때가 되었을 때 그가 말하는 것이 들린다, 학생 여러분 이건 바람직하지 않은 행동이에요, 그가 원래 의도는 모든 학생에게 오후 동안의 자유시간을 주려고 하는 것이었지만, 현재 상황으로서는 논의될 문제가 아니라고 말하는 것이 들리고, 오후는 자습실에서 보내게 될 것이라고 말하는 것이 들리고, 모두 보충 자습을 하게 될 것이라고 말하는 것이 들리고, 이 폭동의 책임자가 스스로 나오지 않으면 모든 기숙생이 앞으로 네 번의 일요일 동안 보충 자습을 하게 될 것이라고 말하는 것이 들린다. 원장 수녀님이 난간에서 손을 떼고 안으로 들어간다. 아기 예수 수녀님이 뛰어나와 마리 조세 브루에게 가서 종을 울리라고 시킨다. 우리는 면접실 앞에서 열을 지어 있다. 기숙생 몇 명이 고개를 숙이는 것이 보인다. 프레데리크 다르스가 면접실 위에 서서 고개를 끄덕이는 아기 예수 수녀님과 이야기 하는 것이 보인다. 프레데리크 다르스는 열로 가더니 다른 반에 있는 통학생들과 작은 목소리로 이야기한다. 그러더니 통학생 몇 명이 열을 떠나 그에게 합류해서 계단을 올라가는 것이 보이고, 그들이 아기 예수 수녀님 뒤로 가서 원장 수녀님 방으로 가는 것이 보인다. 우리는 네시 삼십분에 있는 자유시간에 오포포낙스 이야기를 한다. 모두 발레리 보르주 주변에 모여 있다. 발레리 보르주가 이제는 겁이 난다고 말한다. 카트린 르그랑은 그를 비웃는다. 우리는 누가 오포포낙스인것 같은지 교실을 살펴본다. 니콜 마르가 말한다, 오포포낙스는 바로 나야, 그러자 모두 그를 바라본다. 하지만 아무도 그를 믿지 않는데 그는 큰 소리로 웃기 시작하고, 팔을 벌리고 오-포-포-낙스라고 소리를 지르며 뛰기 시작하기 때문이다. 두 운동장을 가르는 벽 근처에 서 있는 아기 예수 수녀님이 손을 흔들면서 그에게 신호를 보낸다. 노에미 마자는 발레리 보르주 주위에 있는 마리엘 발랑 소피 리외 로랑스 부니욜 쥘리엔 퐁 마리 데몬 안 제를리에 드니즈 코스안마리 브뤼네 마르그리트마리 르모니알 마리조세 브루카트린 르그랑을 바라본다. 노에미 마자는 무슨 일이 벌어지는지 보려고 온다. 그는 등이 파인 블라우스 자락을 펄럭이면서 걷는다. 그가 도착하자 누가 오포포낙스인 것 같은지 그의 생각을 묻는다. 발레리 보르주는 그가 받은 편지를 보여준다. 노에미 마자는 세 번째 편지를 읽다가 고개를 드는데, 운동장 안쪽에서 손으로 공을 때리는 소리가 들리기 때문이다. 쉬잔 프라 가브리엘 뮈르토 나탈리 드뢰가 배구를 시작했다. 그러자 노에미 마자는 오포포낙스 종이를 발레리 보르주의 손에 놓는데, 그중 날아가는 한 장을 발레리 보르주가 잡고, 노에미 마자는 배구 네트 방향으로 뛰어가는 것이 보인다. 드니즈 코스가 말한다, 오포포낙스는 카트린 르그랑이야. 안마리 브뤼네 발레리 보르주 마리엘 발랑 소피 리외 쥘리엔 퐁 마리 데몬 안 제를리에 로랑스 부니욜 마르그리트마리 르모니알 마리조세 브루는 카트린 르그랑 쪽으로 몸을 돌려 그를 바라본다. 카트린 르그랑은 얼굴이 새빨개지고 아니라고 손짓을 하고 웃음을 터뜨리는데, 그를 바라보던 발레리 보르주가 말한다, 아니 카트린 르그랑은 아니야. 마르그리트마리 르모니알이 누가 오포포낙스인지 알 때까지 모두를 고문하면 되겠다고 말한다. 마리엘 발랑 니콜 마르 그리고 또 한 사람, 아마도 드니즈 코스가 그것이 좋은 생각이라고 말한다. 발레리 보르주가 그렇다면 이 생각을 낸 것은 마르그리트마리 르모니알이니 그부터 시작하면 되겠다고, 하지만 사실 그건 좋은 생각처럼 보이지 않는데 다들 자기가 오포포낙스라고 할 것이기 때문이라고 말한다. 아기 예수 수녀님이 우리가 무슨 얘기를 하는지 들으려고 무리 쪽으로 다가온다. 마리엘 발랑 드니즈 코스 안 제를리에게 가려진 발레리 보르주는 주머니 속 손수건 안에 오포포낙스 편지를 숨길 시간이 있다. 아기 예수 수녀님이 우리가 하는 얘기를 들을 수 있을 정도로 충분히 가까워지자 우리는 발레리 보르주가 들려주는 이야기에 관해 얘기하는 척을 한다. 마리조세 브루는 자기가 오피르와 레니였다면 그렇게 겁을 먹지는 않았을 것이라고, 시체는 아무도 헤칠 수 없다고 말하고, 마리조세 브루는 무장을 한 남자가 굴뚝에서 나와 방에 있는 사람들을 향해 총을 쏘는 이야기를 하고, 그러자 모두 동시에 말하기 시작하고, 팔짱을 낀 아기 예수 수녀님은 고개를 흔들면서 웃는다. 누군가 남자는 무섭지 않지만 유령은 다른 얘기라고 말하는 것이 들리고, 누군가 이건 오포포낙스와 다르다고 말하는 것이 들리고, 다들 입을 다물고 드니즈 코스를 바라보기 때문에 이 말을 한 것은 그일 테지만, 다행히 아기 예수 수녀님은 아무것도 듣지 못했다. 나무 위에 앉은 카트린 르그랑은 교실 피아노 뒤에 발레리 보르주가 남긴 쪽지를 몇 번이고 읽는다. 발레리 보르주는 오포포낙스에게 그를 공적인 화젯거리로 만들어서 미안하다고 사과하고, 다시는 그러지 않겠다고, 오포포낙스는 자기라고, 발레리 보르주라고 말할 것이라고, 그러면 아무도 더는 이를 신경 쓰지 않을 것이라고, 그가 저지른 실수에도 불구하고 계속 편지를 주고받기를 원한다고 쓴다. 카트린 르그랑은 나무 갈래에 엉덩이를 대고 앉아서 큰 가지를 따라 몸을 눕힌다. 떡갈나무 잎 사이로 하늘이 보인다. 어떤 잎은 하늘색에 대비되서 선명히 드러나고, 들쭉날쭉한 가장자리가 보인다. 카트린 르그랑은 그가 있는 곳에서 고개를 돌리면 하천을 볼 수 있다. 하천은 커다란 돌과 그 사이에서 자라는 나무, 느릅나무와 포플러나무로 가득하다. 물이 흐르는 소리와 바위 주위로 이는 소용돌이 소리가 끊임없이 난다. 카트린 르그랑은 눈을 감는다. 교실에서 발레리 보르주는 카트린 르그랑이 마치 우는 것처럼 혹은 자는 것처럼 팔에 머리를 대고 엎드려 있는 것을 본다. 카트린 르그랑이 머리와 왼쪽 팔 틈으로 몰래 지켜보고 있는 발레리 보르주가 그에게 말하려고 한다. 카트린 르그랑은 그가 보이지 않는 척한다. 발레리 보르주는 종잇조각에 무엇인가 적는다. 얼마 후 카트린 르그랑의 등에 누가 지우개를 던진다. 몸을 세우자 발레리 보르주가 그에게 측면 통로에 던져진 편지를 주우라는 신호를 한다. 카트린 르그랑이 눈을 떴을 때 그는 잠에 들었던 듯한 느낌을 받았는데, 빛이 달라졌기 때문이다. 아까 투명하던 물은 이제 하늘의 푸르스름한 색을 띠고 있고, 나무는 주황색 빛이 도는 황갈색과 연분홍색이다. 카트린 르그랑은 나무에서 내려가 풀밭위에 올려둔 책가방에서 책을 한 권 꺼낸다. 내일을 위해 라틴어 예습을 해야 한다. 카트린 르그랑은 게오르기카*의 구절을 처음부터 끝까지 천천히 읽는다. 이해가 잘 되지 않는다. 가끔 프랑스어의 한 단어 혹은 여러 단어와 어원이 비슷하기 때문에 라틴어의 단어 혹은 어군이 익숙하게 느껴지지만, 책 아래에서 찾아볼 수 있는 주석으로 옮겨가면 그것이 오히려 헷갈리게 만들고, 학생을 속이고, 가짜 실마리를 주려고 거기에 있는 이유가 아니고서야, 우리가 하나도 이해하지 못했다는 것이 분명해진다. 라틴어 글을 예습할 수 없다는 것이 확실해지는데, 너무 무거워진다는 변명을 하며 책가방에 넣지 않았던 사전 없이는, 문법책 없이는 도저히 불가능하기 때문이다. 카트린 르그랑은 천주의 성 요한 수녀님이 예습하라고 준 구절을 다시 읽으며, 그가 이해한 두 구절을 분리한

restitit, Eurydicenque suam, jam luce sub ipsa, immemor, heu! victusque animi respexit

다, 그는 에우리디케를 보려는 욕망에 대항해 오랫동안 자신과 싸웠다. 하지만 결국 그는 열정에 굴복하는 바람에 그에게 내려진 명령을 잊고 말았다. 490행 그리고 대부분의 491행이다. 공책에 490, 491, 4권이라고 적는다. 이 구절의 전 페이지에는 저부조로 표현된 에우뤼디케 쪽으로 몸을 돌려 손을 잡은 오르페우스가 있고, 그들의 머리와 둥그런 뺨은 서로 닮았고, 목은 서로를 돌아보기 위해 같은 곡선을 그리고 있으며, 에우뤼디케 손 근처에 있는 오르페우스의

* 고대 로마의 시인 베르길리우스의 농경시

팔은 그의 가슴 한쪽 앞에 새겨 있다. 에우뤼디케는 페플로스*를 입고 있고 오르페우스는 망토의 일종을 걸치고 있는 것이 보인다. 485행을 읽을 때가 오면 라틴어 수업의 진행 상황에 주의를 기울여야 하고, 수업에 참여하기 위해서는 손을 들어야 한다. 천주의 성 요한 수녀님은 처음에는 손을 든 것을 못 본 척하다가 몇 행을 읽고 나면 카트린 르그랑 계속하세요, 라고 말할 것이고, 그러면 적당한 순간에 이렇게만 말할 것이다, 싸웠고, 기타 등등(restitit, et cetera). 우리는 오늘 공부를 하지 않을 것이다. 책가방을 닫는다. 카트린 르그랑은 하천 위에 사선으로 기울어진 사시나무를 기어오른다. 큰 가지들은 거의 하류 근처까지 닿고, 물 표면과 평행을 이루면서 하천 쪽으로 기울어져 있는데, 이쪽에서 나무가 더 자랐기 때문이다. 그중 한 가지 위에 배를 대고 한동안 흐르는 물을 바라보고 있으면 물에 빨려 들어가는 기분이 들고, 그래서 가지를 더 세게 껴안거나, 아니면 그 근처를 돌면서 몸을 맡기고, 마치 물에 빠지려는 것처럼 고개를 아래로 떨어트리고, 물과 자기 사이에는 아무것도 없다는 것을 확인하고, 다리를 늘어뜨리고 반동을 받아 가지 주위에 다시 두르고, 다리를 다시 뻗고, 기어오르고, 배를 대고 눕고, 물이 흐르는 것을 바라본다. 사시나무 잎은 길고 유연한 가지에 매달려 있는데, 바로 이런 이유로 그렇게 움직이는 것

* 고대 그리스 여성들이 입던 주름 잡힌 긴 상의

일 테다. 머리 아주 가까이에 갈색 플러시 천처럼 보이는 나무의 꽃이 매달려 있는 것이 보인다. 베로니크 르그랑이 하천의 바위에서 바위로 폴짝폴짝 뛰며 다가오는 것이 보인다. 잠시 후, 그는 멈추고 몸을 기울이고, 납작한 돌 위에서 천천히 건더니, 큰 바위 뒤로 가서 더는 보이지 않게 된다. 우리는 베로니크 르그랑에게 합류하기 위해서 나무 아래로 내려가려고 서두르다가 무릎 허벅지 다리를 나무껍질에 긁히고 만다. 우리는 뛰면서 베로니크 르그랑이 사라진 곳을 동시에 바라본다. 비가 오면 회색으로 보이는 돌들은 해가 떠 있을 때는 아침에는 파란색, 오후에는 분홍색, 저녁에는 파란색으로 보인다. 베로니크 르그랑 근처에 도착하니 그가 튀어나온 바위 구멍에서 뱀이 똬리를 트는 것을 혹은 튼 똬리를 푸는 것을 관찰하는 것이 보인다. 뱀의 색깔이 보인다. 베로니크 르그랑은 뱀이 물에서 나오거나 혹은 들어가는 것처럼 보이는 곳을 따라가며 앞으로 나아가거나 뒤로 물러난다. 우리는 뱀이 똬리를 푸는 모습을 완전히 보고 싶어서 떨어진 나뭇가지를 주워 구멍 위에 나무 끝을 집어넣으면서 돌의 빈 곳을 뒤적이지만, 뱀은 구멍으로 나오지 않고, 뱀은 그 안에서 계속해서 몸을 말거나 몸을 푼다.

우리는 이야기한다, 내 아이여, 내 누이여, 그곳에 함께 살러 가는 그 기쁨을 꿈꾸어라! 너를 닮은 그 나라에서 한가롭게 사랑하고 사랑하다 죽고 지는 기쁨을!* 우리는 마로니에에서 슬픈 냄새가 나고, 피나무의 초록색만 보이는 개학은 없다고 이야기한다. 우리가 있는 무리에서 다른 무리의 얼굴을 바라볼 때는 개학이 아니라고 이야기한다. 길이 갈퀴로 소제되었다면, 손수레와 낫과 갈퀴가 정리되었다면, 바닥에 떨어진 나뭇잎이 없다면, 꽃이 없다면, 지붕 덮인 운동장에 먼지가 없다면, 우리는 그것이 보이지 않는다고 이야기한다. 우리는 수직으로 떨어지는 해 때문에 외출할 수 없는 시간, 인디고 하늘, 울트라마린 하늘, 하얀 하늘, 나무에 불어오는 오후 바람을 이야기한다. 이미지를.

* 샤를 보들레르의 시 「여행에의 초대」의 구절

언덕 혹은 구름 무리 혹은 비를. 하천 쪽으로 가는 것을. 숲 속 산책, 놀이를. 우리는 발레리 보르주의 손과 다리와 얼굴이 빛나는 갈색이라고, 발레리 보르주가 블라우스 밑에 하얀색 셔츠를 입고 있다고, 발레리 보르주가 겨우내 걸치던 양모 스웨터를 아직 벗지 않았다고 이야기한다. 우리는 사월이라고, 나무에 부드러운 꽃들이 폈다고, 혹은 꽃들이 나무를 뒤덮는다고 이야기한다. 우리는 시월이라고, 발로 떨어지는 꽃들을 밀어낸다고 이야기한다. 우리는 베로니크 르그랑의 손을 잡고 걷는다고 이야기한다. 우리는 우리가 오포포낙스라고 이야기한다. 우리는 언덕을 달려 내려온다고 이야기한다. 우리는 알고 있는 시를 위해 음악을 찾고 있다고 이야기한다. 우리는 발레리 보르주의 편지를 기다린다고 이야기한다. 우리는 여행 계획이 있다고 이야기한다. 계단식 신전을 보러 멕시코에. 주황색 골짜기를 보러 콜로라도에. 황사가 부는 사막을 보러 중국에. 푸스테넬라[†]나 튀튀[‡]를 입은 남자들을 보러 그리스에. 발목이 보이는 바지를 입고 춤추는 여자들을 보러 페르시아에. 밤과 낮을 보러 극지대에. 카트린 르그랑과 베로니크 르그랑은 열려 있는 정문으로 들어간다. 운동장에서 학생들의 소리가 들린다. 걷는다. 기숙생들이 도착했다. 베로니크 르그랑 카트린 르그랑은 나란히 서서 기숙생들을 잠시 바라

† 그리스 남성들이 입는 주름치마

‡ 발레 치마

본다. 조각상이 있는 운동장에 마리 데몬과 안 제를리에가 보인다. 그 무리에서는 그 둘밖에 보이지 않는데, 더 가까이 있는 다른 한 명이 나머지를 가리고 있기 때문이다. 베로니크 르그랑 카트린 르그랑은 한동안 나란히 걷다가 베로니크 르그랑이 지붕 달린 운동장 밑에 있는 자기 반 학생들에게 가려고 카트린 르그랑과 헤어진다. 카트린 르그랑은 쥘리엔 퐁 로랑스 부니욜이 합류한 기숙생 무리까지 간다. 카트린 르그랑은 뛰지 않는다. 아니, 발레리 보르주는 거기에 없다. 그래, 그가 방학을 며칠 연장한 것이 아니라면 언젠가는 도착할 것이다. 우리는 발레리 보르주가 올 것인지 확신하지 못하고, 발레리 보르주가 올 것인지 자문하는데, 그는 결국 오고, 그가 정문을 지나가는 것이 보이고, 누군가 가방을 들고 그 옆에서 걷는 것이 보이고, 누군가 그 옆에서 계단을 오른 다음 그의 볼에 입을 맞추고 떠난다. 우리는 발레리 보르주를 만나러 뛰어간다. 발레리 보르주와 카트린 르그랑은 계단 근처에 있는 첫 번째 운동장에서 만나고, 몸을 부딪치고, 팔을 때리고, 서로 끌어당긴다. 발레리 보르주와 카트린 르그랑은 싸움을 시작한다. 먼지 속에서 서로 위에 올라탄 채 잡아당기고 밀치고 때리고 벗어나려고 하고, 발레리 보르주와 카트린 르그랑은 몸을 맞대고 있고, 발레리 보르주는 카트린 르그랑의 손목을 세게 잡고 카트린 르그랑은 그의 팔을 비틀며 포기하게 만든다. 얼마 후 발레리 보르주는 카트린 르그랑을 밀쳐서 팔로 그를 압박하며 바닥에서 꼼짝하지 못하게 한다. 천주의 성 요한 수녀님이 계단을 내려오고, 천주의 성 요한 수녀님이 발레리 보르주와 카트린 르그랑이 바닥에서 싸우고 있는 운동장을 걷는다. 천주의 성 요한 수녀님은 잠시 멈춰 그 장면을 지켜보다가, 둘에게 다가가 이렇게 말한다, 발레리 보르주, 카트린 르그랑, 자리에서 일어나세요. 우리는 몸을 털고 문지른다. 눈 속에 머리카락이 들어갔다. 카트린 르그랑 발레리 보르주는 벤치까지 함께 가고, 발레리 보르주는 신발 끈을 묶고 양말을 올려 신으려고 벤치 위에 발을 올리고, 그 무릎의 뼈가 보이고, 그가 다른 쪽 다리도 똑같이 하는 것이 보이고, 그는 신발의 풀려진 끈을 다시 묶고 양말을 올려 신는다. 발레리 보르주는 외투를 벗고, 카트린 르그랑에게 옷매무새를 정리하는 동안 잠시 외투를 들고 있어달라고 부탁하고, 카트린 르그랑은 발레리 보르주가 그 사이로 가슴이 보이는 스웨터를 벗는 것을 바라보고, 발레리 보르주는 외투를 다시 돌려달라고 말하고, 카트린 르그랑은 그에게 외투를 건네면서 그의 뺨이 매우 빨갛다는 것을 본다. 우리는 강당의 긴 의자에 앉아 있다. 연단 위로 스크린이 내려와 있는데 그 위로 성 율리오 수녀님 성 알렉산드르 수녀님 성 안티오키아의 이냐시오 수녀님이 무성영화를 영사(映寫)하고 있다. 이 긴 의자에는 니콜 마르 로랑스 부니욜 마리 데몬 드니즈 코스 쥘리엔 퐁 발레리 보르주 카트린 르그랑 안 제를리에가 앉아 있다. 영화는 함께 있는 두 소녀을 보여준다. 그들은 무엇을 하고 싶은지 서로에게 설명한다. 다음 장면이 재빠르게 이어진다. 두 소녀이 캠핑하는 것이 보인다. 잠시 후, 발레리 보르주가 무엇인가 귀에 속삭이기 위해 카트린 르그랑 쪽으로 몸을 기울인다. 영화는 잘린 장면을 보여준다. 상체가 보인다. 재조정된 화면이 다시 전체 장면을 보여주지만, 자막이 잘렸고, 두 소녀이 무슨 행동을 하는지 이해할 수가 없다. 카트린 르그랑은 자기는 여행 영화가 더 좋다고 발레리 보르주에게 말한다. 발레리 보르주는 그도 같은 생각이라고, 바위산에 가고 싶다고, 페루에 가고 싶다고 말한다. 지금 영화는 완전히 끊겼다. 성 안티오키아의 이냐시오 수녀님이 필름을 다시 붙이러 갈 수 있도록 불을 켠다. 다시 불이 꺼졌을 때는 아까 봤던 화면이 다시 지나가고, 검은색이 지나가고, 침낭 안에 나란히 누워 있는 두 소녀이 보인다. 덧창은 닫혀 있다. 왼쪽 벽의 첫 번째 창문 덧창은 완전히 닫히지 않아서 밖에 해가 떠 있다는 것을, 바람이 분다는 것을 알 수 있고, 움직이는 마로니에도 조금 보인다. 발레리 보르주가 공책에 그림을 그리기 시작한다, 개 한 마리 소 한 마리 여자 한 명. 카트린 르그랑은 발레리 보르주의 공책을 바라보는데, 그가 안에 시를 쓰는 공책이다. 카트린 르그랑은 발레리 보르주의 입술 위에 있는 갈색 점을 바라본다. 발레리 보르주는 카트린 르그랑에게 지루하다고, 기숙사에 있는 게 지겹다고 말한다. 그러자 카트린 르그랑도 지루해지기 시작한다. 두 소녀는 침낭 안에 누워 있다. 아까와는 다른 밤일 것이다. 그들의 머리가 짧게 깎인 것이 보인다. 영화가 다시 멈춘다. 다시 불을 켠다. 강당 안에 있는 아이들이 여기저기서 일어나 영사기를 보려고 한다. 허공에서 필름이 감기는 소리가 나더니 성 안티오키아의 이냐시오 수녀님이 동작을 멈춘다. 니콜 마르는 일어나서 강당 옆으로 가로질러서 영사기 뒤로 간다. 천주의 성 요한 수녀님이 뒤에 있는 그를 보고 자리로 돌아가라고 명령한다. 모두 낮은 목소리로 말하기 시작하자 원장 수녀님이 조용히 하라고 한다. 니콜 마르는 성 안티오키아의 이냐시오 수녀님 성 알렉산드르 수녀님 천주의 성 요한 수녀님 뒤로 간 다음에 그의 의자로 돌아간 척을 했고, 그런 다음 몸을 반쯤 굽힌 채 강당을 가로질러서 뒤쪽의 문 앞으로 간다. 불이 꺼진다. 니콜 마르가 자기 자리로 가려고 뛰는 소리가 들린다. 발레리 보르주는 몸을 숙이고 발치에 떨어뜨린 공책을 줍는다. 스크린 위에 영사된 이미지에서 나온 하얀색 빛이 그의 얼굴을 비추고, 그의 얼굴 양쪽의 머리카락이 보인다. 두 소년은 말을 하면서 옆에 붙어 걷고 있다. 그들의 행동과 화면 아래의 자막에 있는 대화를 나타내는 표시 때문에 이를 알 수 있다. 그들이 뛰기 시작하는 것이 보인다. 그들은 나무를 주워 더미를 쌓고, 그들 뒤로 그것을 끌고 간다. 그다음에 그들이 불을 피우는 것이 보인다. 발레리 보르주가 카트린 르그랑에게 작년에 쓴 시를 한 편 보여주겠다고 말한다. 카트린 르그랑은 긴 의자 위에서 발레리 보르주 쪽으로 몸을 돌리고, 발레리 보르주는 그동안 공책에서 시를 찾으려고 하고, 한 페이지에서 멈추고, 다음 페이지로 넘긴다. 발레리 보르주는 왼쪽 페이지에 있는 시를 가리키며 카트린 르그랑에게 공책을 건넨다. 카트린 르그랑은 눈높이에 맞춰 공책을 든다. 스크린에 비친 화면의 희미한 빛으로는 글씨를 알아보기가 어렵다. 카트린 르그랑은 읽는 중이다, 슬픈 뱀 한 마리처럼, 서리가 초원에 내려앉는다, 억죄는 추위 안에서, 그의 은빛 몸이 빛난다. 얼마 후 발레리 보르주가 카트린 르그랑의 팔을 잡고 손으로 누른다. 카트린 르그랑은 스크린을 보기 위해 고개를 든다. 두 소년이 가슴팍에 총신을 대고 있는 것이 보이고, 그들이 넘어지는 것이 보인다. 아마도 총을 든 사람들이 총을 쏴서 그럴 테지만, 폭음은 들리지 않는다. 자막은 그들이 그리스도 왕 만세라고 외치며 쓰러진다고 표시한다. 그때 발레리 보르주가 카트린 르그랑의 손을 잡지만, 바로 이어지는 장면에서는 소년들이 나란히 옆에 누운 채 침낭 안에서 꿈을 꾸는 것이 보인다. 우리는 꽃잎이 가득 든 바구니를 들고 아카시아 길을 걷는다. 우리는 예배 행렬의 길을 준비한다. 붉은 튤립 붉은 작약 붉은 장미가 있고, 백합과 하얀색 튤립 하얀색 작약 하얀색 장미 카라 꽃이 있다. 성 니콜라 수녀님의 도면을 따라 바닥을 꽃잎으로 장식한다. 어떤 꽃들은 여전히 송이째로 붙어 있어서 바닥에 내려놓기 전에 꽃잎을 분리해야 한다. 니콜 마르 발레리 보르주 로랑스 부니욜 마리 조세 브루 카트린 르그랑이 길에 있다. 손에는 꽃잎을 가득 든 채 몸을 숙이고 있다. 시간이 흐르고 바구니가 비워진다. 우리는 화단으로 가서 새 꽃을 따 바구니를 다시 채운다. 성 니콜라 수녀님이 활짝 핀 꽃을 먼저 따야 한다고 말한다. 어떤 꽃들은 꽃잎이 분리된 채 바닥에 흩어져 있기도 한데, 우리는 떨어진 꽃잎도 줍는다. 바구니를 채우기 위해서는 시간이 필요하다. 성 니콜라 수녀님은 꽃으로 장식해야 하는 길 위에 있는 잎, 더러워진 꽃, 나무와 종잇조각을 모아서 긁어 담는다. 예배 행렬이 멈추는 장소 역시 꾸며야 하는데, 바로 이곳에 꽃잎으로 장식한 가(假)제단이 세워지고, 내일 아침에는 그 위에 꺾인 꽃이 든 화병을 올려둘 것이다. 지붕 덮인 운동장에서부터, 계단에서부터, 두 운동장을 가르는 벽에서부터 멀리 하얀색 천과 나누어 배치하려고 이미 놓아둔 빈 화병이 놓인 제대가 보인다. 성 니콜라 수녀님의 도면은 가운데 걸을 수 있는 공간을 남겨두기 위해 가장자리를 장식하게 되어 있다. 하지만 어떤 부분은 장식이 길까지 덮고 있어서, 그곳에서는 꽃을 밟고 걷게 될 것이다. 우리는 빨간색 꽃잎을 먼저 장식하고, 남겨진 공간에 하얀색 꽃잎을 올려두면서 퍼즐 놀이를 한다. 바구니에 더는 꽃잎이 없다. 다시 화단에 꽃을 따러 간다. 낮은 장미도 있고, 벽을 타고 올라가는, 통로 위쪽으로 아치 모양을 그리며 지나가는 장미도 있다. 우리에게는 발 받침대가 있고, 양쪽으로 펼쳐 세우는 사다리가 있다. 니콜 마르는 어깨에 사다리를 메고 이곳저곳을 걷는데, 사다리가 무거워서 자주 발치에 내려놓고, 가끔은 들고 있지를 못해 사다리가 떨어지는 소리가 나기도 한다. 니콜 마르는 카르멜회 수녀원 정원 앞에 있는 움푹 들어간 건물 앞면에 대고 사다리를 세운다. 그가 팔 주위에서 바구니를 돌리며 사다리를 올라가는 것이 보인다. 니콜 마르는 가장 위에 있는 장미를 따기 시작하는데 매번 균형을 잃을 뻔한다. 사다리에 기대 지탱해놓은 바구니가 떨어진다. 사다리 밑으로 붉은색 얼룩이 보인다. 니콜 마르는 흙이 조금씩 묻은 꽃잎 하나하나를 바구니에 담는다. 니콜 마르는 사다리를 놓을 장소를 바꾸기로 하고, 어깨 위에 사다리를 짊어진 다음, 붓꽃 길의 아치 쪽으로 향한다. 성 니콜라 수녀님은 그의 곁을 지나가다가 한 바구니에 붉은색과 하얀색 꽃이 섞여 있는 것을 발견한다. 성 니콜라 수녀님이 말한다, 색깔을 섞지 말라고 분명히 말했을 텐데요, 그러자 니콜 마르는 사다리에서 내려와 꽃을, 꽃잎을 분리하기 시작하고, 수가 더 많은 빨간색 꽃은 바구니에 넣고, 하얀색 꽃은 바닥에 더미째 쌓아둔다. 발레리 보르주와 카트린 르그랑은 측백나무 울타리 뒤의 화단에서 꽃을 딴다. 활짝 핀 꽃이 더는 없는지 꽤 되었기 때문에 가리지 않고 모든 종류의 꽃을 따고, 겨우 핀 꽃들 역시 따는데, 그중 어떤 것은 축축하고, 봉오리가 맺힌 꽃을 따서 바구니 안에 뒤죽박죽으로 던져 넣는다. 우리는 꽃을, 모든 종류의 꽃을 따고, 우리는 바닥에 앉아서 꽃잎을 정리할 것이고, 꽃잎을 떼어낼 것이고, 아직 봉오리에 붙은 꽃잎은 서로 분리하지 못할 것이고, 바구니는 튤립 작약 백합 장미로 가득하다. 발레리 보르주와 카트린 르그랑은 예배 행렬을 연습하는 중이다. 신부님이 멈추고 아이들이 성체 현시대에 꽃을 던지면, 발레리 보르주와 카트린 르그랑의 이마에 머리카락에 뺨에 목에 동시에 빨간색 꽃들이 떨어진다. 발레리 보르주와 카트린 르그랑의 주위로 빨간 꽃들이 떨어져 있다. 우리는 고민한다. 모른다. 악마에게 영혼을 바치려고 해봤자 소용이 없고, 우리가 이에 관해 들은 얘기에 상관없이 악마는 이를 원하지 않는다. 우리는 그가 자정에, 우리가 그에게 간청할 때, 오지 않는다고 이야기한다. 그는 지옥의 냄새를 풍기며 오지도, 분필로 그린 원 안에서 발을 모으고 뛰지도, 유황과 잿빛이 섞인 빛 안에서 나타나지도 않는다고, 혹은 체셔고양이처럼 머리에서부터 혹은 발에서부터 혹은 몸통 가운데서부터 형태를 드러내지도 않는다고 이야기한다. 우리는 창문이 열려 있다고, 들판의 움직임이 보이는데 아마 풀이 흔들리는 것이라고, 데이지꽃의 색이 보인다고, 올빼미가 쉬 쉬 하는 소리가 들린다고 이야기한다. 우리는 마리 데몬네 집에 있다고, 천주의 성 요한 수녀님 마리엘 발랑 로랑스 부니욜 니콜 마르 소피 리외 안 제를리에 드니즈 코스 안마리 브뤼네 마리조세 브루 마르그리트마리 르모니알 발레리 보르주 카트린 르그랑이 함께 있다고 이야기한다. 우리는 의자에, 소파에 앉아 있다고 이야기한다. 우리는 발레리 보르주와 카트린 르그랑이 같은 소파에 앉아 있는데 이는 자리가 부족하기 때문이라고 이야기하고, 우리는 간식을 먹는 중이라고 이야기하고, 우리는 찻잔을 잡는 손이 떨린다고 이야기한다. 우리는 시골길을 걷는다고 이야기하고, 우리는 거의 평평한 언덕들이 권곡圈谷을 만든다고, 그곳에서 마을들은 점점 작아진다고 이야기하고, 우리는 하늘이 연파랑색이라고, 카트린 르그랑과 발레리 보르주가 손을 잡고 걷는다고 이야기한다. 우리는 발레리 보르주가 카트린 르그랑의 손을 놓더니 뛰기 시작하고, 카트린 르그랑은 그를 따라잡지 못한다고, 발레리 보르주가 풀밭에 넘어진다고 이야기하고, 우리는 그 뒤에서 뛰던 카트린 르그랑의 발이 그의 몸에 걸려 발레리 보르주 위로 넘어진다고 이야기한다. 우리는 흙냄새가 난다고 이야기하고, 우리는 풀이 베어졌다고, 들쥐 구멍이 보인다고 이야기하고, 우리는 발레리 보르주가 작은 구멍에 나뭇가지를 넣고 이리저리 움직여서 귀뚜라미가 나오도록 한다고 이야기하고, 우리는 저녁에 방수포가 씌워진 트럭으로 간다고, 휘파람 소리를 내며 부는 바람 때문에 춥다고, 우리는 발레리 보르주와 카트린 르그랑이 몸 위로 덮고 있는 담요 밑에서 손을 잡고 있다고 이야기한다. 우리는 밤이 되었다고, 카트린 르그랑이 젖은 풀밭 위에 누워 있다고, 그곳에서 별을 보고 있다고 이야기한다. 우리는 연극 연습 중이라고 이야기한다. 우리는 성 히폴리토 수녀님이 오디세이의 한 장면을 골랐다고, 이는 오디세우스가 이타카에 도착하는 장면이라고 이야기한다. 우리는 카트린 르그랑이 내레이터를 하고, 발레리 보르주는 페넬로페 역을 맡고, 오디세우스 역은 큰 키와 어깨와 사자 같은 머리가 멋진 윗학년의 프레데리크 다르스가 맡는다고 이야기한다. 우리는 에우메니데스 역은 가브리엘 뮈르토가 맡고, 수잔 프라 나탈리 디뢰 안 제를리에는 구혼자를 연기한다고 이야기한다. 우리는 텔레마코스 역은 폴 파루가 맡는데, 그는 베르길리우스를 펼쳐놓고 읽는 소녀, 초록색 눈과 그리스인의 코를 가진 소녀라고 이야기한다. 우리는 오디세우스가 학살을 저지르고 나서 요청한 음악을 듣는다고 이야기한다. 우리는 카트린 르그랑이 발레리 보르주를 무대 뒤에서 기다리고, 그가 그에게 합류했고, 그가 그의 볼에 입을 맞춘다고 이야기한다. 우리는 음악 때문에 의자에 묻은 피와 나무 테이블에 붙어 있는 깨진 머리를 알아보지 못한다고 이야기한다. 성 히폴리토 수녀님은 텔레마코스가 페넬로페의 구혼자들과 한 다툼과 그가 정찰을 위해 떠나는 것만 빼면, 이것이 오디세이의 주된 장면이라고 말하는데, 우리가 알고 있는 오디세우스라는 인물, 트로이전쟁, 대항해, 귀환에 관해서는 테이블 앞에 앉아 있는 사람들이 들려주고, 제3권에서 네스토르가 텔레마코스에게, 제4권에서는 메넬라오스가 텔레마코스에게, 제8권에서는 데모도코스가 알키노오스의 연회에 참가한 사람들에게, 제9권, 제10권, 제11권, 제12권, 제13권에서는 오디세우스가 알키노오스에게 들려주고, 성 히폴리토 수녀님은 한편 메넬라오스는 프로테우스가 말한 것을 들려주고, 오디세우스는 키르케, 테레시아스, 아우톨리코스, 아가멤논이 그에게 말한 것을 들려준다고 말하고, 성 히폴리토 수녀님은 이것이 극장에서 공연될 오디세이의 주요 장면이라고 말한다. 우리는 발레리 보르주의 다리가 페플로스에 가려져 있다고, 그가 입술을 적셔서 반짝이게 만든다고, 무대 한쪽에 서 있는 내레이터가 페넬로페의 입술을 바라보면서 그가 말하길, 이라고 말한다고 이야기한다. 우리는 발레리 보르주가 프레데리크 다르스에게 다가가서 그의 목에 몸을 파묻는 것이 보인다고 이야기한다. 우리는 발레리 보르주와 카트린 르그랑이 카타콤의 식나무 뒤에 숨어 있다고 이야기한다. 우리는 이야기하고 샌드위치를 먹으면서 뛰고 걷는 학생들이 나무 사이로 지나가는 것이 보인다고, 우리는 보이지 않으면서 보고 있다고, 식나무로 된 울타리 건너편에는 안마리 브뤼네와 드니즈 코스가 궤짝 위에 앉아 있다고, 그들이 하는 말을 듣지는 않는다고, 우리는 낮은 목소리로 말한다고 이야기한다. 우리는 발레리 보르주가 지난 방학과 다음 방학에 대해 말한다고 이야기하고, 발레리 보르주는 아버지가 준 사냥용 소총에 대해 말하고, 발레리 보르주가 전쟁용 소총인 모제르를 한번 쏴본 적이 있는데 총을 쏘는 순간 총대의 반동이 어깨를 치는 것이 느껴진다고 말하고, 발레리 보르주는 그의 친구들에 대해, 기숙사를 나가는 날에 대해 말한다. 우리는 카트린 르그랑이 발레리 보르주에게 너는 날 사랑하지 않는다고 말한다고 이야기한다. 우리는 발레리 보르주가 고개를 돌린다고, 식나무 잎에 몸을 기대고 잠시 가만히 있다고, 그가 카트린 르그랑을 쳐다봤을 때 우리는 그가 울고 있는 것이 보인다고, 그러자 우리가 일어나서 발레리 보르주에게 가자, 비 맞으면서 정원으로 가자고 말하고, 우리는 발레리 보르주가 울지 않는다고 이야기하고, 우리는 카트린 르그랑이 그에게 손수건을 건네지 않는데 손수건을 가지고 있지 않기 때문이라고 이야기한다. 우리는 발레리 보르주가 카트린 르그랑의 손에 세 개의 55구경 탄알을 쥐여주면서 가지라고 말한다고 이야기한다. 우리는 비가 나무 위로 내리고, 나무 몸통 앞으로, 잎 사이로 흐르는 것이 보인다고 이야기하고, 길을 걸으면서 바닥을 판다고, 머리카락이 젖어서 뺨을 따라 달라붙어 있다고, 공원의 끝까지 간다고 이야기한다. 우리는 길의 오목한 곳에 웅덩이가 고여 있다고, 비가 점점 세게 온다고, 눈을 크게 뜰 수가 없어서 반절만 뜨고 있다고, 십 미터 앞이 보이지 않는다고, 바람이 여기저기서 불어대는 안개가 내리는 것 같다고, 손을 잡지 않고 걷는다고 이야기한다. 우리는 다시 의자에 앉았을 때, 피부에 딱 달라붙은 옷이 느껴지고, 발이 젖어 있다고 이야기한다. 우리는 카트린 르그랑과 베로니크 르그랑이 앉아 있는 자동차 주위로 비가 내린다고 이야기하고, 우리는 말하지 않는다고, 자리에 머리를 대고 있다고 이야기한다. 아스팔트 길에 군데군데 불쑥 튀어나온 곳이 반짝거린다. 파인 곳은 빗물로 가득해서 차바퀴가 지나가면서 물을 튕기고, 진흙탕이 창문 높이까지 튀어 오른다. 우리는 가끔 무엇인가 보려고 몸을 일으켜 세우다가 다시 좌석에 몸을 기댄다. 와이퍼가 내는 소리가 계속 들린다. 길에는 아무도 없다. 지나온 마을의 집들은 문이 닫혀 있고, 몇몇 창문에서 불이 켜져 있긴 하지만, 역시 모두 닫혀 있다. 들판이 흠뻑 젖어 있는 것이 보인다. 물은 풀 틈을 넘어 땅 위로 올라온다. 우리는 걸으면서 그 안에 빠질 수도 있다고 이야기한다. 빗물이 전깃줄을 타고 흐르는 것이, 나무에서 방울져 떨어지는 것이 보이고, 가끔은 움직이지 않는 새도 보인다. 나뭇잎은 물 때문에 오므라진 것처럼 보이는데, 그래서 그것들이 어떤 종류의 나무인지 알 수가 없다. 우리는 이야기한다, 이 흐린 하늘의 젖은 태양은 눈물 너머로 빛나는 네 알 수 없는 눈처럼 매우 신비한 매력으로 내 마음을 사로잡는구나.* 길을 돌아오는데 성당이 보인다. 비는 성당과 앞으로 나아가는 자동차 사이에 막을 만든다. 그 이후로는 성당이 계속 시야에 있을 것인데, 기복을 지나가면서 내려갈 때는 보이지 않지만, 비 너머로 곧 다시 보일 것이다. 조금 더 시간이 지나면 구름 사이로 해가 얼굴을 내밀 것이고, 떨어지는 비를 비출 것이고, 성당 역시도 저 멀리 빗물과 햇빛 아래서 빛날 것이다. 우리는 성 율리오 수녀님과 함께 리바주에 간다. 마리조세 브루 마리엘 발랑 소피 리외 니콜 마르 마르그리트마리 르모니알 안마리 브뤼네 로랑스 부니욜 쥘리엔 퐁마리 데몬 안 제를리에 드니즈 코스 발레리 보르주 카트린 르그랑이 함께 있다. 우리는 기차역 플랫폼에서 기관차의 팬터그래프가 전깃줄에 마찰이 되며 접혔다가 펴지는 것을 본다. 우리가 타는 기차는 증기기관차다. 기차는 긴 제동과 함께 플랫폼 근처에서 멈춘다. 발레리 보르주와 카트린 르그랑은 최대한 몸을 기울여 창문에 붙는다. 카트린 르그랑의 얼굴 가까이에 발레리 보르주의 머리카락이 있다. 카트린 르그랑은 올린 머리를 한 발레리 보르주의 옆모습을 보고, 왼쪽 눈썹에서 내려오는 아치를, 관자놀이

* 샤를 보들레르의 시 「여행에의 초대」의 구절

를, 광대뼈를, 뺨을, 턱선을, 목을 바라본다. 발레리 보르주의 손은 내려진 창문에 올려져 있다. 바람이 기차를 따라 증기를 분산시키고, 가끔 우리는 더는 서로가 보이지 않아서 머리를 뒤로 젖히고 눈을 비빈다. 성 율리오 수녀님은 마리엘 발랑 니콜 마르 로랑스 부니욜 쥘리엔 퐁 마리 데몬 안 제를리에 드니즈 코스 안마리 브뤼네 마르그리트마리 르모니알 마리조세 브루 소피 리외와 함께 옆 칸에 있다. 발레리 보르주는 카트린 르그랑에게 기차는 멈추지 않을 것이라고, 온종일 달리고, 밤새도록 달릴 것이라고, 내일 역시 달리고 내일 밤도 달리고, 다른 밤과 낮에도 달릴 것이라고 말한다. 우리는 멈추지 않는 이 기차 때문에 웃는다. 우리는 이야기한다, 세월에 닦여 빛이 나는 가구들로 우리의 방을 장식하고, 은은한 용연향에 뒤섞인 가장 진귀한 꽃들과, 화려한 천장, 깊은 곳까지 비추는 거울, 동양의 찬란한 빛이 모두 그곳에서 영혼에게 감미로운 본디 말로 속삭이리라.† 기차가 리바주에서 멈춘다. 성 율리오 수녀님은 발레리 보르주와 카트린 르그랑이 있는 칸의 유리 맞은편에 서서 그들이 나가기를 기다린다. 우리는 물속을 걷는다. 짧은 반바지를 입어서 어떤 구역에서는 하천을 건널 수 있다. 우리는 걸어서 건넌다. 다른 쪽에는 숲과 바위가 있다. 그곳의 돌 위에 앉아 점심을 먹는다. 우리는 바

† 같은 글

위에서 바위를 폴짝 뛰어다닌다. 우리는 달리기 경주를 하고, 발레리 보르주가 이긴다. 니콜 마르가 바위에서 떨어지는 척을 하다가 진짜로 떨어지자, 모두 소리를 지르면서 그가 있는 쪽으로 달려간다. 하지만 그는 다치지 않았다. 우리는 물속을 걷는다. 돌 아래에 손을 넣어서 물고기를 잡으려고 한다. 발레리 보르주는 두 마리를 잡는다. 모샘치다. 우리는 물고기들이 풀밭 위에서 펄떡이는 것을 본다. 우리는 얼마 후 물고기들을 다시 물속에 놔준다. 발레리 보르주가 커다란 돌 뒤에서 무엇인가를 잡아 꺼내는데, 그는 뱀의 머리를 잡고 있다. 그 옆에 있던 소피 리외가 소리를 지르기 시작하고, 재빠르게 물 밖으로 달려 나가려고 하는데, 뿌리에 걸려 발목을 접질리고 만다. 그는 물가에 앉아 발목을 잡으면서 아프다고 말하는데, 발레리 보르주는 팔에 감은 뱀과 함께 그가 있는 곳으로 간다. 소피 리외는 절뚝이면서 몸을 피하고 발레리 보르주는 뱀을 놓아준다. 성 율리오 수녀님은 소피 리외가 바닥에 발을 내려놓을 수 없기 때문에 발목을 삐었을 것이라고 말하고, 성 율리오 수녀님은 발목이 부풀어 오를 것이라고 말한다. 우리는 하천에서 가까운 나무 위에 기어 올라간다. 팔과 다리로 가지를 잡고 끝까지, 가지가 부러질 때까지 따라가고, 우리는 땅에 떨어진다. 쥘리엔 퐁이 그가 있는 나무 저 위쪽에서부터 거꾸로, 즉 머리를 아래로 하고 내려오려고 한다. 그는 무릎으로 가지에 매달려 있는데, 손으로는 그 밑에 있는 가지를 잡고, 그 앞으로는 머리카락이 내려와 있고, 그가 무릎을 풀고, 손으로 잡고 있는 가지 근처로 몸을 회전하면서 던지는 것이 보이고, 그가 공중제비를 넘는다고 말하고, 몸의 무게 때문에 떨어질 뻔하고, 그는 허리를 다쳤고, 그래서 나무 갈래에 움직이지 않고 앉아서 나무 몸통에 등을 대고 있다. 우리는 바위 위의 나무에서 다른 나무로 건너뛰기를 연습한다. 발레리 보르주는 그가 뛰어갈 나무를 바라보는데, 그 나무의 가지는 우리가 있는 나무를 건드린다. 카트린 르그랑이 소리를 지르면서 먼저 폴짝 뛰는데, 한번 뛰었더니 한 나무에서 다른 나무로 뛰는 것을 멈출 수가 없다. 발레리 보르주는 뒤에서 소리를 지르며 그를 잡으려고 뛴다. 발레리 보르주와 카트린 르그랑은 커다란 가지 위에 나란히 앉아 있다. 카트린 르그랑이 발레리 보르주에게 성 율리오 수녀님이 가는 것을 금지한, 여기서부터 보이는 저 동굴에 가면 어떠냐고 묻고, 발레리 보르주가 그래 가자고 말하고, 전등이 없기 때문에 앞에 있는 공간을 어림짐작할 수 있도록 막대기가 필요하다고 말한다. 우리는 물속에 몸을 담근다. 물은 마치 샘물 같고, 수영을 할 때 배에서, 그다음엔 가슴에서, 이제는 어깨와 목 주변에서 냉기가 느껴진다. 레옹 토르퀴스가 카트린 르그랑이 지나갈 수 있도록 울타리 가지를 잡아준다. 카트린 르그랑은 울타리의 구멍 안으로 들어가고, 레옹 토르퀴스가 그가 지나가는 순간에 놓은 야생자두나무의 가시와 가시덤불을 얼굴에 종아리에 허벅지에 맞는다. 카트린 르그랑의 얼굴에 종아리에 허벅지에 상처가 난다. 레옹 토르퀴스는 무릎을 꿇고 앉아 있다. 레옹 토르퀴스는 바닥을 주먹으로 치며 박장대소한다. 피에르 두미외는 그의 뒤에 서 있다. 그는 웃지 않는다. 카트린 르그랑은 레옹 토르퀴스 쪽으로 뛰어가고, 그는 일어나서 달리기 시작하고, 카트린 르그랑은 레옹 토르퀴스 뒤를 쫓아 달린다. 피에르 두미외는 카트린 르그랑 뒤에서 달린다. 레옹 토르퀴스는 달리는 중에 나무 아래쪽으로 뻗은 가지를 움켜잡는데, 그의 몸이 반동을 받아 앞뒤로 흔들린다. 카트린 르그랑은 그의 허벅지와 종아리를 때리고, 레옹 토르퀴스는 다리를 앞으로 차며 나무 위로 기어가려고 하고, 카트린 르그랑은 그의 발 한 쪽을 잡고, 그다음에는 종아리를 잡아서, 있는 힘껏 잡아당겨서, 레옹 토르퀴스는 결국 가지를 놓고 등을 대고 바닥으로 떨어진다. 그러자 카트린 르그랑은 그의 배 위로 허벅지 위로 올라타서 그의 얼굴을 때린다. 피에르 두미외가 그만 싸우라고 말하면서 카트린 르그랑을 밀고, 그는 앉은 채로 넘어지고, 그는 레옹 토르퓌스와 카트린 르그랑이 몸을 일으켜 세우도록 한다. 우리는 들판을 따라 돌아간다. 우리는 베로니크 르그랑과 잔 두미외를 찾으러 간다. 피에르 두미외 잔 두미외 카트린 르그랑 베로니크 르그랑 레옹 토르퓌스는 사냥꾼들과 함께 고원에서 메추라기와 자고새를 일으키려고 간다. 우리는 돌로 덮인 언덕에 있다. 하늘은 창백하다. 땅과 언덕은 같은 황갈색을 띠고 있다. 건조한 식물은 돌로 된 바닥에 뒤섞여 있다. 거의 하얀색을 띠는 지의식물, 가시로 덮인 노간주나무, 옻나무다. 우리는 사냥꾼들 앞에서 걷는다. 우리는 개를 대신한다. 우리는 멀리서는 보이지 않는 새들을 일으켜 날게 한다. 우리는 발치에 있다가 날아가는 순간에 새들을 발견한다. 처음에는 갑자기 위로 올라가는 돌인 줄 알다가, 날갯짓 소리가 들린다. 뒤에서는 사냥꾼들이 새들이 높이 날아가기 전에 총을 쏜다. 그들은 한 줄로 서 있다. 잔 두미외 베로니크 르그랑 피에르 두미외 카트린 르그랑 레옹 토르퓌스는 그들 앞에서 한 줄로 걷는다. 가끔 우리가 발을 딛는 돌에서 뱀 한 마리가 나와 기어가는데, 일 년 중 이 시기에 뱀은 독이 없고, 빠르지도 않다. 우리는 걷는다. 고원이 펼쳐지고, 언덕과 옅은 분지가 계속되고, 끝이 보이지 않는다. 걷는다. 우리는 양을 모는 목동을 만난다. 그는 양들이 우리가 가는 방향을 막지 않도록 그 앞에서 쫓는다. 그는 소리를 지르면서 막대기로 양 몇 마리를 때린다. 그 앞에는 노란색 개가 뛰어오르고, 짖고, 양털과 다리를 물고, 그들 앞으로 가서 목 쪽으로 달려든다. 양은 무리를 이루며 동시에 운다. 그들이 걷는 소리 뛰는 소리 개 앞에서 간격을 두는 바람에 목에 걸린 방울이 흔들리는 소리가 들린다. 양들은 서로 부딪히고, 한 마리가 다른 한 마리 위에 올라타고, 넘어지고, 이제는 사냥꾼들 앞에서, 잔 두미외 베로니크 르그랑 피에르 두미외 카트린 르그랑 레옹 토르퀴스 앞에서 뛴다. 우리는 그들이 지나가기를 기다리고, 목동은 그들 뒤를 달리면서 쉬벌 신이시여 맙소사 이런 제길*이라고, 그리고 우리가 이해하지 못하는 욕을 소리 지른다. 우리는 사냥꾼들과 헤어진다. 그중 한 명이 레옹 토르퀴스에게 집에 들어가라고 말한다. 레옹 토르퀴스는 우리에게는 들리지 않는 무슨 말을 하고, 그러자 사냥꾼은 그의 뒤를 쫓아 머리 뒤를 때리고, 레옹 토르퀴스는 보호하기 위해 머리를 팔로 감싸지만, 사냥꾼은 그의 팔을 치우고 다시 때리면서 말한다, 곧장 가. 그러자 레옹 토르퀴스는 달리기 시작한다. 베로니크 르그랑 잔 두미외 카트린 르그랑과 피에르 두미외는 그의 뒤를 따라 달린다. 얼마쯤 지나서 우리는 바닥에 주저앉고, 멀어지는 사냥꾼들을 바

* 원문은 프랑스 남부 지방의 언어인 오크어가 쓰였다.

라보고, 그들의 머리 옆에 있는 총이 보이고, 그들은 점점 작아져서 언덕 뒤로 사라지는 것이 보인다. 우리는 걷는다. 우리는 서양 모과 씨를 찾으러 간다. 우리가 향하는 농장의 샘물 소리가 들린다. 우리는 들킬까 봐 겁이 나서, 뒤로 가려고 우회한다. 농장을 둘러싼 밭이 보이고, 집의 한쪽 벽이 보이는데, 잎이 타는 냄새가 코를 훌쩍이게 만든다. 우리는 첫 번째 밭으로부터 시멘트 없이 돌이 하나씩 올려진 담으로 구분된 두 번째 밭으로 간다. 잔 두미외는 담 구멍으로 지나가면서 돌에 발을 부딪치고, 그 때문에 돌이 무너지는 소리가 들리고, 우리는 담 뒤로 숨어 앉지만 아무도 오지 않고, 우리는 손가락 사이에서 뭉개지는 서양 모과를 줍기 시작하고, 서양 모과가 지겨워지면 호두나무로 가고, 장대가 없기 때문에 가지를 흔들고, 호두가 몇 개 떨어지고, 우리는 그것을 주머니에 넣는다. 레옹 토르퀴스는 베레모를 가득 채운다. 우리는 아래에서는 발끝으로 서도 닿지 않는 곳에 있는 가지를 더 세게 흔들기 위해 나무를 기어 올라간다. 그러자 농장 문에서 뚱뚱한 여자가 나오더니 있는 힘껏 소리친다, 이 도둑놈들, 당장 꺼지지 못해. 하지만 우리는 꺼지지 않고 호두나무 가지를 계속 흔든다. 뚱뚱한 여자는 점점 더 크게 소리 지르고, 항상 같은 말을 소리치고, 결국에는 마구간으로 가서 쇠스랑을 가지고 나오고, 쇠스랑을 앞으로 든 채 우리가 있는 곳으로 오고, 우리는 그의 가슴이 튀어 오르는 것을 바라보는데 그가 최대한 빨리 걷기 때문이고, 하지만 그는 뛸 수는 없고, 우리는 그의 배와 엉덩이를 보고, 나무에서 급하게 내려와서 달려 재낀다. 우리는 뇌우가 지나간 후 운동장에 있다고 이야기한다. 우리는 카타콤* 창문 밖으로 번개가 하늘을 가로지르는 것을 봤다고, 동시에 같은 모양의 번개 여러 개가 쳤다고 이야기하고, 가끔 나무들이 보였고, 비가 내리기 시작했다고 이야기한다. 우리는 빗물이 운동장, 정원 곳곳에서 빛난다고, 도랑에 시냇물이 새로 흐른다고 이야기하고, 우리는 그 위를 소리를 지르면서 건너뛰고, 공기가 차갑고 축축하고, 흙과 나뭇잎 냄새가 난다고 이야기하고, 우리는 아카시아 길이 발목까지 물이 닿는 강이 되었다고 이야기한다. 우리는 곳곳에 고인 빗물과 젖은 나무를 보기 위해 운동장으로 간다고, 신발 안에 물이 가득 차기 때문에 벤치 위로 올라간다고, 도랑에 나뭇조각을 던지고, 나뭇조각은 흘러가고 빙글빙글 돌다가 땅 안에 파묻힌다고 이야기하고, 우리는 이야기한다, 보라, 저 운하에서 잠자는 배들을. 그들의 기질이야 떠도는 나그네. 떠돌도록 타고난 배들이 저 운하에 잠든 것을 보라. 그들은 세상의 끝에서 그대의 자잘한 소망을 채워주기 위해

* 초기 그리스도교도의 지하 무덤

왔다.[†] 우리는 발레리 보르주가 언덕에 서 있다고, 하천이 흐른다고, 그 소리가 들린다고 이야기하고, 우리는 양 떼가 걸어가고 있다고, 하늘에 양떼구름이 꼈다고 이야기하고, 우리는 햇볕이 하얀색이라고 이야기하고, 하늘이 연한 하늘색이라고 이야기하고, 우리는 머리를 묶은 발레리 보르주가 언덕 위에 있는 것이 보인다고 이야기하고, 우리는 그에게 다가갈 때 그가 멀리서 보이는 것처럼 작게 보인다고 이야기하고, 우리는 매우 가까이서 볼 때처럼 커진 점이 있는 얼굴의 피부가 보인다고 이야기하고, 우리는 언덕에 서 있는 발레리 보르주가 마치 우리가 땅에 누워 있을 때처럼 보인다고 이야기한다. 우리는 발레리 보르주가 언덕 위에 서 있다고, 그가 보인다고, 그를 바라본다고, 강물이 흐르는 소리가 들린다고, 양들의 종소리가 들린다고, 그를 바라본다고 이야기한다. 카일뤼스 선생님이 죽었다. 원장 수녀님이 자습 시간에 들어와서 우리가 고인의 곁에서 밤을 새우러 갈 것이라고 말한다. 발레리 보르주 카트린 르그랑은 카일뤼스 선생님의 방에 있다. 성 율리오 수녀님이 침대 근처로 둘을 민다. 우리는 시체에 입을 맞추려고 몸을 기울인다. 입술 밑으로 그의 이마 혹은 뺨이 느껴진다. 다시 일어난다. 우리는 침대의 양쪽으로 선다. 성 율리오 수녀님이 나간다. 덧창은 닫혀 있다. 초가 켜져 있

† 샤를 보들레르, 같은 글

다. 우리의 손안에는 묵주가 들려 있지만, 기도를 하지는 않는다. 카일뤼스 선생님을 계속 바라본다. 머리맡에 있는 좁은 탁자 위에는 성수와 촛대가 올려져 있다. 카일뤼스 선생님의 손은 가슴 위로 덮인 시트 위에 포개져 있다. 머리카락은 항상 그렇듯이 틀어 올려져 있다. 안경 뒤로 눈을 감고 있는 그가 보인다. 우리는 그가 정말 죽었는지 자문한다. 그의 뺨은 노란빛을 띠고 있다. 발레리 보르주와 카트린 르그랑은 차마 낮은 목소리로라도 얘기하지 못한다. 잠시 후, 시체가 움직이는 것처럼 보인다. 발레리 보르주가 일어나서 문 근처로 간다. 카트린 르그랑도 일어난다. 하지만 시체의 턱이 느슨해진 것뿐이다. 그의 입술이 조금씩 벌어진다. 침대 발치에 서 있는 발레리 보르주와 카트린 르그랑은 손을 잡지 않고, 카일뤼스 선생님이 말을 시작하기를, 양손을 들어 올리기를, 그리고 손을 움직이기를 기다리며 그를 바라본다. 시체는 다시 부동자세다. 카트린 르그랑과 발레리 보르주는 침대 가까이 앉는다. 카일뤼스 선생님의 오므라진 입술이 입의 한군데서 올라가 있는데, 치아의 한 부분이 보여서 마치 이상한 미소를 짓고 있는 것처럼 보인다. 우리는 장거리 버스로 카일뤼스 선생님이 묻힐 푸주롤*로 간다. 장의차는 앞에 있다. 우리는 좌석에 몸을 기대고 잠을 자는데, 아직 아침이 밝기 전이고,

* 프랑스 동부의 지명

새벽에 아주 일찍 일어났기 때문이다. 눈을 뜨면 창문 뒤로 풍경이 지나가는 것이 보이고, 버스 기사의 등이 보인다. 성 율리오 수녀님은 그의 뒤에 앉아 있다. 발레리 보르주는 카트린 르그랑 옆에서 잔다. 고개는 기울었고, 머리카락은 그 주위로 풀려 있고, 살짝 열린 입술이 보이고, 치아 위로 포개진 입술이 보인다. 차가 덜컹거리자 발레리 보르주가 소스라치면서 잠에서 깨고, 자리에서 몸을 일으켜 옆에 있는 카트린 르그랑을 바라보고, 미소를 짓고, 머리를 카트린 르그랑의 어깨에 받치고, 그에게 몸을 기대고, 카트린 르그랑은 그의 손을 잡는다. 발레리 보르주가 다시 잠에 든다. 우리는 가끔 하품한다. 날이 밝아오는 것이, 우리가 산을 가로질러 가고 있는 것이 보인다. 길을 우회하던 중에 꼭대기가 흔들리는 자작나무 한 그루가 보인다. 날이 춥다. 마리 데몬이 일어나서 버스 통로를 걷는다. 그는 성 율리오 수녀님에게 멀미가 난다고 말하는 듯하다. 성 율리오 수녀님이 그에게 설탕 위에 뿌린 민트 알코올을 주고, 그의 망토를 벗어 마리 데몬에게 둘러주고, 그 옆에 마리 데몬을 앉게 한다. 다들 버스에서 일어난다. 소피 리외는 머플러를 집어 목 주위에 두른다. 니콜 마르는 로랑스 부니욜을 깨우기 위해 간지럼을 태우며 소리를 지른다. 소피 리외는 기지개를 켠다. 발레리 보르주는 카트린 르그랑의 목에 고개를 파묻고 자는 척한다. 카트린 르그랑은 그에게서 조금 떨어져서 그가 눈을 뜨고, 미소를 짓고, 다시 눈을 감는 것을 본다. 카트린 르그랑은 발레리 보르주가 그의 손을 꽉 잡는 것을 느낀다. 안마리 브뤼네는 통로에 서서 머리를 빗는다. 성 율리오 수녀님은 보온병을 들고 지나가고, 성 율리오 수녀님은 잔에 뜨거운 커피를 붓고, 커피 향이 퍼지고, 커피잔과 스푼이 서로 부딪치는 소리가 들리고, 성 율리오 수녀님은 버스가 회전을 하는 바람에 넘어질 뻔하고, 쥘리엔 퐁이 그가 들고 있던 보온병을 받아 들고, 성 율리오 수녀님은 그에게 커피를 마시라고 권한다. 발레리 보르주는 몸을 일으키고, 손을 머리카락 속에 파묻은 채 빗 좀 빌려달라고 말한다. 산에는 눈이 왔다. 바람 소리가 나무 사이를 가로지르고 버스 표면에 부딪힌다. 발레리 보르주와 카트린 르그랑은 커피를 다 마시고 나서 다시 서로에게 몸을 기댄다. 발레리 보르주와 카트린 르그랑은 말하지 않는다. 둘 주위로는 모두 시끄럽게 떠들고 있다. 니콜 마르는 통로에 서서 로랑스 부니욜 쪽으로 몸을 기울이고, 로랑스 부니욜은 아프다고 소리를 지른다. 그러고 나서 니콜 마르는 드니즈 코스 쪽으로 넘어지는데, 드니즈 코스는 그를 들어서 힘껏 미는 바람에 니콜 마르가 바닥에 넘어진다. 성 율리오 선생님이 그에게 일어나서 자리에 가 앉으라고 말한다. 카일뤼스 선생님의 장례식에 대해 농담하는 소리가 들린다. 마리조세 브루는 웃으면서 카일뤼스 선생님이 남긴 것들을 같이 나눠 가지자고 말한다. 마르그리트마리 르모니알은 그의 틀니를 가지고 싶다고 말한다. 마리엘 발랑은 그의 지팡이를 가지고 싶다고 말한다. 성 율리오 수녀님은 조용히 하라고 말한다. 푸주롤 성당에서 장례 미사가 들린다. 벽, 기둥, 벤치가 모두 꽁꽁 얼어 있는 것처럼 보인다. 우리는 추위에 몸을 떤다. 마을 사람들이 미사곡을 부른다. 우리는 묘지에서 추위에 몸을 떤다. 묘혈 안쪽에 물이 고여 있고, 그 안으로 관을 내리자 찰랑거리는 소리가 나며 깊이 들어간다. 그러자 마리엘 발랑 마르그리트마리 르모니알 안마리 브뤼네 드니즈 코스 마리조세 브루가 울기 시작한다. 묘지는 방치되어 있고, 무덤은 데이지와 개양귀비 풀로 덮여 있다. 묘지의 작은 언덕에는 개양귀비가 이곳저곳에 펴 있고, 바람이 쓸고 간 탓에 화관이 주저앉은 것이 보인다. 나무 십자가들이 보이는데, 그중 하나도 똑바로 세워진 것이 없고, 땅에서 뽑혀 있다. 그중 몇몇은 사선으로, 몇몇은 무덤처럼 보이는 작은 언덕 위에 옆으로 넘어져 있다. 묘에는 어떠한 말도, 이름도 쓰여 있지 않다. 진눈깨비가 내린다. 우리는 진흙 위로 발을 내디딘다. 개양귀비는 젖어 있다. 우리는 서서 카일뤼스 선생님의 모부와 악수한다. 우리는 이야기한다, 저무는 태양이 보랏빛과 금빛으로 들판을, 운하를, 온 도시를 물들이고, 세상은 따사로운 빛 안에서 잠든다.* 우리는 이야기한다, her 그를 너무도 사랑하는 나머지 나는 아직도 그 안에서 살아 있네.†

* 샤를 보들레르, 같은 글

† 프랑스 시인 모리스 세브의 시 「델리」의 구절

마르그리트 뒤라스의 추천의 글

어제 모니크 비티그의 책『오포포낙스』에 대한 첫 기사를 읽었다. 내가 염려했던 일이 일어났다. 기사를 작성한 사람은 나와는 전혀 다른 오포포낙스를 읽은 것이다.

나의 오포포낙스는 아마도, 하지만 거의 확실히, 유년을 다룬 최초의 현대적인 작품이다. 나의 오포포낙스는 유년에 관해 쓴 책의 9할에 대한 사형 집행이다. 이는 특정한 문학의 종말을 알리는 책이고 이 이유로 나는 하늘에 감사한다. 이는 놀라운 동시에 매우 중요한 책인데, 작가가 철칙을 가지고 썼기 때문이고, 단순한 묘사, 순수하고 객관적인 언어를 도구로 사용하는 이 규칙은 절대로, 혹은 거의 어겨진 적이 없다. 이 언어는 여기서 큰 의미를 가진다. 유년이 자신의 세계를 정리하고 열거하기 위해 사용하는(하지만 저자에 의해 최대한 균등하게 써진) 언어가 바로 이 언어이기 때문이다. 다시 말해 나의 오포포낙스는 글쓰기의 걸작이라고 할 수 있는데, 이는 오포포낙스의 매우 적절한 언어로 쓰였기 때문이다.

하지만 걱정할 필요는 없다. 어른들은 자기들이 그렇게 생각하지 않더라도 오포포낙스의 언어를 알고 있다. 그것을 다시 기억하기 위해서는 모니크 비티그의 이 책만 읽어보면 된다. 가짜 문학에 질려 눈이 너무 피곤하거나 문학판에 발을 담고 있음에도 불구하고 모르고 있는 경우가 아니라면 말이다.(이는 충분히 일어날 수 있는 일이다.)

과연 이 책은 무엇에 관한 책인가? 어린이들이다. 열, 백 명의 소녀와 소년들은 누군가 이들에게 준 이름을 달고 있지만, 그 이름은 사실 어떤 이름이어도 상관없을 것이다. 이 책은 만 명의 소녀 무리, 소녀 떼에 관한 것으로, 이들은 당신에게 덮쳐 와 당신을 휩쓸어버린다. 이 책은 바로 그에 관한 것이다, 유동적이고 거대한 무엇, 바다 같은 것? 웅대한 무리, 단 하나의 파도에 휩쓸려 온 아이들의 물결. 제일 처음으로, 책이 시작될 때 아이들은 매우 어리고, 아이들은 끝이 없는 나이의 바닥에 있다. 베로니크 르그랑은 세 살 정도 먹은 것 같다.

먼저 커다란 파도가 일고, 움직이고, 그것을 만든 수천 개의 작은 파도에 의해 들끓는다. 작은 파도들은 공존하고, 내가 생각했을 때는 절대적인 질서를, 총격의 끊이지 않는 리듬을 가지고 이어진다. 그리고 나서는 이 작은 파도들 각자가 커지고, 느려지고, 그러다 하나의 파도가 다른 하나의 파도 위에 올라타고, 포옹하고, 그러다 그것들이 섞인다. 유년이 나이를 먹는다. 작가의 놀라운 예술은 우리가 모르는 사이에 이 나이 듦을 보여주는 데 있다. 우리가 우리의 아이 앞에서 무슨 일이 일어나는지 묻고 놀라는 것처럼. 그리고 이제 곱셈을 배우는 나이 그리고 라틴어를 배우는 나이가 된다. 하지만 짚고 넘어가자. 여기에서 유년이 나이를 먹는다는 것은 그 너머로 넘어가지 않는 유년 안에서이고, 항상 탈취할 수 없는, 어마어마한 성과를 가진 요새 안에서다. 우리는 처음으로 그곳으로 들어갈 수 없다는 것을 이해한다. 우리는 쳐다보고 바라보도록 초대된다. 유년은 우리 눈 아래서 만들고, 만들어지고, 숨을 쉰다.

이 진행은 경이롭다. 시간은 깊은 원천에서 비롯돼서 흐르고, 우리가 바라보는 유년과 동시에 우리를 가득 채운다.

최초에 오렌지 껍질을 벗기는, 하늘 전체를, 죽은 다른 소녀를, 모든 것을 집어삼키는 한 소녀가 있었다. 그리고 이 소녀는 다른 오렌지를 탐하고, 벼락처럼 빠른 속도로 또 다른 오렌지를 집어삼키고, 눈으로 다른 하늘을 가리고, 공책에 한 시간 동안 막대기를 그린다. 그리고, 그 다음에, 무슨 일인가 일어난다. 첫 번째 오렌지와 삼켜진 두 번째 하늘 사이에서 소리 없는 동요가 인다. 빵 속살로 만든 장병과 해부된 나비 사이에서 이 일이 일어난다. 장병을 만들고 나비를 뜯은 소녀는 같은 소녀라는 것.

이 유년의 끝에, 책이 닫히고 요새의 성벽에 금이 갈 때도 우리는 여전히 그 안에 묶여 있다. 정신은 마음의 동요 때문에 이미 손상되었다. 우리는 더는 공존하면서 함께 놀지 않는다. 그리고 우정이 태어난다.

성벽의 이상적인 수호자들인 가톨릭 수녀들이 한 줄로 서서, 모두 같은 모습을 하고, 어른이 그런 것처럼 익명으로 복도를, 기숙사를 지나간다. 이들의 검은색 윤기 없는 치마 위로 유년의 흐름이 펄럭인다. 이들의 신앙심의 그림자 안에서 비종교적이고, 때 묻지 않은, 죽음과 삶의 타협 없는 탐색이 이루어진다.

주교가 죽는다. 이 죽음으로 인해, 이 죽음과 함께 무슨 일이 일어나는가? 주교 장례식의 예배 의식과 그 성대함 안에서, 성당 신자석의 그림자 속에서, 보이기 위해서 만들어진 모든 것의 그림자 속에서, 겉으로 보이는 것들 밑에서, 한 소녀의 머리카락이 옆에 앉은 다른 한 소녀에 의해 감지된다. 이 얼마나 아름다운가. 무릎 꿇은 소녀의 머리카락이 움직이는 것에 대한 발견, 공간적 발견, 머리카락은 소녀와 함께, 소녀에 의해, 하지만 자기만의 법칙을 가지고 움직인다. 머리카락은 소녀 옆에서 생명력을 가지고, 그의 머리 위에서는 땅 위에서 그런 것처럼 그를 정립한다. 이 아름다움의 발견에 대해서 비티그는 어떠한 형용사도 붙이지 않았다. 머리카락의 이 유동성은 장례 미사 때 흘러나오는 파이프오르간의 비상과 같은 방식으로 묘사된다. 음악은 벽을 무너뜨리고, 곳곳에 존재하는데, 그 밑에서는 음악에 모든 방향이 포위된 채, 한 아이의 머리카락이 다른 한 아이를 위해 분별 되지 않은 어둠에서부터 빠져나온다. 가톨릭 수녀들이, 그들의 천복보다 더 눈이 부신 이 둘의 황홀경을 알아채지 못한 눈먼 증인들이 지나간다.

수녀들의 존재는 유용하다. 이 책에서 특히 그렇다. 수녀들은 유년의 시간과 모든 의미가 상실된, 분명하지 않은 의무들을 나열하면서, 유년이 그것들을 위반할 수 있는 자유 역시도 준다.

또한 내가 기억하는 것이 맞다면, 라틴어를 배울 시기에 일어난 잊을 수 없는 전쟁들 역시 있다. 소녀들은 쐐기풀 공격을 당하고, 허벅지는 찢어지고, 배반자는 발견된다. 무엇을 할지 모르지만 커다란 철 조각을 훔치기 위해 다른 아이들을 기다리기도 한다. 다른 아이들은 오지 않는다. 그러면, 우리가 여명이라고 부르는 순간이, 진짜 여명이 조금 밝아온다. 하지만 아주 조금.

이제 글을 접겠다. 우리는 모두 이 책을 썼다. 나만큼이나 당신 역시도. 원하든 원치 않든 우리 모두가 쓴 이 오포포낙스를 발견한 사람은 우리 중 한 명뿐이다. 책이 닫힌 이후에야 우리는 헤어진다. 나의 오포포낙스는, 나의 것은, 걸작이다.

1964년 11월 5일

옮긴이의 말

모니크 비티그의 이름을 알게 된 것은 2015년경, 파리8대학에 재학 중일 때였다. 같이 글을 쓰는 친구들 사이에서 그가 자주 언급되었다. 그의 이름과 함께 들려온 여성주의, 레즈비언, 누보로망 등등의 단어에서 오포포낙스라는 단어가 귀에 꽂혔다. 나는 그때까지 그런 단어를 들어본 적이 없었다. 프랑스어 같지 않은, '오'라는 모음이 세 번이나 등장하고, '포포'가 두 번 반복되며, '낙스'라는 어말로 끝나는, 머리가지나 끝가지에서 어떠한 의미도 유추해낼 수 없고 짐작조차 할 수 없는 단어. 급하게 사전을 찾아본 결과 그것이 향수를 만드는 데 자주 사용되는 식물 이름이라고 했다. 이 책은 그렇다면 향수 혹은 식물에 관한 책인가? 그렇게 호기심을 가지고 『오포포낙스』를 시작한 나는 몇 장 읽지도 않아 이 책에서 미끄러지고 말았다. 프랑스어를 막 읽기 시작한 나에게 주어도, 서사도 분명하지 않은 이 책은 너무나도 알쏭달쏭했고, 나는 중간에 독서를 포기하고 말았다. 그렇게 『오포포낙스』는 여전히 그것이 품은 비밀을 발설하지 않고 나에게서 멀어졌다.

그렇게 몇 년이 흐르고, 2018년에 프랑스의 미뉘 출판사에서 이 책의 문고판이 새롭게 출간되었다. 미투 운동으로 불붙은 여성주의 운동이 한창일 때였다. 책의 표지에는 타자기 앞에서 턱을 괴고 정면을 무심히 응시하고 있는 모니크 비티그의 사진이 함께 실렸다. 서점에서 그 책을 발견한 나는 다시 그 단어가 나를 낚아채는 느낌을 받았다. 이번에는 도대체 오포포낙스가 무엇인지 이해하고 싶었다. 그렇게 나는 다시 한번 그의 초대에 응했다.

마르그리트 뒤라스는 이 책에 "나의 오포포낙스는 유년에 관해 쓴 책의 9할에 대한 사형 집행이다. 이는 특정한 문학의 종말을 알리는 책이고 이 이유로 나는 하늘에 감사한다"라는 엄청난 찬사를 보냈다. 이뿐만이 아니라 『오포포낙스』가 출간된 1964년, 모니크 비티그는 이 책으로 한국에는 한강 작가가 수상하면서 이름을 알린 메디치상을 수상하게 된다. 그 해의 메디치상 심사 위원으로는 누보로망의 선두 작가인 나탈리 사로트, 클로드 시몬, 알랭 로브그리에 그리고 마르그리트 뒤라스가 있었고, 비티그는 그들의 열렬한 지지를 받으며 등단작으로 상을 받는

영예를 안았다. 『오포포낙스』를 읽은 뒤라스는 비티그에게 직접 "당신의 책은 경이로워요. 현재까지는 당신이 내 메디치상 표를 가졌어요. 뜨겁고 열정적인 표"*라고 쓰인 편지를 보냈다.

비티그의 메디치상 수상을 알린 한 기자는 모니크 비티그를 갓 학교를 졸업한 것처럼 보이는, 작고 작은 평범한 여성으로 소개했다. 이 길에서 마주치면 그저 지나치고 말 것처럼 보이는 사람이 어떻게 『오포포낙스』 같은 작품을 쓸 수 있었는가. 이 사람은 누구이고 어디서 왔는가. 당시는 많은 정보가 있지 않았지만, 몇 년 전부터 비티그에 대한 논의가 활발해지면서 그에 대한 전기와 인터뷰 자료집이 출간되고 있다.

2022년에 출판된 에밀리 노테리스의 모니크 비티그 전기를 읽어보면 그는 작가로 등단하기 전에 여러 직업을 전전했고, 그중에는 미뉘 출판사의 교정 업무도 포함되었다. 그는 아마도 그렇게 미뉘 출판사의, 노벨상 작가를 두 번이나 발굴해낸 전설적인 편집자 제롬 랭동의 시야에 들어온 것 같다. 전기에 따르면 『오포포낙스』는 모니크 비티그가 첫 번째로 쓴 글이 아니었다. 그는 사실 「La Mécanique」라는 글을 써서 미뉘 출판사에 보냈고, 이를 읽은 제롬 랭동은 비티그의 빛나는 재능을 바로 알아봤다.

* 표라고 해석한 단어 'voix'에는 목소리라는 뜻이 있다.

하지만 그 글의 완성도가 충분하지 않다고 생각한 그는 비티그에게 다른 책을 쓸 것을 제안했다. 하지만 비티그가 「La Mécanique」를 다른 출판사에 보낸다면 제롬 랭동은 그를 미뉘 출판사에 잡아놓기 위해 그 글이 완벽하지는 않더라도 펴낼 것이라고 했다. 비티그는 제롬 랭동의 권유를 받아들였고, 나중에 한 인터뷰에서 「La Mécanique」를 펴내지 않기로 한 결정을 후회하지 않는다고 밝혔다. 이 작품은 한 남자가 그의 엄마 나이대의 여자와 사랑에 빠지는 이야기로, 남성이 주인공이다. 그리고 몇 년 후 비티그가 제롬 랭동의 권유를 받아들여 쓴 작품이 바로 『오포포낙스』다. 이 생경하고 청량한 동시에 엄청난 우수를 품고 있는 작품이 초보의 작품은 아니라는 뜻이다.

그렇다면 이 책에 대해 어떻게 말할 수 있을까. 무엇을 말할 수 있을까. 이 책을 옮긴 사람으로서 면목이 없게도 나는 쉽사리 이 책에 대해 말할 수 없다. 이 책은 말할 수 없는 것에 대한 책이기 때문이다. 말할 수 없는 것에 대해 말하지 않고 쓴 책이기 때문이다.

『오포포낙스』의 첫 장은 카트린 르그랑이 처음으로 학교에 가는 장면으로부터 시작한다. 그 학교에는 수녀님이 있다. 모두에게 자기 고추를 보여주고 싶어하는 로베르 페이앙이라는 소년이 있다. 매일 아침 들고 가야 하는 간식 바구니가 있다. 간식 시간까지 기다리지 못해서 아침에 학교 가는 길에 사과를 베어 무는 카트린 르그랑이 있다. 그의 뒤를 쫓아가는 베로니크 르그랑이 있다. 장미 나무와 작은 뱃노래가 있다. 그렇게 유년기의 서막이 열린다. 장면이 바뀐다. 학교는 들판이 되고, 들판은 하천이, 하천은 오두막이, 오두막은 기숙사가, 기숙사는 버스가 된다. 그 사이에 문단은 나눠지지 않는다. 기억들이 덩어리로 쏟아진다. 어린 시절을 떠올리면 명확한 구분이, 시간 감각이 존재하지 않고, 그 기억들 사이에 어떠한 위계도 존재하지 않는다는 것을 생각해볼 수 있다. 단지 큼직큼직하게 시기들이 7개의 장으로 구분되어 있다. 문장들은 짧고 거칠다. 어떨 때는 대화가 다른 표시 없이 그대로 문장에 끼어든다. 유년에 읽던 책들도 마찬가지다. 랭보, 보들레르, 파스칼, 라신이 아이들의 대화에, 노래에, 주교의 미사에 섞여 든다. 아이들의 이름은 출석을 부를 때처럼 이름과 성이 함께 불린다.

텔레비전의 한 문학 프로그램에 출연한 비티그에게 사회자가 어린 시절을 기억하냐고 묻자 그는 기억이 거의 없다고 말하면서, 기억 자체보다 더 흥미로운 것은 기억을 만들어내는 일이라고 했다. 따라서 『오포포낙스』는 비티그의 유년기에 대한 책이 아니라, 그가 재구성한 유년기 자체가 되는 것이다.

비티그가 그리고 있는 이 여정이 특별한 이유는 그가 유년기에 걸맞은 언어를 발명했기 때문이다. 그리고 그 언어의 가장 눈에 띄는 특징으로는 대명사의 사용법이 있다. 실제로 『오포포낙스』의 특별한 여정은 처음부터 끝까지(마지막 문장을 빼고) 'on'이라는 프랑스어 부정대명사를 동반한다. 이 부정대명사는 프랑스어의 다른 대명사와는 다른 사용법을 보인다. 라틴어로 사람이라는 뜻의 'homo'에서 기원한 이 단어는 나(je), 너(tu), 그녀(elle), 그남(il), 우리(nous), 당신(vous), 그들(ils, elles)과는 달리 지칭하는 대상이 고정적이지 않다. 'on'은 일반적인 사람들을 가리키기도 하지만, 어떨 때는 특정하지 않은 누군가를 가리키기도 하고, 어떨 때는 당신, 또 어떨 때는 우리를 가리킨다.

비티그는 한 인터뷰에서 한 소녀, 소년의 것으로 수렴되지 않는 일반적인 유년기에 대한 작품을 쓰고 싶었기 때문에 이 대명사를 사용했다고 밝혔다. 또한 그 유년의 주어는 억눌리고 뭉개져 있다고도. 실제로 프랑스의 학교나 공공기관에서는 비티그가 밝힌 이유로 'on'을 주어로 쓰는 것을 권장하지 않는다. 아마 『오포포낙스』는 (내가 아는 한) 프랑스 문학에서 'on'을 주어로 쓴 처음이자 마지막 작품일 것이다.

비티그는 실제로 언어에 대한 날카로운 비판 의식을 가지고 있었다. 언어는 세상을 이해하는 도구인데, 그 언어가 가부장적이라고 50년도 더 전부터 그는 지적해왔다. 따라서 비티그는 가부장적인 문학을 생산할 수밖에 없는 기존의 가부장적 언어를 버리고 새로운 언어를 발명하려고 한 것이다. 『오포포낙스』를 선두로 여성 복수형 주어(elles)로 쓰인 『게릴라들』 그리고 쪼개진 주어(j/e, t/u)로 쓰인 『레즈비언의 몸』으로 확장된 비티그의 세 작품은 '대명사 삼부작'이라고 불린다.

한국어를 사용하는 나는 개인적으로 한국어의 '그'와 '그녀' 사용법을 둘러싼 논쟁을 떠올렸다. 앞에 언급된 사람을 가리키는 '그'는 특정 성별의 정보를 담고 있지 않은 데 비해 '그녀'는 여자만을 가리킨다. '그'라는 것이 보편적이 되고 여자들은 보편적이 될 수 없다. 앞에 '여' 자가 붙은 모든 직업 즉 여교수, 여판사, 여배우 등등의 단어에서도 마찬가지다. 이는 비티그가 "세상에는 여성이라는 하나의 성만 존재한다, 남성은 성이 아니라 보편적인 것이 되어버렸기 때문"이라고 한 말과 일맥상통한다.

바로 이러한 비티그의 문학적 시도를 한국어로 옮기는 것이 나의 과제였고 나는 번역 중에도 몇 번이나 불가능한 일을 하고 있다고 생각했다. 고민에 고민이 따랐다. 그중에서도 한국어에 존재하지 않는 'on'이라는 대명사를 어떻게 번역할 것인가의 고민이 가장 컸다. 모든 유년을 감싸는 동시에 뭉개진 단어. 고민에 고민을 거듭한 결과 나는 '우리'라는 대명사를 최종적으로 선택했다. 어린 시절의 특징인 단체 생활의 움직임을 잘 포착하면서도 '나'는 사라진, 매우 친숙한 동시에 다소 모호한 대명사이기 때문이다. 또한 상황에 따라 주어를 생략할 수 있는 한국어의 특성을 따라 주어를 생략할 수 있는 부분은 최대한 생략하고자 했다.

비티그 책의 번역 불가능성은 한국어에서만 나타나는 문제가 아니다. 이에 관한 일화가 있다. 1966년에 영어로 번역된 『오포포낙스』의 옮긴이 헬렌 위버는 오포포낙스의 주어를 모두 'you'로 번역했는데, 1985년에 한 인터뷰에서 비티그는 이를 지적하며 프랑스어의 'on'을 영어의 'one'으로 번역할 것을 제안했다. 또한 『게릴라들』의 'elles'를 영어 번역본에서 'the women'이라고 쓴 것에 대해서도 'they'라는 대명사를 제안했다. 이는 비티그가 여성 대명사를 보편적으로 만들고자 시도했음을 이해해야만 가능한 번역일 것이다.

비티그 자신도 주나 반스를 포함한 미국의 주요 여

성주의 작가들의 작품을 프랑스어로 옮긴 번역가였으며 영어뿐 아니라 라틴어, 독일어, 이탈리아어, 심지어는 중국어까지도 읽었던 것으로 보인다. 실제로 『오포포낙스』에서 찾아볼 수 있는 수많은 인용문은 라틴어, 고대 피카르디어, 이탈리어 등으로 따로 프랑스어 번역 없이 원문으로 쓰였다.

비티그의 이 모든 문학적 시도와 인용된 문장을 이해하고 번역하는 일은 지난한 과정이었다. 그럼에도 번역을 계속할 수 있었던 이유는 내가 이 책을 너무나도 사랑하기 때문이다. 비 온 뒤 떨어진 꽃잎, 수녀님이 문고리에 걸어놓은 오렌지 껍질, 발레리 보르주의 손수건에 뿌려진 향수의 향기가 너무나도 진했기 때문이다. 손가락 사이로 빠져나가는 모래 알갱이처럼 단어들이 흩어졌지만 그 부드러운 촉감만큼은 남아 있었기 때문이다. 자기가 오포포낙스라고 주장하는 편지에 내 뱃속이 다 간지러웠기 때문이다. 그리고 결국에는 나 자신조차 나는 오포포낙스다라고 외치고 싶어졌기 때문이다.

그렇다면 과연 『오포포낙스』가 무엇이냐고 묻는 당신에게, 비티그가 인터뷰에서 한 답변을 전하며 옮긴이의 말을 마치고자 한다.

> 오포포낙스는 자각에 대한 것이고, 사랑의 시작에 관한 것이다. 어쩌면 사랑의 시작은 자각으로 이어지는 것일지도 모른다.
> 오포포낙스는 모호한 것, 말할 수 없는 것이다. 말할 수 없는 모든 것이다.

번역에 대한 고민을 함께하고 해제를 수락한 윤경희에게 감사의 말을 전한다.

작품 해설

님프들의 학교

윤경희(문학평론가)

어머니가 물으시니 차근차근 이야기할게요.
우리는 다 같이 멋진 들판에서 놀고 있었어요.
레우키페, 파이노, 엘렉트라, 이안테,
멜리테, 이아케, 로데이아, 칼리로에,
멜로보시스, 티케, 꽃봉오리 눈동자의 오키로에,
크리세이스, 이아네이라, 아카스테, 아드메테,
로도페, 플루토, 매혹적인 칼립소,
스틱스, 우라니아, 사랑스러운 갈락사우라,
싸움판 벌이기 좋아하는 팔라스, 화살 많은 아르테미스까지.
우리는 어여쁜 꽃들을 한 움큼 모았지요,
연한 사프란, 붓꽃, 히아신스,
장미 봉오리와 백합을 한데 묶어, 보기에 얼마나 근사한지.
드넓은 땅에 사프란처럼 돋은 수선화도
신나게 꺾어 모았는데,

—「호메로스풍 데메테르 찬가」 416-429행*

* 번역에 다음 두 편을 사용했다. Martin L. West, ed. and trans., "To Demeter", *Homeric Hymns, Homeric Apocrypha, Lives of Homer*, Harvard UP, 2003, pp. 65-67 ; Gregory Nagy, trans., "Homeric Hymn to Demeter", The Center for Hellenic Studies, Harvard University.

모니크 비티그의 첫 책이 비로소 한국어에 도착함을 축하하며, 어떻게 읽고 말할지, 조르조 아감벤의 『말할 수 없는 소녀』의 도움을 조금 받기로 한다. 그 전에 잠시 고대 그리스 신화 한 대목을 상기해보자. 세상이 언제나 봄이었던 시절에, 곡식과 과실의 여신 데메테르에게 페르세포네라는 딸이 있었는데, 바닷가 풀밭에서 친구들과 백화를 채집하며 노는 중, 이 아이가 사랑을 모르고 아테나와 아르테미스처럼 처녀 무리에서만 지낼까 봐 심통 난 아프로디테의 술책으로 인해 명계의 남신 하데스에게 납치와 겁탈을 당했다는, 이후로 어머니는 극심한 비탄에 잠겨 딸을 찾아 헤매고, 여신이 대지와 농사를 돌보지 않으니 세상이 가물었고, 마침내 제우스가 중재하여 어머니에게 딸이 돌아오도록 했다는, 그리하여 어머니와 딸이 다시 만나는 시간은 봄, 딸이 명계로 귀환하는 시간은 겨울, 이처럼 세상에 계절의 순환이 생겨났다는 이야기.

울며 방랑한 데메테르는 엘레우시스라는 도시에 다다라 따뜻한 위로와 환대를 받았다고 한다. 고대 엘레우시스인들은 이를 기리기 위해 데메테르와 페르세포네의 이별과 상봉을 테마로 여성, 노예, 이방인까지 포함하여 누구나 참여하는 입문 의례를 만들었다. 의례에서 행하는 바는 대대로 비밀과 묵언으로 엄호되었기에 이를 엘레우시스 밀교라 한다. 참여한 자들은 발설하면 안 된다는 결계를 목숨 걸고 지켜야 했고, 참여하지 않은 자들은 아무것도 미리 알거나 들을 수 없으므로, 오늘날의 우리는 밀교를 언급한 고대 문헌을 아무리 참조하더라도 그것의 형식과 내용을 온전하고 정확하게 재구성하지 못한다. 결계를 배덕한 자 몇몇의 희미한 증언에 의지하여 추정 어린 상상만 할 수 있을 따름이다.*

『말할 수 없는 소녀』는 엘레우시스 밀교에 관한 짧은 에세이이다. 아감벤은 페르세포네에 초점을 맞추어 밀교의 성격을 더듬어나간다. 요지는 다음과 같다. 고대 그리스어 '코레(kore)'는 어린 여자아이 또는 작은 인형을 뜻하는 낱말로, 형용사 '말할 수 없는(arretos)'으로 수식되는 경우 특히 페르세포네를 대유한다. 페르세포네가 말할 수 없는 여자아이인 까닭은 그가 말하기 능력을 결핍해서가 아니라 우리가 비밀 의례의 바깥에서 그에 대해 아무것도 말할 수 없고 말해야 할 것이 없기 때문이다. 그런데 관련 문헌을 여럿 검토하면 코레-페르세포네는 인간-여자-아이로 한정할 수 없다는 게 드러난다. 예를 들어, 고대 신화에서의 아이 형상과 엘레우시스 밀교에 관한 공동 저서에서, 카를 구스타프 융과 카로이 케레니는 신화적 "아이의 원형(das Urkind)"은 양성구유 또는 자웅동체의 속성을

* 이에 관한 최근 연구는 다음을 참조. Michael B. Cosmopoulos, *Bronze Age Eleusis and the Origins of the Eleusinian Mysteries*, Cambridge UP, 2015.

지녔음을 논하면서, 남성이나 여성으로 분화하지 않은 이러한 "비결정적인 것의 원형(das Ur-Unentschiedene)"[†]으로서의 아이가 자기들의 연구 주제라 공표한다. 신화 속 아이들 중 코레는 특히 "여성성의 주요한 두 표상, 즉 여인과 소녀, 또는 모성과 동정의 구분도 문제시하고 무화한다는 점에서 더더욱 교란적인 비결정성"(p.3)을 내보인다. 더 나아가, 엘레우시스 입문 밀교에서는 "여러 형태의 신과 짐승의 교접"(p.42)을 함의하는 요소가 있었을 법하고, 이 역시 함부로 말할 수 없음의 요인이 될 터인데, 이처럼 신, 인간, 동물의 문턱을 위반하는 의례에서 "말할 수 없는 소녀는 바로 이 문턱이다. 어른과 아이, 모성과 동정의 장벽을 깨뜨리듯, 그는 동물과 신성을 나누는 장벽도 부서뜨린다"(p.44). 덧붙여, 코레의 어원에는 "생명력"이라는 뜻이 있고, 그것은 어림부터 늙음까지의 생애주기와 무관하게 "식물과 동물 모두를 생장하게 하는 원리"(p.6)를 가리킨다고 한다. 결론적으로, 코레는 여성과 남성, 성인과 아동, 모성과 동정, 인간과 비인간, 인간과 동물, 인간과 신, 신성과 축생, 식물성과 동물성 같은 무수한 이분법적 구분과 위계적 차별의 장치를 해제할 뿐만 아니라, 인간적 현실의 제약을 떨치기 어렵다 할지라도 최소한 "연령, 가족 사항, 성정체성, 또는 사회적 역할에 따라 규정되는 게 아니라는

† Carl Gustav Jung and Károly Kerényi, *Einführung in das Wesen der Mythologie*, Rhein-Verlag, 1951, p.104, cited in Giorgio Agamben, *The Unspeakable Girl: The Myth and Mystery of Kore*, trans. Leland de la Durantaye and Annie Julia Wyman, Seagull Books, 2014, p.3. 본문 괄호 안 쪽수는 아감벤의 위 책에서 인용된 쪽수를 표기했다.

점에서 삶 그 자체"(pp.6-7)라 할 수 있다.

엘레우시스 밀교에서 우리가 입문하는 것은 바로 이러한 "행복과 희망"(p.22)의 삶이다. 여기에는 놀랍게도 별다른 비밀이 있지 않다. 왜냐하면 이것이 삶이니까, 시민권자가 아니었던 여자, 노예, 외지인 혹은 그보다 더 비천하게 취급당하는 존재라 할지라도, 아무도 배척하지 않고, 삶은 이래야 하는 것이니까, 비밀은커녕 지극히 자명하고 당연하게, 그러니 우리는 이것에 대해 아무것도 말할 수 없고 말할 것이 없다. 삶을 삶으로 살기 시작하는 순간 우리는 모두 말할 수 없는 소녀가 된다. 그럴 것이다.

『오포포낙스』(1964)에서 페르세포네와 친구들을 알아보기란 어렵지 않다. 숲, 강, 바다를 쏘다니며 넘실거리는 님프들, 아마조네스, 사포의 문하생들, 마이나데스 같은 고대 문헌 속 여성 무리를 불러내기는 『오포포낙스』에 이어서 『게릴라들』(1969)과 『레즈비언의 몸』(1973)에서도 찬란한 비티그의 스타일이다. 코레가 친구들을 일일이 호명하듯, 다정하고 든든한 이름들을 꿰어 붙이며 납치, 겁탈, 명계 하강이라는 일련의 폭력 이전 동정의 시간을 복구하듯, 비티그는 발레리 보르주, 마르그리트마리 르모니알, 마리엘 발랑, 노에미 마자, 드니즈 코스, 나탈리 드뢰, 니콜 마르, 안마리 로스랑, 그 외 카트린 르그랑의 동급생과 동네 아이들 이름을 무한히 헤아려 읊는다. 바닷가 들판에서 꽃다발과 화환을 만들며 까부는 님프들처럼, 시골 마을과 기숙학교의 이 여자아이들은 숲으로 강으로 뛰어다니고, 남의 밭 사과와 포도에 달려들어 짓이기며 먹다 버리고, 더러운 흙바닥에 개의치 않고 뒹굴며 싸우고, 나무에 기어오르고, 소리 높여 노래 부르고, 화산 활동, 암석의 종류, 지리와 산업, 라틴어를 배우고, 보들레르, 뮈세, 플로베르, 라신, 코르네유를 읽고, 시를 외거나 짓고, 그림을 그리고, 식물 표본을 시구절로 장식하고, 비밀 편지를 돌려 읽는다. 『오포포낙스』의 세계는 신화적 고대 이후 수천 년을 잠재하다가 다시 출몰한 님프들의 학교다. 이 학교에서는 규율과 훈육의 폭력 대신 순간순간의 즉흥, 무작정한 실행의 환희, 온갖 질감, 냄새, 모양, 빛, 소리, 맛을 지니고 발산하는 생체와 사물들과의 무구한 접촉이 있다. 성폭력을 모르고, 예고 없는 죽음에는 다 같이 애도하는 법을 알아간다. 금작화, 칸나, 디기탈리스, 로벨리아, 꼭두서니, 맨드라미, 아네모네, 개양귀비, 데이지, 백합, 봉선화 꽃무리 안에 여전히 살아서.

카트린 르그랑은 오포포낙스라는 낱말과 어떻게 마주쳤을까. 오포포낙스는 향의 재료이니, 천주교 학교의 일요일 미사에서 스쳐 들었을 수도. 라틴어 수업을 들으니, 그리스어에서 라틴어로 내려온 작은 말, 옵, 포, 포, 마치 도라지꽃 봉오리나 꽈리나 풍선초 열매가 터지듯, 입술이 동그랗게 옴츠렸다 맞부딪히며 분무하는 향(香)과 향(響)에, 촉수를 뻗는 연체동물이 되어, 더듬이를 세우는 곤충이 되어, 꽃술을 길게 뽑는 사프란이 되어, 자극으로 향하는 철가루처럼, 시적으로 감응했을 수도. 오포포낙스는 늘어나는 성질이 있다고 하니까 그렇게. "계(界)로 말하자면, 동물계도 아니고, 식물계도 아니고, 광물도 아닌데, 다시 말하자면 규정되지 않았다"*고 하니까 더군다나. 기질적으로는 고정되지 않은 것, 고분고분 열리고 닫히지 않는 것, 어둠 속에 스치다 사라지는 것, 안개처럼 거울을 뒤덮는 모호한 것. 무엇보다, 말하면 안 되는 것, 공공연히 입에 올리면 안 되는 것, 비밀을 엄수해야 하는 것, 손수건과 책갈피 사이에 숨기거나 무리로 에워싸서라도 지켜야 하는 여자아이들만의 행복한 앎. 오포포낙스는 코레의 다른 이름이다. 이는 단정이나 주장이 아니라 진술의 전혀 애석하지 않은 기권인데, 말할 수 없는 이름은 다른 이름으로 말하기 외에 달리 말할 수 없기 때문이다. 도대체 그게 무슨 말이냐고 잔잔한 분통을 억누르고 있다면, 너 역시 우리처럼 말할 수 없는 여자아이가 되라고 초청하는 수밖에는. 온 마

* 모니크 비티그, 『오포포낙스』, 한국화 옮김, 봄알람, 2024, 192쪽.

음으로 환영할 것이다.

나는 1990년대 중후반에 오포포낙스를 알게 되었다. 모니크 비티그의 글쓰기에 황홀하게 입문했다. 정확한 경위는 전혀 기억나지 않는다. 인터넷이 상용화되던 무렵이었고, 'opoponax@*****.co.kr'은 내 첫 이메일 계정이 되었다. 나는 오포포낙스다. 이 이름의 수신자 중 하나와 주고받은 서신 파일을 나는 아직 간직하고 있다. 그는 지금 세상에 없고 나는 늘 어리숙한 학생으로 여전히 제대로 애도하는 법을 배우지 못했다. 잘 말할 수 없는 것에 잠시 산들바람을 쐬어주고 싶은 마음을 불러일으킨 한국화에게 감사한다.